LILLY AUTUMN

TASTE OF SIN

EIN BANKIER ZUM VERLIEBEN

Deutsche Erstausgabe

1. Auflage

c/o WirFinden.Es
Naß und Hellie GbR
Kirchgasse 19
65817 Eppstein
www.lillyautumn.at
lovenotes@lillyautumn.at

Herstellung: Smilkov Print
Umschlaggestaltung: Kathi Weber
Lektorat und Korrektorat: Diana Steigerwald
Satz: Bettina Pfeiffer
Bestellung und Vertrieb: Nova MD GmbH, Vachendorf
ISBN: 978-3-98595-717-0

Für alle Suchenden ... lasst euch finden.

1
EMMA

»Lass die Flasche gleich hier.«

Martin, der Barmann, sieht mich zweifelnd an.

»Hast du nicht langsam genug, Emma?«

Trotzdem stellt er den Whiskey ab, legt bloß seine Hand auf meine, als ich danach greife.

»Wo hast du Marie gelassen?«

»Ist vorhin gegangen«, brumme ich. »Sie meinte, ich dürfe heute abstürzen, aber sie wolle nicht zusehen.«

»Ich denke trotzdem, dass du genug hast.«

Es schwingt kein Vorwurf in seiner Stimme mit. Klar, er weiß, was in meinem Leben gerade schiefläuft, nämlich einiges. Deswegen sitze ich hier und mein bester Freund ist im Moment die Flasche mit der bernsteinfarbenen Flüssigkeit.

»Ich fahre nicht mehr«, murmle ich und ziehe meine Hand zurück. »Du weißt, wo ich wohne. Leg mich einfach vor die Tür, falls ich hier einschlafe.«

»Emma.« Martin seufzt. »Morgen hast du immer noch dieselben Probleme, nur dass du ihnen dann mit Kopfschmerzen gegenüberstehen wirst.«

Ja, er hat recht, aber zumindest verschwimmen die Probleme ein wenig in meinem whiskeygetränkten Hirn.

»Lass mich einfach mal Dummheiten machen.« Ich unterdrücke die Tränen, die in meinen Augen brennen. »Ich war immer vernünftig, immer für die Familie und das Hotel da. Und jetzt sieh mich an. Wenn ich Pech habe, bin ich ab Montag arbeitslos.«

»Du findest schnell was Neues.« Mit einem mitfühlenden Lächeln tätschelt er meine Hand.

Aber seine Worte bringen das Fass zum Überlaufen und ich knalle die Faust auf den Tisch. »Ich will aber nichts Neues! Ich will mein Hotel behalten! Weißt du, wie viel Arbeit ich da reingesteckt habe? Die letzten drei Jahre habe ich es allein geleitet, weil mein Vater sich nicht mehr darum gekümmert hat. Und was hat er getan? Er meinte, kurz vor seinem Tod ohne mein Wissen ein Darlehen darauf aufnehmen zu müssen, das ich nicht zurückzahlen kann, weil er all das Geld verspielt hat!«

Ich kann die Tränen nicht mehr wegblinzeln. Die Testamentseröffnung und das Schreiben der Bank, das heute in meinem Briefkasten lag, haben mich zu fertiggemacht. Und natürlich wissen die meisten hier im Ort bereits, was geschehen ist. In einer Kleinstadt wie dieser bleiben Geheimnisse nicht lange geheim.

»Entschuldige, ich wollte dich nicht anschreien. Du kannst ja nichts dafür.« Schniefend wische ich mir mit dem Handrücken über die Nase.

»Ist schon gut, Emma.« Martin lächelt schief. »Die Rechnung heute geht aufs Haus und wenn nötig, trage ich dich heim. Dein Schlüssel ist in der Handtasche?«

Ich nicke und greife nach der Flasche. »Danke«, murmle ich und bin froh, als Martin sich um die anderen Gäste kümmert.

Denn jetzt kann ich den Gedanken an Montag, wenn der Typ von der Bank zur Schätzung kommt, wegschieben. Marie, meine Freundin und Mitarbeiterin, meinte, ich solle ihn davon überzeugen, dass wir mit dem Hotel bald genug einnehmen, um die Schulden meines Vaters zu tilgen. Die Wahrheit ist, dass ich nicht weiß, ob das gelingt. Die letzten Saisons waren wir zwar gut gebucht, aber viel Gewinn ist nicht hängen geblieben. Allerdings habe ich das Gefühl, dass mein Vater auch daran nicht unschuldig ist.

»Über Tote denkt man nicht schlecht«, sage ich zu mir selbst und schenke mir das Glas neu ein.

Trotz all seiner Fehler habe ich meinen Vater geliebt. Er ist vor zwei Monaten bei einem Autounfall gestorben und der Gedanke daran treibt neue Tränen in meine Augen. Außer ihm hatte ich niemanden mehr und jetzt ist auch mein letzter Fels in der Brandung fort. Wobei ... ich habe mich eher um ihn gesorgt als umgekehrt.

Papa war seit Mamas Tod depressiv. Er vergrub sich in unnötigen Dingen und vernachlässigte das Geschäft, weswegen ich mich darum kümmern musste – zusätzlich zu meiner Arbeit als Küchenchefin. Dennoch versuchte er mir immer vorzuspielen, dass alles in Ordnung wäre.

Aber das war es schon lange nicht mehr.

Aus meinem Plan, das *Genusshotel Langhauser* wieder in Schwung zu bringen, wird wohl nichts werden. Dabei habe ich endlich mit etwas angefangen, was wir schon seit Jahren hätten machen sollen.

Wir leben in einer Kleinstadt, in der sich nach und nach Manufakturen entwickelt haben, die mit lokalen Produkten überzeugen. Ich habe begonnen, mit meinen alten Schulkollegen Verträge auszuhandeln, damit sie uns zu Sonderkonditionen beliefern. Hotelgäste sollten außerdem über uns Vergünstigungen bei den Betrieben erhalten, wodurch ich mir mehr Buchungen erhofft habe.

All das war wohl vergebliche Liebesmüh.

Mit einem bitteren Lächeln hebe ich das Glas an meine Lippen. Gleich werde ich all das vergessen und wenn es nur für wenige Stunden ist.

»Darf ich mich zu Ihnen setzen?«, fragt eine Männerstimme, die ich nicht kenne.

Ich drehe mich zur Seite und will dem Kerl sagen, dass ich allein sein möchte. Aber als ich in seine goldenen Augen mit dem grünen Kranz um die Pupillen blicke, bleiben mir die Worte im Hals stecken.

»Sie sind nicht von hier«, stelle ich stattdessen fest und würde mir am liebsten an die Stirn schlagen. Toller Einstieg in ein Gespräch.

Aber er lächelt und schüttelt den Kopf. »Nein, ich bin geschäftlich unterwegs.«

Seine Stimme ist warm wie Honig und seine hellbraunen Haare sind an den Seiten kurz geschnitten, oben aber etwas länger und verwuschelt. Den Dreitagebart, den er trägt, finde ich – obwohl ich sonst glatt rasierte Männer bevorzuge – unglaublich sexy.

Als mir bewusst wird, dass ich ihn zu lange anstarre, deute ich auf den Barhocker neben mir. »Ich bin allein hier, also ja.«

Er setzt sich und bedeutet Martin, ihm ebenfalls ein Glas Whiskey zu bringen, wofür er eine neue Flasche öffnet.

»Ist der gut?«, fragt der Fremde mich.

»Ziemlich. Der wird hier in der Gegend hergestellt. Aus jungem Roggen und altem Mais und zuletzt darf er in einem Zwetschgenschnaps-Fass ausreifen.«

»Sie kennen sich aus.« Er hebt anerkennend eine Augenbraue und wirkt noch heißer als ohnehin schon.

Ich zucke, so gelassen ich kann, mit den Schultern. »Ich bin von hier und mag Whiskey.«

Zum Beweis hebe ich mein Glas. Er versteht es falsch und stößt mit mir an.

»Ich mag Frauen, die sich mit so was auskennen«, sagt er, bevor er sein Glas leert.

Seine Kleidung sieht zerknittert aus, aber auf dem langärmligen weißen Hemd prangt das Logo einer Designermarke. Dazu glänzen seine schwarzen Lederschuhe, als hätte er sie gerade geputzt. Und die Jeans sitzt wie angegossen.

»Und ich mag Männer, die wissen, wie man sich anzieht«, erwidere ich mit einem Zwinkern.

Er lacht. »Sie sind ganz schön direkt.«

Wenn er wüsste. Normalerweise würde ich bei so etwas rot werden, kichern und mich abwenden. Aber der Alkohol hat mich bereits voll im Griff und der Kerl sieht einfach gut aus. Als er nach meiner Hand greift und mir einen eindeutigen Blick zuwirft, weiche ich nicht zurück, wie ich es sonst tun würde.

Herrgott, heute will ich einfach nur vergessen, wer ich bin und was in zwei Tagen geschehen wird. An einem Samstagabend darf man sich mal gehen lassen. Ich erwarte nicht die große Liebe. An Liebe habe ich ohnehin noch nie geglaubt. Zu oft hat sie mir bewiesen, dass sie mit Bedingungen verbunden ist.

Aber auch daran will ich jetzt nicht denken. Ich zucke mit den Schultern und nippe an meinem Glas.

»Und was führt Sie heute Abend so allein hierher?« Die Augen des Mannes bleiben auf mich gerichtet. Diese Augen, bei denen mir noch schwindeliger wird als ohnehin schon.

»Sagte ich doch«, antworte ich, weil ich nicht mehr preisgeben möchte. »Ich bin von hier und mag Whiskey.«

Er zieht einen Mundwinkel hoch. Ob er wohl gut küssen kann?

Ich will es herausfinden und lehne mich nach vorn. Er kommt mir sogar entgegen.

»Emma«, sagt Martin neben mir.

Ich fahre zurück wie damals, als meine Lehrerin mich und meinen damaligen Freund beim Knutschen erwischt hat.

»Was?«, frage ich genervt und der Fremde steht auf.

Er sieht mich noch einmal an, legt einen Geldschein für den Whiskey hin und verlässt das Lokal. Toll. So viel dazu.

»Du kannst doch nicht mit einem Fremden rummachen.«

»Weil? Ich eine Nonne bin?« Ich schnaube. Wieso mischt er sich ein?

»Weil du nicht so bist«, meint Martin auf seine nervenaufreibend ruhige Art. »Du würdest es bereuen.«

»Ja, das werden wir jetzt nie herausfinden. Schönen Dank auch.« Mit dem finstersten Blick, zu dem ich fähig bin, stehe ich auf und greife mir an die Schläfen. Verdammt, ist mir schwindelig. So viel habe ich doch gar nicht getrunken, oder?

Egal. Heute darf ich das.

Ich will nach der halb vollen Flasche greifen, doch lasse es.

»Soll ich dich heimbringen?«, fragt Martin.

Ich winke ab und schwanke zur Tür. Draußen hat es zu regnen begonnen und Pfützen bedecken den Boden. Ich hebe die Arme und lasse sie seufzend wieder sinken.

»Toll«, brumme ich und richte den Riemen meiner Handtasche.

In dem Moment höre ich, wie ein Regenschirm geöffnet wird, und ehe ich michs versehe, steht der Fremde neben mir und schützt mich vor den Tropfen.

»Hast du auf mich gewartet?«, frage ich verunsichert.

Irgendwie ist das seltsam. Vielleicht bin ich wirklich nicht der Typ für so was.

»Was würdest du denn gerne hören?« Er grinst.

»Oh, ich weiß nicht. Dass ich unvergesslich und es wert bin, im Regen auf mich zu warten?«

Seine freie Hand wandert an meine Wange und ein Prickeln erfasst mich, während ich in diesen faszinierenden Augen versinke.

»Du bist ziemlich unvergesslich«, sagt er schließlich. »Allerdings wollte ich in mein Hotel, weil du mir nicht gefolgt bist, nachdem deine Anstandsdame uns unterbrochen hat. Doch jetzt stehst du hier …«

Ich betrachte sein Gesicht und atme durch. Die kühle Luft und der Regen sollten meinen Schwips eigentlich ein wenig bremsen. Aber wenn ich ihn ansehe, wirkt der Alkohol immer noch, denn ich will nichts mehr, als herauszufinden, wie er küsst.

»Sagst du mir noch deinen Namen?«, frage ich. Er hebt eine Augenbraue. »Na ja, ich muss doch wissen, wen ich küsse.«

»Philipp«, erwidert er und beugt sich ein Stück nach vorn.

»Schöner Name«, murmle ich und verschränke meine Hände in seinem Nacken.

Dann stelle ich mich auf die Zehenspitzen und schließe die Entfernung zwischen uns. Meine Lippen berühren seine zuerst flüchtig, aber die Hitze, die gleich zu Beginn durch meinen Körper fließt, lässt mich mutiger werden.

Ich taste mich mit meiner Zunge vor und Philipp öffnet bereitwillig den Mund. Er stöhnt leise, als ich ihn necke, den Kuss intensiver werden lasse und mich enger an ihn schiebe.

Er legt seinen freien Arm um mich und hält den Regenschirm immer noch über uns. Dabei wäre es mir egal, nass zu werden, vermutlich würde ich es nicht einmal bemerken. Denn meine Aufmerksamkeit gilt seinem Körper, der gegen meinen drückt, und der harten Beule, die ich an meinem Oberschenkel spüre.

»Ich wohne in der Nähe«, raune ich, als ich mich von ihm löse.

In seinen Augen lodert etwas auf, das ihn gefährlich aussehen lässt. Und noch attraktiver.

Er lässt meine Taille los, nimmt meine Hand und lässt sich von mir die Straße entlang zu dem kleinen Haus führen, in dem ich wohne.

Eigentlich wollte ich es verkaufen und in das Gebäude neben dem Hotel ziehen, das mein Vater bewohnt hat. Aber daraus wird wohl nichts.

Ich fingere den Schlüssel aus meiner Tasche und entriegle die Tür. Kaum bin ich über die Schwelle getreten, umfasst Philipp mich von hinten und legt seine Lippen an meine Halsbeuge.

Hinter uns knallt die Tür ins Schloss und wir stehen im Dunkeln. Was seine Berührungen noch intensiver macht. Seine Hände streichen über meinen Bauch, gleiten hinauf zur Brust, streifen wie zufällig meine Brustwarzen und entlocken mir ein Stöhnen. Die ganze Zeit über küsst er meinen Hals. Hitze strömt durch meinen Körper und sammelt sich in meiner Mitte.

Ich presse meinen Hintern an seinen Schoß und genieße es zu fühlen, wie er bei meinen Bewegungen immer härter wird.

Nein, ich habe so etwas noch nie gemacht. Nie einen fremden Mann in mein Haus gelassen und mich so an ihm gerieben. Aber jetzt will ich es, will diesen unverbindlichen Sex mit ihm und lasse alle Bedenken fallen.

Seine Hand wandert wieder meinen Bauch hinab und gleitet in meine Hose. Ich öffne meine Beine weiter und stöhne, als er mich mit seinem Finger durch den Stoff meines Höschens massiert. In dem Moment ist mir egal, ob er das ständig macht. Ich will, dass er es mir macht. Er soll mich alles vergessen lassen. Ich will ihn spüren.

Als er seine Hand zurückzieht, löse ich mich von ihm, fasse nach seinem Handgelenk und schenke ihm einen aufreizenden Blick. Den er nicht sehen kann, weil es dunkel ist, aber ich denke, er spürt, was ich vorhabe.

Ohne zu zögern, folgt er mir durch den finsteren Flur, vorbei an der Küche mit den Lichtern unzähliger Küchengeräte, bis zu meinem Schlafzimmer. Dort mache ich ein Nachtlicht an, denn ich will ihn sehen. Und er soll mich sehen.

Doch kaum ist es hell, verlässt mich der Mut. Schlagartig kehren meine Bedenken zurück.

Was habe ich mir nur dabei gedacht?

Wahrscheinlich hält er mich für die absolute Schlampe. Und ich will nicht, dass er mich benutzt und wegwirft. Zwar wollte ich ihn auch benutzen, um mich besser zu fühlen, aber das ist etwas anderes. Rede ich mir zumindest ein.

Wie angewurzelt bleibe ich stehen und starre ihn an. Er bewegt sich langsam auf mich zu. In seinen Augen erkenne ich das Verlangen, das trotz meiner Zweifel auch in mir wütet. Erstaunlich sanft umfasst er mein Gesicht mit den Händen und bedeckt meine Lippen mit seinen.

Das Prickeln, das von meinem Mund bis zu meiner Mitte wandert, verdrängt die Bedenken. Jemand, der so küssen kann, der es schafft, dass ich davon so feucht werde, muss gut im Bett sein. Und ich brauche Ablenkung.

Ungeschickt beginne ich, die Knöpfe seines Hemds zu öffnen, und als ich es endlich geschafft habe, streift er es ab. Ein durchtrainierter Oberkörper kommt zum Vorschein und ich kann nicht anders, als mir bei dem Anblick über die Lippen zu lecken.

Philipp sieht mir in die Augen, während er seinen Gürtel öffnet und die Jeans aufknöpft. Bevor er die Hose auszieht, holt er sein Portemonnaie heraus und legt es auf den Nachttisch.

Ob dort Kondome drin sind? Ich habe immer welche in der Schublade, auch wenn sie meist ungenutzt herumliegen.

Meine Gedanken kehren schnell zu dem Mann vor mir zurück, der nur noch seine schwarzen Boxershorts trägt.

»Jetzt du«, sagt er mit rauer Stimme. »Zieh dich bitte aus.«

Ich komme seinem Wunsch nach, ziehe das T-Shirt über meinen Kopf und werfe es achtlos zu Boden. Dann öffne auch ich meine Jeans und schlüpfe heraus.

Philipp mustert mich einen Moment, bevor er die Entfernung zwischen uns schließt und seine Arme um mich legt. Er öffnet die Haken an meinem BH und streift ihn ab. Dann tritt er zurück und sieht mich noch einmal an.

»Wunderschön«, raunt er.

Meine Wangen glühen, als ich zu ihm gehe und meine Daumen in den Bund seiner Boxershorts schiebe. Die Beule dort ist nicht zu übersehen und ich möchte ihn endlich ganz betrachten.

Langsam ziehe ich den Stoff hinunter, bis er von seinen Hüften rutscht. Ich blicke nach unten und beiße auf meine Unterlippe. Er ist verdammt gut gebaut und ich habe nicht den geringsten Zweifel, dass er mit dem Teil umgehen kann.

Philipp legt eine Hand in meinen Nacken und nimmt meine Lippen mit seinen in Besitz. Ich umfasse seine Taille und ziehe ihn mit mir zum Bett.

Sein Penis reibt über meine empfindlichste Stelle. Ich gebe einen genießerischen Laut von mir, lasse meine Hand hinunterwandern und umfasse seinen Schaft, um ihn zu massieren.

Philipp keucht und lässt seine Zunge von meinen Lippen bis zu meinem Kinn wandern, küsst dann meinen Hals. Er hinterlässt eine brennende Spur auf meiner Haut und sein Stöhnen macht mich noch feuchter.

Als er bei meiner Brust ankommt, umfasst er die linke mit einer Hand und umkreist die Brustwarze mit der Zunge. Ich lege meinen Kopf in den Nacken und stöhne lauter, als ich eigentlich wollte. Das scheint ihn erst recht zu erregen, denn er saugt an mir und findet genau die Stellen, die mich um Atem ringen lassen.

Ich gebe ein Murren von mir, weil er aufhört, meine Brüste zu liebkosen. Mit der Zungenspitze zeichnet er eine Linie über meinen Bauch, umkreist meinen Bauchnabel und wandert noch tiefer. Bei meinem Höschen hält Philipp inne, schiebt es hinunter und dringt ohne Umschweife mit seiner Zunge in mich ein.

Ich vergrabe meine Finger in seinem Haar und bäume mich auf. Fast hätte ich vergessen, wie gut sich so etwas anfühlt. Aber ich will mehr. Viel mehr.

»Im Nachttisch sind Kondome«, bringe ich heraus.

Philipp hebt den Kopf und ein Lächeln umspielt seine Lippen. »Soll ich wirklich aufhören?«

»Ja. Nein. Ich will dich«, stammle ich. »In mir.«

Er murmelt etwas, das ich nicht verstehe, öffnet die Lade, holt ein Kondom heraus und reißt es auf. Während er vor mir kniet und sich den Latex überzieht, werde ich ungeduldiger. Der Anblick seines nackten Körpers und seines Ständers lässt mich fast sabbern und die Hitze zwischen meinen Beinen wird unerträglich.

Ich öffne meine Schenkel, als er sich zu mir herabbeugt und nach meinen Händen greift. Er verschränkt seine Finger mit meinen und einen Moment komme ich mir unglaublich verletzlich vor.

Aber dann senkt er sich tiefer und seine Penisspitze reibt über meine Mitte. Als ich den Mund öffne, küsst er mich und versinkt in mir. Er füllt mich vollkommen aus und jede

Bewegung von ihm entringt mir ein Stöhnen, das an seinen Lippen vibriert und von ihm erwidert wird.

Erst bewegt er sich langsam, dann wird sein Rhythmus schneller. Mit jedem Stoß schwillt meine Lust an und fließt in Wellen durch meinen Körper, bis sie in meiner Mitte ein Feuerwerk zündet. Er dringt so tief in mich ein und bewegt sich so göttlich in mir, dass mir schwindelig wird. Seine Haut auf meiner tut ihr Übriges.

Ich schreie auf, sodass ich vermutlich bis in die Bar zu hören bin, obwohl Philipp die Laute mit seinem Mund dämpft. Aber das ist mir egal, denn ich habe gerade einen Orgasmus, der verdammt nötig war. Meine Hüften beben und jeder Stoß von Philipp heizt den Höhepunkt noch mehr an, dehnt ihn aus und entschädigt mich für die letzten drei Jahre, in denen ich wie eine Nonne gelebt habe.

»Gott«, sagt Philipp heiser und stößt noch einmal fest zu.

Sein Atem wird tiefer und ich fühle, wie er in mir kommt, wie er pulsiert und mich noch einmal zum Stöhnen bringt.

Dann bewegt er sich nur noch leicht in mir und sieht mir in die Augen. Sein Gesicht ist gerötet, sein Körper verschwitzt. Und das macht ihn noch attraktiver für mich.

Ich stütze mich auf die Ellbogen und küsse ihn gierig, als hätten wir gerade erst begonnen. Er erwidert den Kuss mit dem gleichen Verlangen, drückt mich zurück auf die Matratze, bis ich sein Gewicht auf mir spüre.

Als er sich aus mir zurückzieht, gebe ich ein Knurren von mir und Philipp lacht.

»Gib mir eine kurze Pause.« Er greift nach einem Taschentuch vom Nachttisch und streift sich das Kondom ab.

»Aber nur eine kurze«, murmle ich und kann das Gähnen gerade noch unterdrücken.

Philipp legt sich neben mich, schlingt die Arme um meinen Körper und zieht mich an sich. »Nur ganz kurz«, bestätigt er.

Ich schmiege mich an ihn, atme seinen Duft nach Zedern und Moschus ein und streiche über seine verschwitzte Brust. Dann fallen mir die Augen zu.

2
Philipp

Als ich aufwache, ist sie weg. Wir müssen beide eingeschlafen sein, obgleich sowohl sie als auch ich eindeutig noch mehr vorhatten in dieser Nacht. Aber mir steckt der Jetlag noch in den Knochen und sie war wohl auch ziemlich müde. Ich hoffe nur, sie war nicht betrunkener, als ich dachte. Denn ich wollte sie sicher nicht ausnutzen.

Da höre ich die Kaffeemaschine und setze mich auf. Mein Blick schweift durch das ordentliche Schlafzimmer mit den weißen Möbeln und dem hellen Vorhang. Selbst hier hat man Kleinstadt-Feeling pur. An so einem Ort Urlaub zu machen, ist bestimmt erholsam. Leider musste ich meinen Urlaub abbrechen, um hierherzukommen und zu arbeiten.

Heute bin ich allerdings noch nicht im Dienst. Und das will ich genießen, solange ich kann.

Ich schlüpfe in meine Boxershorts, kann das Hemd nicht finden und entscheide, dass es auch so geht. Dann bewege ich mich durch den Flur in die Küche, aus der ein betörender Geruch nach Kaffee dringt. Dort steht Emma vor dem Fenster und blickt hinaus in den Sonnenaufgang. Sie trägt tatsächlich mein Hemd, obwohl das hier ihr Haus ist und sie sicher genug anzuziehen hat. Das lässt mich schmunzeln. Der Anblick ist unglaublich sexy.

Das Hemd reicht ihr bis knapp unter den Po und bei der Vorstellung, dass sie darunter nichts anhaben könnte, schwillt etwas in meinen Boxershorts an.

Ich räuspere mich und sie dreht sich um. Dann lächelt sie. Gut, sie bereut die Nacht wohl nicht.

»Hey«, sagt sie und deutet auf die Kaffeemaschine. »Ich hoffe, ich habe dich nicht aufgeweckt?«

»Nein, keine Sorge.«

Sie sieht verdammt heiß aus. Das fand ich gestern schon. Ihre dunkelbraunen Haare fallen in Locken über ihre Schultern und diese rehbraunen Augen sind so groß, dass ich darin versinken könnte. Und dann diese Lippen ... Jemand, der aussieht wie sie, müsste eigentlich Model sein und nicht hier in einer Kleinstadt versauern.

»Kaffee?« Ihre Stimme bebt leicht.

Ich nicke. Zu meiner Überraschung besitzt sie einen teuren Vollautomaten und wenn ich mir die restliche Küche so ansehe, könnte das hier gut und gerne eine Profiküche sein. Sie hat so ziemlich alles, was man in der Sternegastronomie benutzt.

»Betreibst du hier ein Restaurant?«, frage ich.

»Ich bin Chefköchin und probiere viele Rezepte erst zu Hause aus, bevor ich sie Gästen zumute«, erwidert sie und wirkt dabei fast verlegen.

Sie reicht mir einen schwarzen Kaffee und deutet neben sich. »Milch und Zucker kannst du dir gerne selbst nehmen.«

»Ich trinke ihn so, danke.« Ich rieche daran. »Da ist noch was drin, oder?«

Ein anerkennendes Lächeln zeigt sich auf ihrem Gesicht, das sie noch schöner wirken lässt. »Ich würze den Kaffee immer mit etwas Vanille. Es kitzelt den Geschmack der Röstung heraus. Du hast eine gute Nase.«

Ich zucke mit den Schultern und trinke einen Schluck. Kaffee ist mein Lebenselixier, aber ich schwöre, dass ich noch nie einen so köstlichen getrunken habe wie diesen hier. Ich kann nicht anders, als genüsslich zu seufzen.

»Ich mach dir auch gleich Frühstück, wenn du möchtest«, sagt sie und beißt auf ihrer Unterlippe herum. »Oder ...«

»Oder?«, frage ich und stelle den Kaffee ab.

»Ich weiß nicht ... ich ...«

»Du machst so etwas nicht oft«, helfe ich ihr aus.

Sie nickt und betrachtet die Kaffeemaschine, als könnte sie ihr beistehen.

»Bereust du es denn?«

Zu meiner Erleichterung schüttelt sie den Kopf und sieht mir wieder in die Augen. Eine leichte Röte überzieht ihre Wangen und ihre Mundwinkel kräuseln sich. Offensichtlich hat sie die Nacht genauso genossen wie ich.

»Dann ist ja gut.« Ich komme näher, während ich mit gesenkter Stimme spreche. »Denn wenn du nichts dagegen hast, würde ich gerne dort weitermachen, wo wir in der Nacht aufgehört haben.«

Sie betrachtet mich und fährt sich mit der Zunge über die Lippen. Gut, sie hat also auch Appetit auf eine weitere Runde mit mir.

Direkt vor ihr bleibe ich stehen und warte, dass sie mir ein letztes Zeichen gibt. Als sie das Kinn hebt und mir ihr hübsches Gesicht entgegenstreckt, bedecke ich ihre Lippen mit meinen. Aber eigentlich habe ich etwas anderes mit meinem Mund vor. Deswegen lege ich meine Hände an ihre Hüften und hebe sie auf die Arbeitsplatte.

Emma öffnet bereitwillig die Beine und ich schiebe mich dazwischen. Selbst durch den Stoff meiner Boxershorts kann ich ihre Hitze spüren und mein Körper reagiert darauf.

»Die Kondome ...«

»Später«, unterbreche ich sie und gehe in die Knie.

Sie trägt tatsächlich nichts unter meinem Hemd und ich gönne mir einen Moment, um den Anblick zu genießen. Feuchtigkeit glänzt zwischen ihren Schenkeln, über die ich mit einem Finger streiche, bevor ich ihn in sie tauche. Emma stöhnt und legt den Kopf in den Nacken, während ich mit meinem Daumen über ihre Perle gleite. Sie bebt unter meinen Berührungen. Ich blicke zu ihr auf und sie hält den Atem an. Was wird sie nur machen, wenn ich mich jetzt nach vorn beuge?

Ich lasse den Kopf sinken und meine Zungenspitze statt meines Daumens über ihre empfindlichste Stelle kreisen. Ihre Finger verkrampfen sich um meine Haare, aber das stört mich nicht.

Das Stöhnen, das ich ihr entlocke, erregt mich so sehr, dass ich überlege aufzuhören, damit ich selbst nicht gleich komme. Aber es gefällt mir zu sehr, wie sie sich unter meiner Zunge windet, wie sie heisere Laute macht, während ich mit meinem Finger in sie eindringe und ich ihn wieder zurückziehe, um erneut in sie hineinzugleiten.

»Gott, Philipp.«

Mit der Zungenspitze ziehe ich Kreise auf ihrer Perle, bevor ich daran zu saugen beginne. Emma atmet heftig und ihre Oberschenkel beginnen zu zittern. Sie lässt meine Haare los und verkrampft die Finger um die Arbeitsplatte. Ekstatisch ruft sie meinen Namen und bäumt sich auf, als der Orgasmus so heftig wird, dass ich sie um meinen Finger pulsieren spüre. Aber ich habe noch nicht genug und sie auch nicht.

Emma ringt um Atem, während ich immer noch an ihr sauge und die Nachbeben ihres Höhepunkts genieße. Schon als sie gestern unter mir gekommen ist, hat sich das gut angefühlt. So gut, dass auch ich mich nicht mehr zurückhalten konnte, obwohl ich es hinauszögern wollte. Ihre Stimme, ihre Bewegungen, alles an ihr war so heiß.

Langsam ziehe ich meinen Finger aus ihr und sie keucht noch einmal. Dann stehe ich auf und blicke in ihr gerötetes Gesicht mit den glasigen Augen.

»Du bleibst genau so sitzen.«

Ich werfe ihr einen Blick zu, der keinen Widerspruch erlaubt, obwohl ich bezweifle, dass sie sich das, was jetzt kommt, entgehen lassen will. Trotzdem verliere ich keine Zeit, reiße die Schublade im Schlafzimmer auf und nehme gleich die ganze Packung mit.

Bei ihrem Anblick auf der Arbeitsfläche fluche ich gedanklich, weil ich mir das Kondom erst noch überziehen muss. Denn Emma hat die Beine geöffnet und präsentiert mir ihre einladende Vagina, die von meiner Zunge noch geschwollen ist und von ihrer eigenen Feuchtigkeit glänzt.

Ich ziehe eine Verpackung aus der Schachtel und gehe auf sie zu. Sie beobachtet jede meiner Bewegungen und fährt sich mit der Zunge über die Lippen. Diese Geste macht mich wahnsinnig und während ich mir das Kondom überstreife, bedecke ich ihren Mund mit meinem.

Ihre Finger wandern sofort in meinen Nacken und sie zieht mich näher an sich heran. Ihre Zunge umspielt meine, obwohl ich nach ihr schmecke. Allein das macht mich heiß, denn jetzt gibt es keinen Zweifel mehr, dass sie mich will, obwohl sie bereits gekommen ist.

Ich stoße zu und Emma legt den Kopf in den Nacken. Ihr entweicht ein heiserer Laut, der tiefer wird, als ich mich zurückziehe und noch einmal zustoße.

Emma schlingt die Beine um meine Hüften und diesmal bin ich es, der stöhnt, weil ich noch tiefer in sie hineingleiten kann. Ihre Enge bringt mich um den Verstand und ich bewege mich langsamer, um dieses Gefühl noch mehr auszukosten. Sie vergräbt ihre Fingernägel in meiner Haut und fährt meinen Rücken hinab. Ein angenehmes Brennen breitet sich dort aus und ich beantworte es damit, dass ich noch tiefer in sie eindringe.

Ihre Lippen sind leicht geöffnet und ihre Augen geschlossen, als sie aufkeucht und den Rücken wölbt. Bei ihr kann ich sicher sein, dass sie das hier genauso genießt wie ich.

Am liebsten würde ich sie den ganzen Tag so nehmen, aber lange halte ich nicht mehr durch. Sie ist so feucht, so heiß, so erregt. Ich will in ihr kommen.

Also halte ich mich nicht zurück, umfasse ihre Hüften und stoße fester zu. Emma klammert sich an meinen Schultern fest und ringt um Atem. Sie öffnet die Lider ein wenig und sieht mich mit glasigen Augen an. Ihre Fingernägel bohren sich schmerzhaft in meine Haut, aber es ist ein süßer Schmerz.

Noch einmal stoße ich zu, beuge mich hinab und stöhne an ihren Lippen, als ich komme. Sie verändert die Position ihres Beckens und ich bebe durch die Bewegung, während der Orgasmus langsam abebbt und sämtliche Spannung aus meinem Körper fließt.

Schwer atmend stütze ich meine Hände neben ihrem Po ab und sinke auf sie. Ihre Haut riecht herrlich süß und ihre Brust ist verführerisch nah. Also bringe ich meine Lippen an ihre harte Brustwarze und sauge daran.

Ich will ihr noch ein Stöhnen entlocken. Nur eines. Zum Glück tut Emma mir den Gefallen und gibt einen heiseren Laut von sich, als ich meine Zähne um ihre empfindliche Haut schließe und leicht zubeiße.

Dann richte ich mich auf und ziehe mich aus ihr zurück.

»Wieso hörst du auf?«, fragt sie fast vorwurfsvoll.

»Du hast etwas von Frühstück gesagt.« Ich präsentiere ihr mein schiefstes Grinsen. »Und ich denke, wir brauchen eine Pause.«

»Vermutlich.« Sie lässt ihre Finger über meine nackte Brust streichen. »Dann mache ich uns mal Frühstück. Hast du auf etwas Lust?«

Ich überlege, ob ich »Ja, auf dich« antworten soll, aber ich habe das mit der Pause ernst gemeint. Deswegen erwidere ich »Überrasch mich« und verlasse zur Sicherheit die Küche. Eine Dusche wird mir guttun. Und mich abkühlen. Das brauche ich jetzt.

Doch auch nachdem ich das Wasser aufgedreht habe und unter den kalten Strahl getreten bin, kreisen meine Gedanken noch immer um das, was gerade zwischen Emma und mir gelaufen ist. Als ich mir vorstelle, dass wir das wiederholen könnten, muss ich über mich selbst den Kopf schütteln.

Ich bin nicht der Typ, der sich heimlich aus der Wohnung stiehlt, wenn der Sex vorbei ist. Aber für etwas Festes bin ich auch nicht geschaffen. Emma um eine Wiederholung zu bitten, ist also ausgeschlossen.

Obwohl ...

Ich drehe das Wasser ab, steige aus der Dusche, trockne mich mit einem Handtuch aus dem Regal ab und schlüpfe in meine Boxershorts und Hose. Das Hemd trägt Emma schließlich immer noch und bei der Erinnerung an ihre zarte Haut und die Stellen, die von dem Stoff nicht bedeckt werden, reagiert mein Penis wieder, als hätte ich sie nicht gerade vernascht.

Doch, ich muss das mit ihr wiederholen. Alles andere würde ich bereuen. Mit ihr zu schlafen, lässt mich den ganzen Mist in meinem Leben vergessen.

Ich sollte sie fragen, ob wir uns wiedersehen können.

Mit dem Gedanken gehe ich zur Tür. Als ich sie öffne, dringt der Geruch von etwas Süßem in meine Nase und ich muss an den Duft von Emmas Haut denken. Okay, irgendwelche Synapsen müssen in meinem Urlaub durch die Sonne durchgeschmort sein, denn was Emma in mir auslöst, ist für mich nicht mehr normal.

Zum Glück hat sie mittlerweile etwas anderes an als mein Hemd. Nämlich ein kurzes Kleid mit dünnen Trägern. Einen BH kann ich nicht darunter erkennen. Ob sie ein Höschen trägt?

Ja, diese Gedanken passen besser zu mir.

Ich beobachte sie eine Weile, wie sie etwas in einer Pfanne brät und gleichzeitig eine Creme anrührt. Sie ist so in die Tätigkeit vertieft, dass sie mich gar nicht bemerkt.

Erst als ich mich räuspere, dreht sie sich um und lächelt. Gott, wie ihre braunen Augen strahlen, wenn sie das tut. Sie ist so echt, so unverfälscht. Ganz anders als die Frauen, mit denen ich sonst die Nacht verbringe.

»Ich bin gleich so weit«, erklärt sie und deutet auf einen Hochtisch mit zwei Barhockern davor. »Du kannst dich schon setzen.«

Ich komme ihrer Aufforderung nach. Besteck, Teller und Gläser stehen symmetrisch ausgerichtet bereit. Emma stellt die Schüssel mit der Creme sowie eine mit ganzen Erdbeeren und einen Krug Orangensaft vor mir ab. Dann bringt sie eine frische Tasse Kaffee und das, was in der Pfanne brutzelt. Es sieht aus wie dicker Toast und riecht verflucht gut.

»French Toast.« Sie setzt sich auf den freien Stuhl. »Er ist mit dem Erdbeerquark eines meiner Lieblingsgerichte. Aber ich kann dir auch etwas anderes machen.«

»Nein, es riecht köstlich.« Ich nehme mir zwei der dicken Scheiben. Sie sind mit Zimt und Zucker bestreut und leicht karamellisiert. Grinsend schaufle ich die Erdbeeren auf meinen Teller. »Sind Erdbeeren nicht ein Aphrodisiakum?«

»Erwischt.« Sie zwinkert. »Die Vanille in den French Toasts übrigens auch.«

Um nicht antworten zu müssen, nehme ich einen Bissen und genieße die Geschmacksexplosion im Mund. Es ist die perfekte Balance zwischen der Süße des Zuckers und der Beeren sowie der Schärfe des Zimts. Ich habe noch nie etwas so Köstliches gegessen.

»Ich bin die nächsten Tage beruflich in der Gegend«, höre ich mich selbst sagen. »Heute muss ich mich leider auf einen Termin für morgen vorbereiten, aber falls du das wiederholen willst, gebe ich dir meine Nummer.«

Ich weiß nicht, was über mich gekommen ist, aber als Emma mir ihr Handy über den Tisch schiebt, tippe ich wirklich meine Nummer ein. Es stimmt, ich muss mich heute noch um einige Unterlagen kümmern und mich rasieren. Aber ich möchte sie wiedersehen. Weil ich ihr Stöhnen hören will und das Gefühl, wenn sie unter mir kommt, einfach zu gut ist.

Außerdem ist die Angelegenheit, in der ich hier bin, unangenehm. Ich brauche definitiv Ablenkung, wenn ich morgen fertig bin.

Ich gebe ihr das Handy zurück, sie ruft an und es vibriert in meiner Hosentasche. Emma schmunzelt, sagt jedoch kein Wort, sondern nimmt eine Erdbeere aus der Schüssel, beißt ab und seufzt genüsslich.

Wenn sie so weitermacht, werde ich ihr Haus nie verlassen, denn die Art, wie sie diese Frucht isst, bringt mein Blut wieder in Wallung.

Mit ihren dunklen Augen sieht sie mich intensiv an. »Wann hast du denn wieder Zeit?«

»Um fünf habe ich morgen Dienstschluss.« Für sie würde ich mich sogar früher drücken, wenn es möglich ist.

»Trifft sich gut, ich auch.«

Vorhin hat sie noch schüchtern gewirkt, jetzt ist davon nichts mehr übrig. Aber so gefällt sie mir besser und ich bin sicher, dass wir noch viel Spaß haben werden, solange ich in dieser Kleinstadt bin.

3
Emma

Ich streiche das graue Kostüm, das ich mir von Marie geliehen habe, glatt und prüfe meine Hochsteckfrisur im Spiegel. Für gewöhnlich ziehe ich mich nicht so an und es kommt mir vor, als wäre ich verkleidet. Aber es hilft nichts, ich muss professionell wirken. Als ich sicher bin, dass ich ordentlich aussehe, werfe ich einen Blick auf die Uhr, wo sich der Zeiger nicht wirklich bewegt hat, seit ich das letzte Mal hingesehen habe. In meinem Magen rumort es und ich bin kurz davor, mich noch einmal zu übergeben. Dabei kann nichts mehr außer einem Schluck Wasser in meinem Bauch sein. Aber das ändert nichts daran, dass ich vor Nervosität fast sterbe.

Ich spucke den Kaugummi aus und fische das Handy aus der Tasche. Seit Philipp gestern Vormittag gegangen ist, muss ich an ihn denken. So auch jetzt, obwohl es vollkommen unpassend ist, weil meine Zukunft auf dem Spiel steht und ich in meiner Rolle als Geschäftsführerin brillieren muss. Doch Philipp hat mich für einen Moment von dem ganzen Mist abgelenkt und genau das habe ich gebraucht. Genau das brauche ich auch jetzt.

Deswegen öffne ich seinen Kontakt. Ich kenne noch nicht einmal seinen Nachnamen. Wie seltsam ist es, dass ich trotzdem lächle und Schmetterlinge in meinem Bauch flattern, wenn ich auf den Eintrag starre?

Als es klopft und die Tür aufgeht, lasse ich das Handy wieder in der Tasche verschwinden und atme durch, weil Marie, meine rechte Hand und moralische Unterstützung, vor mir steht und nicht der Bankmensch.

»Ist er schon da?«, fragt sie und reckt den Hals, um in das Besprechungszimmer zu blicken, das ich hergerichtet habe. Man kann es von dem kleinen Büro, in dem ich mich verschanzt habe, sehen, ebenso wie die Fahrstuhltür.

»Noch nicht. Aber es ist ja noch nicht acht.« Wieder streiche ich über das Kostüm und wende mich den Akten zu, obwohl ich sie mittlerweile auswendig kenne.

»Steht dir«, meint Marie mit einem Nicken. »Und keine Sorge, es wird alles gut.«

Sie klingt sicher und ich wünschte, ich könnte es ebenfalls sein. Aber Fakt ist, dass dieses Hotel lange nicht so geführt wurde, wie man es hätte führen können. Sicher, es hat zumindest geringe Gewinne erzielt, aber bei den Schulden, die mein Vater angehäuft hat, brauche ich bestimmt ein paar Jahre, bis ich sie zurückgezahlt habe. Und die Bank will das Geld sofort durch den Verkauf des Gebäudes einbringen, wenn ich diesen Herrn Senoner nicht überzeuge, dass mein Businessplan funktioniert.

»Er wohnt übrigens im Hotel«, sagt Marie leise, während wir in den Flur gehen, um dort zu warten.

Ich brauche einen Moment, bis ich weiß, wovon sie spricht. »Ah.«

»Hat gestern eingecheckt.«

»Davon bin ich ausgegangen«, erwidere ich und erlaube mir, meine Gedanken einen Moment schweifen zu lassen.

Ob Philipp auch hier wohnt? Er meinte, er sei beruflich hier, und so viele Hotels in der Nähe der Bar gibt es nicht.

Noch während ich das denke, öffnet sich der Aufzug hinter mir.

»Das ist er«, raunt Marie mir ins Ohr.

Ich setze mein einnehmendstes Lächeln auf und drehe mich um. Doch als ich den Mann vor mir erkenne, gefriert der Ausdruck auf meinem Gesicht und die winzigen Schmetterlinge von gestern sterben in dem Frost.

Auch Philipp sieht mich mit erstarrter Miene an. In dem dunkelblauen Anzug mit dem steifen Hemd und der Krawatte sieht er wirklich wie jemand von der Bank aus. Den Dreitagebart, den ich so sexy fand, hat er abrasiert und sein gestern noch zerzaustes Haar ist streng frisiert.

Marie bemerkt, dass etwas mit mir nicht stimmt. Also übernimmt sie die Begrüßung, streckt die Hand aus und tritt auf Philipp zu.

»Herr Senoner, guten Morgen«, sagt sie und bedeutet mir mit ihrer freien Hand, endlich in die Gänge zu kommen.

Das ist der Mann, der über meine Zukunft entscheidet? Philipp, mit dem ich geschlafen habe? Dem ich Frühstück gemacht habe, nachdem er mich auf meiner Anrichte geleckt und dann beinahe um den Verstand gevögelt hat?

Mein Körper fühlt sich eiskalt an und meine Brust eng. Atmen, ich muss dringend atmen. Aber ich kann nicht.

Ich wollte ihn heute treffen, wenn der Tag vorbei ist. Wollte mich mit ihm betrinken und dann sehen, was die Nacht bringt. Das war mein Rettungsanker, meine Belohnung, wenn ich diesen Termin überstehe, ohne dem Bankmenschen auf die Schuhe zu kotzen oder vor ihm in Tränen auszubrechen.

Aber jetzt ... jetzt steht da dieser Typ im Anzug vor mir und seine Augen verraten mir, dass er kein Mitleid mit mir haben wird, nur weil wir zweimal miteinander geschlafen haben. Und das will ich auch gar nicht. Er soll mein Konzept gut finden und erkennen, wie gewinnbringend das Genusshotel unter meiner alleinigen Leitung sein kann.

Wie in Trance hebe ich meine Hand und halte sie ihm hin. Er ergreift sie. Fest, entschlossen, eiskalt.

»Herr Senoner«, sage ich und räuspere mich, weil meine Stimme piepsig klingt. »Ich bin Emma Langhauser.«

»Das dachte ich mir.«

Natürlich dachte er sich das. Wieso hätte er sich das nicht vorgestern Nacht denken können, bevor wir übereinander hergefallen sind?

Ich deute auf den Besprechungsraum, dessen Tür offen steht. »Bitte, ich habe alles vorbereitet.«

Er folgt Marie und mir und setzt sich auf den Platz, der am weitesten von meinem entfernt liegt. Dann holt er seinen Laptop aus der Tasche und klappt ihn auf.

Die Mappe, die vor ihm auf dem Tisch liegt und in der ich alles aufgeführt habe, was wir in den nächsten Jahren investieren, wie wir das Geschäft ausbauen und ankurbeln wollen, beachtet er nicht.

Trotzdem erkläre ich ihm meine Pläne, gehe jede Zahl durch. Ich habe längst erkannt, was mein Vater nicht wahrhaben wollte. Dass wir uns durch eine starke regionale Partnerschaft mit den Manufakturen hier hervorheben und noch mehr Gäste anlocken können. Viele haben mir schon ihre Zusage gegeben, weil sie mein Konzept gut finden. Aber alles steht und fällt damit, dass ich ausgerechnet Philipp überzeuge.

Ob er besonders streng mit mir umgeht, weil wir zusammen im Bett waren? Um zu beweisen, dass es ums Geschäft geht und das mit uns nur ein Ausrutscher war?

Er lässt sich jedenfalls kaum anmerken, dass er mir zuhört, und als ich ans Ende meiner Präsentation komme, sieht er nicht einmal auf.

»Das sind alles sehr schöne Ideen, Frau Langhauser«, meint er, während er auf dem Laptop herumtippt. »Aber ich sehe nicht, wie Sie damit die Zahlen, von denen Sie sprechen, erreichen wollen. In den letzten Jahren hat Ihr Betrieb zwar Gewinn abgeworfen, aber es wurde nie etwas reinvestiert. Und die Schulden, die Sie angehäuft haben, sprechen dafür, dass das Geschäft unrentabel ist.«

»Die Schulden haben nichts mit dem Betrieb zu tun«, werfe ich ein. »Wenn Sie die Bilanzen geprüft haben, wird Ihnen aufgefallen sein …«

»Ich sehe eine beträchtliche Summe auf Ihrer Passivseite. Und eine Forderung der Bank an Ihren verstorbenen Vater, da er dieses Hotel als Sicherheit benutzt hat, um ein Darlehen aufzunehmen. Leider wurden die Raten lange nicht gezahlt, weswegen meine Bank eigentlich keine andere Wahl hat, als das Geld sofort einzufordern. Dabei bin ich nicht sicher, ob das Hotel bei einer Zwangsversteigerung überhaupt die Summe erzielen kann, da es in einem heruntergekommenen Zustand ist.«

Ich beiße mir auf die Unterlippe. Hat er mir überhaupt zugehört?

»Marie, würdest du uns einen Moment allein lassen?«, frage ich.

Jetzt sieht Philipp auf und seine Miene wirkt zum ersten Mal nicht versteinert und professionell, sondern überrascht, ehe ein neutraler Ausdruck zurückkehrt. Ob er sich davor fürchtet, mit mir allein zu sein? Seine Pupillen wirken selbst jetzt noch geweitet und sein Atem geht schneller.

»Okaaaay«, erwidert Marie und steht auf.

Sie geht langsam zur Tür, als würde sie darauf warten, dass ich sie zurückrufe. Oder ihr sage, wo sie die Müllbeutel findet, damit wir die Leiche verschwinden lassen können.

Aber ich habe mich längst Philipp zugewandt und halte seinem Blick stand. Aus dem Augenwinkel erkenne ich, wie Marie den Raum verlässt.

»Hast du es gewusst?«, frage ich, kaum dass die Tür zu ist.

»Habe ich was gewusst?«

»Wer ich bin.«

»Nein. Wusstest du, wer ich bin?«

»Dein Name stand nicht auf der Reservierungsliste. Ich hatte keine Ahnung.«

»Ich hab erst gegen Mittag angerufen und meine, mit dieser Marie gesprochen zu haben.« Er zuckt mit den Schultern. »Hat mich deswegen am Samstagabend niemand eingelassen? Oder ist das Hotel ab zwanzig Uhr immer verlassen?«

»Die Rezeption ist bis einundzwanzig Uhr besetzt, danach muss man anrufen«, erkläre ich ruhig. »Das steht in der Reservierung und auch an der Tür.«

»Habe ich wohl übersehen.« Er lehnt sich zurück. »Also, du wolltest mit mir allein sein. Was kannst du vor deiner Assistentin nicht sagen oder tun?«

Ich hebe eine Augenbraue. »Tun? Falls du denkst, ich stehe jetzt auf, schlendere um den Tisch und mache dir ein unmoralisches Angebot, muss ich dich enttäuschen.«

»Dann bin ich erleichtert. Es würde nämlich nichts an den Fakten ändern.« Er greift nach der Mappe vor sich und hebt sie hoch. »Deine Ideen sind gut, aber du bräuchtest einen zusätzlichen Kredit, den dir keine Bank bewilligen wird, meine eingeschlossen. Du hättest viel früher damit anfangen und die Gewinne reinvestieren sollen.«

»Ich habe das Haus, in dem ich wohne«, erwidere ich. »Wenn ich es verkaufe, dann ...«

»Das ist ein Tropfen auf dem heißen Stein, Emma.« Die kühle Fassade bröckelt. Hat er vielleicht doch Mitleid? »Wie gesagt, deine Ideen sind gut, aber das Risiko ist zu hoch. Alles, was ich dir anbieten kann, ist, das Hotel zu einem möglichst hohen Preis zu veräußern und nicht das erste Angebot anzunehmen, obwohl ich das eigentlich sollte.«

Meine Finger fühlen sich bei seinen Worten taub an und ich muss mich erneut daran erinnern, dass ich Luft brauche, um zu leben, selbst wenn es schmerzt zu atmen.

»Dass wir in dieser Situation sind, liegt nicht an mir«, erkläre ich, so ruhig ich kann. »Du hast selbst gesagt, meine Ideen seien gut. Und wenn die Bank keine Chance gesehen hätte, dass ich euch als bestehender Betrieb mehr Geld bringe, als wenn ihr das Hotel verkauft, wärst du nicht hier.«

Ein Mundwinkel wandert nach oben. »Doch, weil ich das Gebäude schätzen muss. Aber es stimmt, ich war neugierig auf den Businessplan, den du ausgearbeitet hast, weil die Mails, die mir vorgelegt wurden, sehr professionell waren und gleichzeitig vor Leidenschaft sprühten. Und ich sage es gerne noch einmal, dein Plan ist gut. Aber es wird nicht reichen, um meine Entscheidung zu ändern.«

»Dreißig Tage«, werfe ich ein, als er seinen Laptop schließen will.

»Wie bitte?« Philipp hält inne und betrachtet mich mit diesen wunderbar gefärbten Augen.

»In dem Schreiben steht, dass ich ab Erhalt dreißig Tage Zeit habe, um meine Situation darzulegen, ehe entschieden wird«, erkläre ich und hoffe, meine Stimme klingt nicht so zittrig, wie ich mich fühle.

»Emma, ich sagte doch schon ...«

»Lass mich dir beweisen, dass mein Konzept funktioniert«, unterbreche ich ihn. »Sieh dir den Betrieb an, prüf jede Zahl, zerlege alles bis ins kleinste Detail. Was auch immer es kostet, dich zu überzeugen, ich werde es bereitwillig bezahlen.«

Ein Grinsen umspielt seine Lippen und mein Puls steigt noch mehr. Erst habe ich gedacht, in dem Anzug würde er langweilig aussehen, aber ich habe mich geirrt. Er macht in seiner Businesskleidung eine gute Figur ...

»Das klingt jetzt doch nach einem unmoralischen Angebot«, meint er.

»Du wolltest mich nach gestern wiedersehen.«

Philipp mustert mich schweigend. Ich habe keine Ahnung, was er denkt, aber meine Gedanken rattern gerade eine Pro-und-Kontra-Liste runter. Es hat mir gutgetan, mit ihm zusammen zu sein. Und ich will das nicht aufgeben. Also fasse ich einen Entschluss.

»Solange wir das Geschäft und das zwischen uns trennen können«, sage ich und halte seinem durchdringenden Blick stand, »habe ich nichts dagegen, wenn wir uns nach Dienstschluss treffen. Allerdings wird das nicht Teil meiner Bemühungen sein, die Bank von meiner Geschäftstüchtigkeit zu überzeugen. Das verspreche ich.«

Mit einem Lachen schließt er den Laptop. »Kannst du es denn trennen?« Er kommt auf mich zu.

Sein Aftershave vernebelt meine Sinne. Der würzige Geruch passt zu ihm und ich frage mich, wieso ich ihn gestern nicht an ihm wahrgenommen habe. Ach ja, weil er da einen Bart getragen und kein Aftershave benutzt hat.

»Ja«, erwidere ich ernst.

»Hm«, macht er nur und hält mir eine Hand entgegen. »Einverstanden. Dreißig Tage. Aber ich werde nicht die ganze Zeit hier sein können, sondern unangekündigt erscheinen, um zu überprüfen, was du auf die Beine gestellt hast.«

»Falls du nach einundzwanzig Uhr eintriffst, hast du ja meine Nummer.« Ich versuche nicht zu zwinkern, mache es aber doch. Wie peinlich.

»Ja, die habe ich.« Er schmunzelt.

Ich reiche ihm die Hand und wir besiegeln den Deal. Jetzt muss ich mir nur noch überlegen, wie ich ihn am besten davon überzeuge, dass mein Plan funktionieren kann.

4
Philipp

Es ist schon beinahe dreiundzwanzig Uhr, als ich durch das Hotel streife. Soweit ich beim Abendessen gesehen habe, ist die Buchungslage deutlich besser, als die Zahlen der Vorjahre vermuten lassen.

Emma bin ich nach unserem letzten Gespräch am frühen Nachmittag zur weiteren Vorgehensweise nicht mehr begegnet und sie hat mich auch nicht angerufen. Was ich irgendwie erwartet habe. Denn auch wenn sie behauptet, sie könne unsere geschäftliche Beziehung von unserer sexuellen trennen, glaube ich ihr nicht ganz.

Licht dringt aus dem Büro hinter der Rezeption und ich schnaube. Am Samstag hat niemand dort gesessen, da bin ich sicher. Aber Emma hat nicht gelogen, an der Glastür draußen klebt ein eindeutiger Hinweis, was man tun soll, wenn man spät anreist. Wie habe ich den übersehen können?

Bei der Überlegung muss ich grinsen. Hätte ich ihn gesehen, wäre ich Emma nicht begegnet und hätte nicht mit ihr geschlafen.

Verdammt, bei dem Gedanken an ihr Stöhnen wird mir klar, wie sehr ich sie will. In dem grauen Kostüm hat sie verloren gewirkt und doch hat sie mir die Stirn geboten und mir ein Zugeständnis abgerungen. Ohne auf das, was zwischen uns war, zurückgreifen zu müssen. Sie hat die Tatsache, dass wir miteinander geschlafen haben, nicht ausgenutzt. Das hat mich noch neugieriger auf Emma werden lassen. Ich möchte gerne herausfinden, wie sie das vermeintlich unmögliche Unterfangen doch umsetzen will.

Inzwischen habe ich das Büro erreicht. Da die Tür weit offen steht, spähe ich hinein. Emma sitzt an dem mit Akten überladenen Schreibtisch und trommelt mit einem Stift auf den Block vor sich.

Ich sollte weitergehen, so tun, als hätte ich sie nicht gesehen. Aber die Neugierde treibt mich hinein, denn gestern meinte sie, sie hätte um fünf Dienstschluss.

Ich klopfe leise und sie schreckt hoch, als hätte ich sie gerade bei etwas Verbotenem erwischt. Das graue Kostüm ist verschwunden. Sie trägt eine schwarze Hose und eine weiße Kochjacke, die ziemlich weit aufgeknöpft ist. Was an den hohen Temperaturen in dem Raum liegen muss, offensichtlich ist die Klimaanlage defekt.

Als ich sie schweigend mustere, bemerkt sie wohl, wie weit die Jacke offen steht, die die Ansätze ihrer wunderschönen Brüste enthüllt, und zieht sie beim Kragen enger zusammen.

»Kann ich etwas für dich tun?«, fragt sie. »Die Bar hat zwar schon geschlossen, aber wenn du noch etwas brauchst …«

Sie wirkt so anders als am Morgen. Abgesehen von ihrer professionellen Zurückhaltung mir gegenüber sieht sie erschöpft aus. Klar, sie hat heute Abend gekocht. Jedes einzelne Gericht, das ich gegessen habe, und alles war perfekt. Emma besitzt Leidenschaft. Das konnte ich an ihrem Menü sehen und schmecken, aber auch, als sie um das Hotel gekämpft hat, als sie mir Frühstück gemacht hat und im Bett. Vielleicht bin ich deswegen so fasziniert von ihr.

»Du siehst müde aus«, sage ich, statt zu antworten, und schiebe meine Hände in die Taschen meiner Anzughose. Irgendwie bin ich noch nicht dazu gekommen, mir etwas Bequemeres anzuziehen, aber zumindest sind Krawatte und Jackett in meinem Zimmer geblieben.

»Es ist auch schon spät«, erwidert sie und blickt auf den Block auf dem Tisch. »Ich bin heute nicht dazu gekommen, gewisse Dinge fertig zu machen, weil …«

Sie hält inne und beißt sich auf die Unterlippe.

»Weil du mit mir beschäftigt warst bis zur Abendschicht?«

»Ja.« Sie stößt den Atem aus. »Soll ich dir etwas zu trinken machen?«

Ich weiß, dass ich das nicht tun sollte, trotzdem bewege ich mich auf sie zu. Emma sieht mich aus ihren dunklen Augen misstrauisch an.

Einen Moment zögere ich, dann umfasse ich ihre Hände und löse sie von der Kochjacke. Sie lässt es zu und hält meinem Blick stand.

Ich ziehe sie auf die Beine. »Dreh dich um«, raune ich ihr zu.

»Wieso?«

Als ob sie das nicht wüsste.

»Du siehst aus, als brauchst du etwas Entspannung.«

»Ich habe keine Kondome hier.« Sie dreht sich dennoch um.

»Das ist schade, aber ich habe ohnehin an etwas anderes gedacht.«

Ich schließe meine Arme um sie, doch ihre ganze Haltung ist verkrampft und ich bezweifle gerade, dass es richtig ist, was ich hier tue. Trotzdem lasse ich eine Hand unter den Stoff ihrer Kochjacke wandern und berühre durch den BH hindurch ihre Brustwarze.

Emmas Atem wird tiefer und sie lehnt sich ein wenig mehr an mich. Sie trägt ihre Haare immer noch aufgesteckt, weshalb ihr zarter Hals vor mir entblößt ist. Also beuge ich mich ein Stück hinab und berühre die weiche Haut zwischen Ohr und Nacken mit meinen Lippen.

Sie seufzt und die Spannung in ihrem Körper lässt nach. Ich küsse mich ihren Hals entlang, bis ich an der Schulter ankomme. Gleichzeitig lasse ich meine zweite Hand tiefer wandern, bis sie auf ihren Hosenbund stößt.

»Darf ich dich ein wenig entspannen?«, frage ich heiser.

Sie soll entscheiden, ob ich sie immer noch so berühren darf. In Gedanken flehe ich sie an, mich abzulehnen, mir zu sagen, dass ich mich zum Teufel scheren soll. Weil ich dann vielleicht aufhören kann, ständig daran zu denken, wie sie sich anfühlt. Oder mich zu fragen, wann sie und ich wieder im Bett landen werden.

»Ja«, haucht sie fast lautlos.

Gänsehaut überzieht meinen Körper, als ich meine Hand zwischen ihre Hose und den feinen Stoff ihres Höschens schiebe. Sie öffnet die Beine und lehnt sich noch mehr an mich, während ich sie durch den Stoff massiere.

Mein Blick wandert zu dem Stuhl, auf dem sie gesessen hat, als ich angeklopft habe, und ich bugsiere uns dort hin, setze mich und nehme sie auf meinen Schoß.

Ihre Knie liegen über meinen und ihre Schenkel sind weit gespreizt. Quälend langsam lasse ich meine Hand unter den feinen Stoff ihres Höschens gleiten. Emma stöhnt, als ich ihre Perle streichle. Sie ist so feucht wie gestern, nachdem ich sie geleckt hatte, und die Erinnerung daran lässt alles Blut in meinen Schwanz wandern.

Ich weiß, dass sie meine Erregung an ihrem Gesäß spürt, während ich einen Finger in sie gleiten lasse. Sie bewegt sich leicht, aber ich halte sie davon ab weiterzumachen. Stattdessen presse ich meine Lippen an ihren Hals, knabbere mit den Zähnen an ihr.

»Zeig mir, wie ich dich berühren soll«, fordere ich sie auf.

Sie schiebt ihre Hand in die Hose und bedeckt meine. Dann gibt sie den Rhythmus vor und ich folge ihr. Mein Finger umkreist ihre Perle, massiert sie immer schneller und Emmas Atem wird lauter.

Ihre Beine zittern. Sie legt den Kopf weiter in den Nacken und kommt stöhnend unter meinem Finger. Meine Bewegungen werden langsamer, während ihr Nachbeben sie schaudern lässt.

An ihr ist alles echt. Sie spielt mir nichts vor und auch wenn mich das hier mehr an meine Schulzeit erinnert als an das, was wir gestern miteinander hatten, erregt es mich, so mit ihr hier zu sitzen.

Sie sinkt an meine Brust und atmet stoßweise. Ihre Augen sind geschlossen und ihre Hand ruht immer noch auf meiner in ihrer Hose. Sie macht keine Anstalten, sie zurückzuziehen, also werde ich das auch nicht.

»Wieso hast du das getan?«, fragt sie, ohne die Augen zu öffnen.

Statt zu antworten, liebkose ich mit meinen Lippen ihr Ohr und sie gibt diesen wunderbaren Laut von sich, der mich so erregt.

»Weil du das gebraucht hast. Und weil ich es mag, wenn du kommst.«

»Ich habe keine Kondome hier«, sagt sie nur.

»Das sollten wir dringend ändern.«

»Aber ich kann …«

»Shhh«, unterbreche ich sie.

Natürlich bin ich immer noch hart. Verdammt, die Frau ist gerade auf meinem Schoß gekommen und ich finde es erregend, dass meine Hand unverändert auf ihrer empfindlichsten Stelle liegt und ich das Pulsieren fühlen kann. Und ja, ich will sie. Ich will sie genau so in meinem Zimmer. Nur nackt und mit einem anderen Körperteil in ihr.

Aber darum ging es mir gerade nicht.

Um mich ein wenig abzulenken, blicke ich mich im Zimmer um und betrachte den Block auf dem Tisch. Wie es aussieht, hat sie an einem Menü gearbeitet.

»Das sollte ich eigentlich heute noch fertig bekommen«, murmelt Emma und zieht ihre Hand zurück.

»Tut mir leid, wenn ich dich aufgehalten habe.« Ich ziehe meine Hand ebenfalls zurück.

»So habe ich das nicht gemeint«, erklärt sie und ich könnte schwören, dass sie ein wenig rot wird. »Du hattest recht, ich habe Ablenkung gebraucht. Und mit dem Menü komme ich sowieso nicht voran, also lasse ich es heute vielleicht doch bleiben.«

Emma richtet sich auf und rutscht von meinem Schoss herunter.

»Wolltest du nicht um fünf Schluss machen?«, frage ich, während ich mich nach vorn beuge und meine Ellbogen auf den Knien abstütze.

»Ich hätte meine Abendschicht getauscht, um dich zu treffen«, erklärt sie. »Aber ich dachte, du würdest das nicht wollen, deswegen …« Sie deutet auf den Stapel Unterlagen auf dem Tisch. »Es gibt so viel zu tun und ganz gleich wie lange ich arbeite, es wird nicht weniger.«

Ich fische einen dünnen Ordner vom Tisch und betrachte ihn. »Maier Hochzeit« steht darauf und in einer feinen Handschrift sind Notizen zu Essen, Budget und sonstige Anmerkungen wie die Zimmeranzahl darin enthalten.

»Daran arbeite ich gerade«, sagt Emma. »Das Brautpaar möchte etwa dreißig Euro pro Kopf für ihr Hochzeitsmenü inklusive Getränke ausgeben, stellt sich aber Champagner und Kaviar vor.«

»Nicht besonders realistisch«, meine ich mit einem Schmunzeln.

»Nein. Deswegen versuche ich, ein Menü zu kreieren, das kostengünstig ist, aber dennoch luxuriös aussieht.«

»Weißt du, was ich nicht verstehe?«, frage ich und lege den Ordner zurück. »Ich habe deine Kalender überprüft. Du bist die nächsten Wochen so gut wie ausgebucht, hast Hochzeiten und andere Veranstaltungen an den Wochenenden. Wieso ist das Hotel dann in Schwierigkeiten?«

Sie presst die Lippen aufeinander und stößt dann den Atem aus. »Weil es bis vor drei Jahren nicht so war.«

»Also bist du erst seit drei Jahren Geschäftsführerin?«

»Das bin ich eigentlich erst seit zwei Monaten.« Ihre Stimme zittert leicht.

In meinem Kopf zähle ich eins und eins zusammen. »Dein Vater hat das Hotel geleitet«, sage ich und hoffe, es klingt mitfühlend.

»Eigentlich nicht und genau das war das Problem.« Sie wendet sich ab. »Er war offiziell der Geschäftsführer, hat aber nichts für den Betrieb gemacht und hat fast jeden meiner Vorschläge abgelehnt, weil er nichts riskieren wollte. Und dann hat er ...« Sie schüttelt den Kopf. »Unwichtig. Ich will nicht auf die Tränendrüse drücken. Du sollst nicht glauben, dass ich dich so überzeugen möchte.«

»Emma«, sage ich, aber sie schüttelt nur weiter den Kopf.

Gut, sie will nicht darüber reden. Zumindest nicht mit mir.

»Willst du morgen wieder im Zimmer frühstücken wie heute oder kommst du in den Speisesaal?«, fragt sie unvermittelt. »Ich habe keine Notiz dazu gefunden.«

»Ich komme in den Speisesaal«, erwidere ich und stehe auf. »Bist du für das Frühstück zuständig?«

»Für das Frühstück und dein Abendessen. Also wenn du morgen Abend wieder vorbeisehen willst, werde ich hier sein.«

»Ist das eine Einladung?« Ich schmunzle.

Endlich dreht sie sich zu mir um und auf ihrem Gesicht liegt ein verwegenes Lächeln. »Ich habe das Gefühl, dass wir beide Entspannung brauchen werden, wenn der Tag vorbei ist.«

»Kann sein. Dann schlaf gut«, sage ich, bevor ich auf die Idee komme, sie zu küssen.

»Gute Nacht«, erwidert sie, aber das höre ich schon fast nicht mehr, weil ich bereits aus der Tür verschwunden bin.

Ich nehme die Treppen zu der Etage mit meinem Zimmer und hänge meinen Gedanken nach. Emma hat also etwas erlebt, über das sie mit mir nicht reden möchte. Gut, das hat irgendwie jeder und nur, weil wir miteinander schlafen, muss sie mir nichts anvertrauen. Aber ich werde das Gefühl nicht los, dass dahinter noch mehr steckt, ähnlich wie bei mir. Auch ich habe etwas, über das ich nicht mit ihr sprechen werde, sofern sie es nicht herausfindet. Denn auch, wenn ich sie nicht so einschätze, sie könnte es zu ihrem Vorteil nutzen.

Um Punkt neun Uhr betrete ich das Besprechungszimmer und diesmal sitzt neben Emma, die ihre Kochjacke trägt, ein Mann, den ich noch nie gesehen habe.

»Das ist Herr Zeller«, stellt sie ihn vor.

Der Name sagt mir etwas.

»Er ist unser Steuerberater und hier, weil ich über die Jahresabschlüsse, die älter als drei Jahre sind, wenig sagen kann. Und genau die wollten Sie prüfen.«

»Sehr zuvorkommend«, entgegne ich.

Ich setze mich und öffne den Laptop. Dann starre ich auf den Bildschirm, obwohl der Computer noch hochfährt. Aber Emma kann ich nicht ansehen, nicht in dieser Jacke.

Weil ich dann daran denke, wie sie gestern breitbeinig auf mir gesessen und unter meiner Hand gebebt hat. Allein diese kurze Erinnerung genügt, um eine Beule in meiner Hose entstehen zu lassen. Großartig.

Zum Glück ist das Gespräch sonst weniger erregend. Herr Zeller klärt mich über die Belege auf und garantiert mir, dass alle Abschlüsse einwandfrei sind.

Als es um die letzten drei Jahre geht, führt hauptsächlich Emma das Gespräch und ich bin überrascht, wie gut sie sich mit wirtschaftlichen Ausdrücken auskennt und wie genau sie jede Position erklären kann. Zum wiederholten Mal frage ich mich, wieso wir fast eine Million Euro Kredit an das Haus vergeben haben, obwohl nichts davon in die Renovierung geflossen ist, wie es laut Vertrag angekündigt wurde.

Denn das ist das eigentliche Problem an der Sache. Das Geld ist weg und wieso, ist unklar. Die Schulden hingegen wurden nie abbezahlt. Anfangs gab es Raten, aber die entsprachen nicht der vereinbarten Höhe, angeblich aus guten Gründen. Erst nach Herrn Langhausers Tod wurde die Bank aktiv.

Nachdem wir mit den Unterlagen der letzten drei Jahren durch sind, verabschiedet Emma sich und ich bleibe mit Herrn Zeller zurück.

Wir haben gerade erst begonnen, über einen weiteren Abschluss zu sprechen, als mein Handy klingelt. Am Ton erkenne ich bereits, wer anruft, und drücke den Anruf weg, bevor ich mein Telefon auf lautlos stelle. Das erweist sich als gute Entscheidung, denn kaum habe ich den Button angetippt, klingelt es erneut und ein Name erscheint auf dem Display.

Obwohl ich wieder nicht rangehe, läutet das Handy nach Ende des Anrufs erneut. Ausdauer hat sie. Aber ich will mich jetzt nicht mit ihr befassen. Dieser Aufenthalt hier ist mir mehr als willkommen und die Aussicht, immer wieder mal für eine kurze Zeit der Stadt und damit auch ihr entfliehen zu können, lässt mich fast so sehr grinsen wie die Vorstellung, die Nächte mit Emma zu verbringen.

Vermutlich habe ich mich deswegen überzeugen lassen, dieses Hotel noch nicht auf den Markt zu werfen, obwohl die Lage ziemlich aussichtslos ist.

5
Emma

»Danke, Jan, die Polentataler sind wieder großartig.« Ich lächle meinem Souschef zu, der mir, wie eigentlich bei jedem Gericht, perfekt zuarbeitet.

Mit ihm habe ich am liebsten Schicht, weil wir schon zusammen kochen, seitdem ich von meiner Ausbildung zurückgekommen bin. Unsere Abläufe harmonieren und ich kann quasi blind meine Hand nach ihm ausstrecken und weiß, er drückt mir das, was ich brauche, hinein.

Wenn ich es nicht so lieben würde zu kochen, hätte ich ihn längst zum Chefkoch gemacht und mich nur um das Hotelgeschäft gekümmert. Aber ich würde lieber einen Manager für das Hotel finden und mich auf die Küche konzentrieren. Die Frage ist nur, wie lang ich Jan halten kann, wenn ich ihm keine Aufstiegschance mehr biete. Noch kann ich ihm Dinge beibringen, aber irgendwann weiß er alles, was ich beherrsche.

»Kann ich dir noch irgendwie helfen?«, will Jan wissen, nachdem wir den Service beendet und die Küche gesäubert haben.

»Nein danke. Ich muss etwas testen und da brauche ich …«

»Deine Ruhe«, beendet er meinen Satz mit einem Lächeln.

Jan ist groß und schlank. Seine blauen Augen wirken wie das Wasser eines Gebirgssees und seine dunkelblonden Haare trägt er als Undercut. Marie meinte einmal, Jan sei unglaublich attraktiv. Aber ich sehe in ihm irgendwie nur einen Kollegen, obwohl ich zugeben muss, dass bei seinem Lächeln auch mein Herz flattert.

»Genau. Du weißt ja, ich bin da eigen.« Auch ich lächle ihm zu.

»Soll ich dann die Frühschicht übernehmen? Du siehst aus, als könntest du Schlaf vertragen. Dieser Bankmensch scheint dich ziemlich auf Trab zu halten.«

Bei den Worten rutscht mir das Herz in die Hose. Ich weiß, wie Jan das meint. Er kann nicht wissen, dass Philipp und ich etwas miteinander haben. Immerhin hat er uns noch nie zusammen gesehen. Trotzdem werde ich nervös.

»Es geht um viel«, erkläre ich ausweichend. »Kochen lenkt mich ab. Also, danke für das Angebot, aber ich baue in der Küche meinen Stress ab.«

Jan nickt nachdenklich. »Falls du reden willst oder irgendetwas anderes brauchst, sag Bescheid.«

Er klopft mir auf die Schulter, verstaut noch die letzten sauberen Pfannen an ihrem Platz und verlässt dann die Küche. Kaum ist er fort, atme ich tief durch.

Geheimniskrämerei ist nicht meins. Ich bin eine schlechte Lügnerin, verrate mich viel zu schnell durch meine Mimik. Wie gut, dass ich den ganzen Abend genug Arbeit hatte. Das Restaurant war voll und das muss auch Philipp aufgefallen sein, der hier zu Abend isst. Auch wenn er untertags diese eiskalte, emotionslose Miene aufsetzt und mir das Gefühl gibt, dass alles, was ich mache, nicht genügt.

Weil meine Gedanken sich zu sehr um ihn drehen, beginne ich, ein Gericht für das Probeessen der Maiers zu testen.

Doch während der Biskuitboden auskühlt und ich die Creme rühre, muss ich wieder an Philipp denken. Ich werfe einen Blick auf die Uhr an der Wand. Draußen ist es längst dunkel und gestern ist er in etwa um diese Uhrzeit in meinem Büro aufgetaucht. Ob ich ihm dort einen Zettel hätte hinterlassen sollen, dass er mich hier findet?

Wenn ich mit diesem Testlauf für das Dessert fertig bin, werde ich mal zur Rezeption gehen. Schnell richte ich den Kuchenboden her, streiche Marmelade darauf und danach die Creme. Gerade setze ich die Schüssel ab und kratze den Rest der Masse mit dem Teigschaber zusammen, da räuspert sich jemand hinter mir.

Als ich aufsehe, lehnt Philipp an der Wand und mustert mich. »Störe ich?«

Seinen Ausdruck kann ich nicht genau deuten. Ob er sauer ist?

Ich schüttle den Kopf. »Tut mir leid, ich bin noch nicht dazu gekommen, das hier auszuprobieren, und bis Freitag sollte ich das Hochzeitsmenü getestet und Kostproben bereithaben.«

»Und was servierst du statt Champagner und Kaviar?« Er kommt näher und betrachtet die Creme in der Schüssel mit einem Schmunzeln.

Okay, er ist nicht sauer. Wieso sollte er auch? Wir haben nichts fest ausgemacht.

Wie von selbst ziehe ich den Teigschaber heraus und tauche meinen Finger in die Creme, um Philipp diesen hinzuhalten. Erst als er verwirrt darauf blickt, wird mir bewusst, wie peinlich das ist, und ich will mich zurückziehen.

Da umfasst er mein Handgelenk und beugt sich nach vorn. Seine Lippen schließen sich um meinen Finger und er saugt daran, während seine Augen auf meine gerichtet sind.

Mein Magen kribbelt und ich halte den Atem an. Er muss die Creme längst gegessen haben, aber seine Zunge streicht immer noch über meinen Finger und ich muss daran denken, was er damit bereits mit mir angestellt hat.

In seinen Augen lodert es gefährlich auf, als er meinen Finger freigibt, mein Handgelenk aber immer noch festhält.

»Champagnercreme also«, stellt er mit rauer Stimme fest und kommt näher. »Kann ich noch eine Kostprobe haben?«

Mein Puls steigt. Ich tauche den Zeigefinger meiner anderen Hand in die Creme. Doch anstatt sie ihm hinzuhalten, streiche ich sie auf meinen Mund.

Philipp beugt sich nach vorn und umschließt meine Lippen mit seinen. Es ist kein richtiger Kuss, denn er saugt an meiner Haut, aber das Gefühl zieht sich wie ein Blitz bis zu meinem Nacken und meine Wirbelsäule hinab, sammelt Wärme in meiner Mitte und lässt mein Verlangen nach ihm auflodern.

Ich will ihn in mir spüren, am besten gleich hier. Und als er sich von mir löst, möchte ich ihm das sagen, allerdings nimmt jetzt er etwas Creme auf seinen Finger und berührt damit meinen Hals.

Keuchend klammere ich mich an ihn, als er seine Lippen auf die Stelle senkt und Feuer durch meinen Körper schickt. Er hält immer noch mein Handgelenk, aber mit seiner freien Hand öffnet er die Knöpfe meiner Kochjacke und sieht mich mit einem Kopfschütteln an, als er feststellt, dass ich heute ein T-Shirt darunter trage.

»Dann werde ich dich wohl ausziehen müssen, um noch mehr zu kosten«, verkündet er leise.

»Ich habe eine andere Idee.«

Er hebt eine Augenbraue. »Ach, und die wäre?«

»Lass dich überraschen.« Ich ringe um Fassung. »Aber erst muss das hier in den Kühlschrank.«

Philipp gibt ein Grunzen von sich, lässt mich aber los und sieht zu, wie ich die Form in den Kühlraum bringe. Dann schnappe ich meine Handtasche mit der Kondompackung darin, greife nach seiner Hand und führe ihn durch das Hotel.

Wir gehen die Treppen hinunter zum Pool, der für die Zimmer uneinsichtig ist. Aber die Terrasse dort ist toll, besonders an so warmen Abenden wie heute.

Mit meiner Schlüsselkarte verschaffe ich uns Zugang, obwohl der Bereich seit zwei Stunden geschlossen ist. Philipp betrachtet mich nachdenklich, während ich die Tasche auf eine Liege stelle.

»Und was genau hast du jetzt vor?«, fragt er und klingt beinahe enttäuscht.

Ich entledige mich der Kochjacke und ziehe das T-Shirt über den Kopf. »Schwimmen gehen«, erwidere ich, öffne den BH und lasse ihn langsam zu Boden gleiten.

Er beobachtet mich, wie ich meine Hose und das Höschen folgen lasse und vollkommen nackt im Mondlicht vor ihm stehe.

»Schwimmen?«, hakt er amüsiert nach.

»Ja, ich brauche etwas Abkühlung. Du kannst gerne mitkommen«, sage ich neckisch und beeile mich, in den Pool zu gelangen.

Aus dem Augenwinkel sehe ich, wie er sein Hemd öffnet und gleichzeitig aus den Schuhen schlüpft.

Das Wasser fühlt sich angenehm kühl an. Ich tauche ein, schwimme ein paar Züge und halte mich dann am Rand fest. Als Philipp mich erreicht, dreht er mich um und presst mich an die Wand.

»Das mit der Abkühlung klappt bei mir nicht, wenn du nackt herumplanschst. Ich hoffe deswegen, es bleibt nicht nur beim Schwimmen«, raunt er. »Noch einen Abend nur daran zu denken, wie es sich anfühlt in dir zu kommen, ertrage ich nicht.«

Ich schlucke, während ich ihm in die goldenen Augen mit dem grünen Kranz blicke. Wie ein ausgehungerter Wolf betrachtet er mich und ich kann mir denken, dass er sich jeden Augenblick auf mich stürzt.

Sein Penis drückt hart gegen meinen Oberschenkel und die Bewegungen des Wassers treiben ihn immer wieder ein Stück fort, nur um ihn erneut gegen mich zu pressen.

Ich lege meine Hände in Philipps Nacken und ziehe seinen Kopf zu mir herab. Seine Lippen sind warm und der Kuss lässt mich den Hunger erkennen, den er auf mich hat. Philipp ist nicht grob, aber er drängt sich an mich und seine Zunge ist so fordernd, dass ich kaum noch Luft bekomme.

Am liebsten würde ich meine Beine um seine Hüften schlingen und ihn hier in mir aufnehmen. Aber das wäre vermutlich die dümmste Idee, die es gibt. Ich kenne ihn nicht und will kein Risiko eingehen.

Also lege ich meine Hände an seine Brust und drücke ihn von mir. »Gut, kein Schwimmen mehr.«

Ich drehe mich keuchend um und ziehe mich aus dem Wasser heraus. Natürlich biete ich ihm damit meine Rückansicht, aber ich gehe davon aus, dass ihm die genauso gefällt wie mir seine. Noch bevor ich aufstehen kann, hat Philipp ebenfalls das Wasser verlassen und schlingt die Arme um mich.

Er presst seine Lippen an meine Halsbeuge und ich gebe ein leises Stöhnen von mir. Woher weiß er nur, dass ich genau bei dieser Stelle jedes Mal schwach werde?

»Sag mir, dass in deinem Büro Kondome auf uns warten.«

»Besser«, sage ich heiser und bugsiere uns zu der Liege, auf der meine Tasche steht.

Ich habe die Packung noch nicht richtig herausgezogen, da nimmt er sie mir ab und reißt sie auf. Die Tasche landet auf dem Boden und ich dafür seitlich auf der Liege. Philipp drängt sich an mich und hebt mein oberes Bein an.

Als ich seine Penisspitze spüre, die über meine Mitte reibt, kann ich nicht anders, als genüsslich zu keuchen. Aber das reicht mir heute nicht.

Deswegen bewege ich mein Becken und Philipp knurrt, bevor er endlich zustößt.

Er fühlt sich so verdammt gut an und jede Bewegung sendet neue Schauer durch meinen Körper.

Er hebt mein Bein ein wenig mehr an und stößt wieder zu. Diesmal nehme ich ihn so tief in mir auf, dass mir fast schwindelig wird. Er führt seinen zweiten Arm unter mir durch, legt ihn über meine Brust und zieht meinen Oberkörper enger an seinen. Als er wieder zustößt, stöhne ich laut und kann fast nicht glauben, dass dieses Geräusch von mir stammt. Sehen kann man uns von den Zimmern zwar nicht, aber hören. Wobei mir das gerade vollkommen gleichgültig ist.

Philipps Bewegungen werden sanfter, dafür rhythmischer und jeder Stoß treibt mich näher an den Höhepunkt heran. Als er auch noch die Stelle an meinem Hals küsst, kann ich nicht mehr.

»Philipp«, keuche ich.

Er gibt ein Knurren von sich und zieht mich enger an sich, während mein Becken zu beben beginnt und ich meine Finger in seinen Arm vor meiner Brust kralle.

Philipp stöhnt und während ich am Höhepunkt meiner Lust ankomme, fühle ich sein Pulsieren in mir. Er presst seine Lippen an meinen Hals und sein heißer Atem streicht stoßweise über meine Haut, während er sich langsamer bewegt.

Dann halten wir beide still, nur unsere Brustkörbe heben und senken sich. Meine Mitte fühlt sich angenehm wund an. Ich schließe die Augen und dränge mich enger an Philipp, um diesen Moment auszukosten.

Er lässt mein Bein los und schließt auch den zweiten Arm um mich. Sein Atem geht immer noch schnell und kribbelt auf meiner Haut.

»Möchtest du mit auf mein Zimmer kommen?«, fragt er nach einer Weile. »Wir könnten eine Flasche Wein mitnehmen und uns danach gegenseitig *entspannen.*«

Es klingt verlockend, mit ihm die Nacht zu verbringen und noch einmal Sex zu haben. Außerdem würde ich ihm gerne einen blasen. Einfach weil ich sehen möchte, wie er die Kontrolle verliert, wenn ich vor ihm knie. So wie es mir ging, als er mich mit seiner Zunge verwöhnt hat.

»Ich habe morgen Frühschicht«, erwidere ich dennoch. »Und mein Steuerberater hat mir gesagt, dass der Herr von der Bank danach noch einige Fragen an mich hat.«

»Vielleicht ist der Herr von der Bank morgen auch zu müde für diese Fragen.« Er streicht mit seinen Fingerspitzen über meinen Bauch. »Allerdings wäre er wohl ziemlich brummig, wenn er nicht wieder so ein köstliches Frühstück wie heute Morgen bekommt.«

»Ach, dann geht seine Laune also durch den Magen?«, hake ich mit einem Grinsen nach.

»Das ist unverfänglicher als die Tatsache, dass er dir gerade vorgeschlagen hat, die Nacht mit ihm zu verbringen.«

»Was wäre, wenn ich ihm vorschlage, morgen die Nacht mit mir zu verbringen? In meinem Haus ...«

»Hältst du das für klug?«, fragt er zögerlich.

In meinem Magen kribbelt es. Halte ich es für klug? Vermutlich nicht. Aber ich will es trotzdem.

»Ich habe morgen ab dem frühen Nachmittag frei«, erkläre ich. »Marie drängt mich jeden Tag, nicht schon wieder die Spätschicht zu übernehmen, weil Jan das allein kann. Wenn ich also morgen Abend hier auftauche, ist das verdächtiger, als wenn du das Hotel nach dem Essen verlässt und nicht zurückkommst.«

»Weil mich kein Mensch vermissen wird.«

»Weil jeder denken wird, du bist spazieren oder hast eben etwas vor«, berichtige ich ihn. »Mit deiner Schlüsselkarte kannst du immerhin jederzeit in das Hotel hinein.«

»Und wenn jemand sieht, wie ich dein Haus betrete?«

»Wem sollte das auffallen? Man sieht von der Straße den Eingang nicht und auch wenn man das meinen könnte, beobachten die Nachbarn hier sich nicht gegenseitig.«

»Ich lasse es mir durch den Kopf gehen«, murmelt er.

»Mach das«, erwidere ich und atme tief durch, weil ich die Enttäuschung nicht aus meiner Stimme verbergen kann.

Ich möchte ihn morgen sehen und genau das ist das Problem. Ich fühle mich mehr zu ihm hingezogen, als ich sollte. So sehr ich mir einreden möchte, dass es nur Sex ist, muss ich doch an gestern denken. Als er mich auf seinem Schoss gehalten hat und mit seiner Hand befriedigt hat. Es hatte etwas Verspieltes, wie früher als Teenager.

Er hat das getan, ohne eine Gegenleistung zu fordern. Für mich.

Und auch jetzt hält er mich, obwohl er gehen könnte. Tagsüber mag er den kühlen Bankmenschen geben, aber wenn wir allein sind, ist Philipp anders. Er ist nicht romantisch, aber das muss er gar nicht sein. Genau wie ich weiß er, was er will, aber er holt es sich nicht rücksichtslos. Zumindest nicht, wenn wir miteinander schlafen.

Allein bei dem Gedanken, wie er heute an meinem Finger gesaugt hat, werden meine Knie weich. Das hatte etwas unglaublich Erregendes.

Doch es geht mir nicht mehr nur um Sex. Sondern um Sex mit ihm. Und das ist gefährlich.

»Ich sollte noch die Küche sauber machen«, sage ich deswegen.

»Soll ich dir helfen?«

»Ich bin in meiner Küche sehr penibel«, wehre ich ab.

Nicht, dass ich nie Hilfe annehmen würde, aber wenn er mitkommt und mir zur Hand geht, fühle ich mich vielleicht noch mehr zu ihm hingezogen. Dabei möchte ich jetzt schon bei ihm bleiben ...

»Verstehe.« Er lässt mich los. »Wir sehen uns ohnehin morgen.«

Ich weiß, dass er den Termin mit dem Steuerberater meint. Trotzdem schlägt mein dummes Herz schneller.

»Wenn es okay ist, bleibe ich noch kurz hier«, sagt er, als ich aufstehe und meine Kleidung zusammensuche.

»Klar. Zieh einfach die Tür ins Schloss, wenn du gehst«, erwidere ich, ohne ihn anzusehen.

Er schweigt. Ich schlüpfe in meine Sachen und verlasse den Pool, so schnell ich kann.

Ich weiß nicht, wie er das macht, aber Philipp sieht wie aus dem Ei gepellt aus. Sein Anzug sitzt perfekt, ebenso wie das Hemd, die Krawatte und die Frisur. Das Gesicht ist frisch rasiert und er hat keine Ringe unter den goldenen Augen.

Vielleicht ist er ein Vampir. Anders kann ich mir das nicht erklären. Denn ich genehmige mir gerade den dritten Kaffee und kann trotzdem kaum die Augen offen halten.

Mit diesem steinernen Blick, der mir mittlerweile vertraut ist, starrt er auf den Bildschirm seines Laptops, während wir über das laufende Jahr sprechen. Mein Steuerberater hält sich dabei zurück, trotzdem bin ich froh, dass er da ist.

Die Vorstellung, mit Philipp allein zu sein, ist irgendwie seltsam. Besonders wenn er mich nicht ansieht, wie jetzt. Aber wir haben einen Deal und ich werde mich daran halten, unsere Bettgeschichte von dieser Überprüfung zu trennen. Alles andere kommt nicht in Frage. Ich werde die Tatsache, dass wir miteinander schlafen, nie benutzen, um das Hotel zu retten.

Ich erkläre gerade die letzten Monate und den Ausblick für die nächsten, da läutet sein Telefon. Die Melodie kommt mir bekannt vor, ich glaube, sie stammt aus dem *Zauberer von Oz,* wenn die böse Hexe auftaucht.

Für einen Moment entgleitet Philipp die unbewegliche Miene und eine Falte bildet sich zwischen seinen Augenbrauen. Er zieht das Telefon aus seiner Jackentasche und beendet das Lied. Das Handy hat er dabei wohl auf lautlos gestellt, denn als es sich wieder meldet, vibriert es nur noch und er lässt es in der Aktentasche verschwinden, wo das Summen nur mehr leise zu hören ist.

Ungerührt fährt er fort und ich kippe den mittlerweile fünften Kaffee hinunter. Allerdings zeigt er genau so wenig Wirkung wie die davor.

»Ich denke, das genügt für heute«, meint Philipp um kurz nach zwölf. »Wenn Sie, Herr Zeller, noch verfügbar sind, würde ich das Anlagevermögen und die Abschreibungen gerne mit Ihnen durchgehen. Da dies nicht Ihr Fachgebiet ist, können wir die restlichen Punkte auf morgen verschieben, Frau Langhauser.«

Wirft der Kerl mich jetzt allen Ernstes raus? Ich starre ihn ungläubig an, doch als mein Blick auf seinen trifft, verflüchtigt sich das wütende Grollen in meinem Magen. Ich entdecke Wärme in seinen Augen und irgendwie beschleicht mich das Gefühl, dass ihm nicht entgangen ist, wie fertig ich bin.

»Wenn Sie mich nicht benötigen, will ich nicht stören«, erwidere ich dennoch frostig.

»Manche Dinge muss man delegieren«, erklärt Philipp völlig unbeeindruckt.

»Gut, dann werden wir also morgen den Ausblick für das zweite Halbjahr durchgehen«, sage ich und stehe auf.

Auch Philipp erhebt sich, was ich süß finde. Ich gebe zu, am ersten Abend in den Jeans und mit dem Dreitagebart fand ich ihn extrem heiß. Aber in dem Anzug macht er auch eine gute Figur, besonders, weil ich weiß, was unter dem Hemd verborgen ist. Und unter der Hose, die für meinen Geschmack viel zu locker sitzt.

Ich nicke ihm zu und verlasse den Raum. Vor der Tür atme ich tief durch.

»So schlimm?«

Ich mache einen Sprung zur Seite und presse meine Hände vor die Brust, während ich Marie anstarre.

»Schleich dich nicht so an.«

Sie grinst. »Sorry, ich dachte, du hast mich bemerkt. Also, wie sieht es aus? Läuft es?«

Ich weiß, dass sie die Rettung des Hotels meint, aber ihre Worte lösen einen leichten Panikanfall in mir aus. Marie sieht und hört mehr, als ich mir manchmal eingestehen will. Und der Gedanke, dass sie mitbekommen haben könnte, was zwischen Philipp und mir läuft, lässt kalten Schweiß über meinen Rücken fließen.

»Ich bin nicht sicher. Er lässt nicht erkennen, ob er von meinen Plänen überzeugt ist, geschweige denn beeindruckt.«

Während ich die Worte ausspreche, wird mir bewusst, wie sehr ich mir wünsche, dass er von meinen Ideen überzeugt ist und mir die zweite Chance gibt, die ich brauche. Zwar hätte ich dann die nächsten Jahre einen unglaublich hohen Kredit laufen und könnte von Glück reden, wenn ich noch einen für die geplanten Renovierungen und Ausbauten bekomme, aber das wäre es wert.

»Weißt du«, meint Marie und kommt näher. »Ich denke, wenn er noch nicht überzeugt ist, wird er das bald sein.«

»Wie kommst du darauf?«

»Ich habe ihm die letzten Abende das Essen serviert und ihn beobachtet. Er hält zwar diese Interessiert-mich-nicht-Miene aufrecht, aber sobald er etwas isst, bröckelt sie. Und ich bin sicher, das liegt an dir.«

Ich räuspere mich und huste. »Was habe ich damit zu tun?«

»Na, du bist die Köchin«, erklärt sie verwirrt. »Dein Essen scheint ihn umzuhauen. Aber ich prüfe das heute, wenn du frei hast und endlich mal etwas abschaltest.«

»Was das betrifft ...«

Marie hebt die Hand. »Sag nicht, du musst noch viel machen. Ich habe die Häppchen im Kühlraum gefunden, wie lange warst du gestern in der Küche?«

»Mitternacht, oder so ...«

»Und du warst heute um halb sechs wieder hier, obwohl das Frühstück erst um halb acht beginnt, ich Bereitschaft hatte und Jan sicher eingesprungen wäre, wenn du ihn gebeten hättest.«

»Woher weißt du, wann ich hier auftauche?«

Es gibt im Hotel keine Kameras, aber wenn Marie, ohne hier zu sein, weiß, wann ich ankomme, muss sie auch wissen, wann ich gehe. Das könnte ein Problem werden ...

»Du hast eingestempelt, du Vorzeigemitarbeiterin«, erwidert sie grinsend. »Ich prüfe, wie zuverlässig das Personal ist, schon vergessen?«

»Wie könnte ich?«, murmle ich und hoffe, sie hört den Stein nicht, der mir gerade vom Herzen fällt.

»Also, du nimmst dir den Abend wie geplant frei und morgen helfe ich dir bei den restlichen Vorbereitungen für das Gespräch mit dem Brautpaar am Freitag«, meint Marie.

»Du kommst nicht in meine Küche«, erwidere ich mit erhobenem Zeigefinger. »Das letzte Mal musste ich drei Tage putzen.«

»Ich dachte auch eher an die Präsentation und die Dekoration.« Marie zwinkert. »Dass du niemanden in deine Küche lässt, von fachmännisch ausgebildetem Personal abgesehen, weiß ich.«

So ganz stimmt das nicht. Mir gefällt die Vorstellung, dass Philipp mein Essen mag und er mir dabei zusieht, wie ich es zubereite. Bei dem Gedanken kribbelt meine Haut und ich räuspere mich noch einmal.

»Gut, dann ... danke. Sollte etwas sein oder Herr Senoner etwas benötigen ...«

»Erkläre ich ihm, dass er sich zum Teufel scheren soll und dich morgen belästigen kann. Und jetzt ab mit dir.«

Marie drückt mir die Tasche, die im Büro stand, in die Hand. Zum Glück ist sie zu und ich schätze Marie nicht so ein, dass sie darin gewühlt hat. Sie hätte mich längst auf die Kondome angesprochen, die sich immer noch darin befinden.

»Ruh dich aus. Bis morgen«, sagt sie und begleitet mich zur Tür.

»Ich gehe ja schon«, brumme ich, weil ich erneut hinausgeworfen werde.

Aber kaum stehe ich im Freien, atme ich durch. Ich bin wirklich erschöpft. Wenn Philipp nicht am Abend zu mir kommen würde, würde ich mich ins Bett werfen und schlafen. Aber das Risiko, dass ich nicht wach werde, wenn er anläutet, ist zu groß.

Ich werde mir also eine Beschäftigung suchen müssen und wenn ich an die Kartons aus dem Haus meines Vaters denke, die schon länger in meinem Gästezimmer stehen, weiß ich auch, was ich machen werde.

6
Philipp

Das Handy vibriert schon wieder und der Name ist derselbe wie vor zehn Minuten. Dass sie hartnäckig bleibt, wundert mich kein bisschen, Anstand und Verständnis fehlen ihr schon immer. Natürlich weiß sie, wo ich mich befinde, aber das hält sie nicht davon ab, mich zu nerven. Obwohl wir klare Regeln aufgestellt haben, wenn ich diesen Auftrag annehme.

Aus dem Grund lege ich das Telefon in den Zimmersafe, bevor ich zum Essen gehe. Zwar kann Emma mich nun auch nicht mehr erreichen, aber sie hatte mehr als genug Zeit, unser Treffen doch noch abzusagen.

Auf dem Flur ist für einen Mittwoch viel los. Es ist zwar noch Nebensaison, aber das Hotel ist gut gebucht. Das lasse ich in meine Bewertung einfließen, doch wie ich mich entscheide, was den Kredit betrifft, weiß ich noch nicht. Zumal das Hotel noch einen weiteren für Renovierungen brauchen wird, wenn es eine Zukunft haben soll.

Natürlich sehe ich, wie sehr Emma sich bemüht und ihr Engagement scheint Früchte zu tragen. Aber die Zahlen sprechen nun einmal gegen sie, besonders, wenn ich mir die Bewertung des Gebäudes ansehe, das sie auch für einen zweiten Kredit als Sicherheit hinterlegen müsste. Aus dem Steuerberater war nicht herauszubekommen, warum Emmas Vater nichts in das Hotel investiert hat und was aus dem Geld, das er sich geliehen hat, geworden ist. Von Emma werde ich vermutlich auch nichts erfahren, doch es gibt andere Möglichkeiten. Ich finde immer, was ich suche, egal wie gut es versteckt ist.

An meinem Tisch wartet bereits die Karte mit dem Abendmenü. Es liest sich genauso hervorragend wie die Abende zuvor. Allerdings weiß ich, dass diesmal nicht Emma die Speisen zubereitet.

Das merke ich auch, als ich die Vorspeise bekomme. Das Rindertartar ist handwerklich gut gemacht und auch schön angerichtet, der Koch ist also sicher geübt. Doch die Raffinesse, die ich bei Emmas Gerichten am Gaumen spüre, fehlt. Ihr Essen hat immer eine überraschende Note, die einen reizt, mehr zu wollen.

Ich lasse die Gabel sinken, als mir bewusst wird, dass das nicht nur für ihr Essen gilt.

»Sind Sie schon fertig?«, fragt eine Frau und ich blicke auf.

Wenn ich mich richtig erinnere, hat Emma sie Marie genannt, und als ich sie zum ersten Mal traf, habe ich sie für die Hotelmanagerin gehalten. Aber wie es scheint, gibt es keinen wirklichen Manager und Marie ist wie Emma ein Mädchen für alles in diesem Haus.

»Ja, danke«, brumme ich.

»Hat es Ihnen nicht geschmeckt?«, fragt sie und blickt auf den halb vollen Teller.

»Heute habe ich nicht so recht Appetit.«

Sie nickt, als verstünde sie. »Alles klar. Ich hoffe, der nächste Gang kann Sie mehr überzeugen.«

Davon gehe ich nicht aus, was vermutlich ungerecht ist. Aber tatsächlich kann mich weder die Suppe noch der Hauptgang und erst recht nicht das Dessert für sich einnehmen.

Allein wenn ich an den Geschmack von der Champagnercreme denke, die ich gestern probiert habe ... Ob es daran lag, dass ich sie von Emmas Haut gesaugt habe? Bevor jeder sehen kann, woran ich denke, verbanne ich die Erinnerung an den Geschmack und Emmas heißen Atem und widme mich wieder dem Essen.

Nachdem ich fertig bin, stehe ich auf, und da diese Marie an einem anderen Tisch beschäftigt ist, nutze ich die Möglichkeit, um das Hotel zu verlassen.

Das Jackett habe ich im Zimmer gelassen, doch ich trage immer noch die Anzughose und das Hemd. Irgendwie fühle ich mich darin wohler als in dem legeren Outfit am Samstag.

Ich schlendere die Straße Richtung Ortsmitte entlang, biege dann ab und schlage den Weg zu Emmas Haus ein. Zu Fuß sind es keine zehn Minuten und ich ermahne mich selbst, mir Zeit zu lassen.

Aber die Wahrheit ist, dass meine Hände schwitzen und mein Puls viel zu hoch für das Tempo ist, in dem ich laufe. Weil ich sie sehen will. Und das bereitet mir Kopfzerbrechen. Ob Emma für mich mehr als nur eine Nummer in meiner Kontaktliste für Gelegenheitssex ist?

Einen Moment überlege ich umzudrehen. Doch dann gehe ich weiter. Ich bin sicher, dass ich das im Griff habe. Mein Plan für den Abend lautet, mit ihr Wein zu trinken, in ihrem Schlafzimmer zu verschwinden, sie wieder zum Stöhnen zu bringen und ihr Gesicht zu beobachten, wenn sie kommt. Danach gehe ich ins Hotel zurück und verbringe die Nacht allein und nicht bei ihr, wie sie vorgeschlagen hat. Genau so handhabe ich es immer und so wird es auch diesmal sein.

Warum ich ihr gestern vorgeschlagen habe, mit mir auf mein Zimmer zu kommen, weiß ich nicht. Es passt nicht zu mir und das hinterlässt ein unangenehmes Gefühl in meinem Magen. Weil es auch untypisch für mich ist, so oft hintereinander mit derselben Frau ins Bett zu gehen. Vermutlich liegt das daran, dass ich Emma nicht jederzeit sehen kann und der Sex mit ihr verdammt gut ist. Genau, das muss der Grund sein.

Vor ihrer Tür angekommen, bleibe ich stehen und zögere. Schließlich atme ich tief ein, hebe die Hand und läute. Nichts regt sich, also läute ich noch einmal.

Erst kneife ich die Augen finster zusammen. Wenn sie mich nicht sehen will, hätte sie absagen können. Doch mit einem Mal zieht sich mein Magen zusammen. Was, wenn ihr etwas zugestoßen ist?

Allein dass ich das denke, ärgert mich. Ein letztes Mal läute ich, zähle bis fünf und drehe mich um.

Da klickt es und die Tür wird aufgerissen.

»Entschuldige.« Emma schnieft und ich wende mich ihr zu.

Ihre Augen sind gerötet, genau wie die Haut um ihre Nase. Bei ihrem Anblick verfliegt die Entschlossenheit, nur mit ihr zu schlafen und dann abzuhauen.

»Hast du geweint?«, frage ich alarmiert und bewege mich auf sie zu.

Sie wischt sich mit dem Handrücken über die Augen und verschmiert die letzten Reste ihrer Mascara. Emma so zu sehen, versetzt mir einen Stich in die Magengrube. Bin ich schuld daran, dass es ihr so geht?

»Ja, ich ... also ...«

»Was ist los?« Langsam gehe ich näher.

Sie starrt auf meine Füße und reibt sich mit dem Ärmel über die Nase.

»Es ist nichts«, murmelt sie.

»Nichts sieht anders aus.«

Immer noch sieht sie mich nicht an. Sie seufzt tief und schließt einen Moment die Augen, bevor sie wieder auf meine Schuhe blickt. »Ich wollte nicht schlafen, bevor du hier bist. Also habe ich endlich die Kisten mit den Sachen meines Vaters ausgepackt, sortiert und ...«

Ihre Lippen beben und ich kann nicht anders. Ich schließe die Entfernung zwischen uns, ziehe sie in die Arme und halte sie fest. Ihre Tränen sickern in mein Hemd, aber das stört mich nicht. Und als ihr Körper zu beben beginnt, streiche ich ihr über den Rücken.

Aus den Unterlagen weiß ich, dass ihre Mutter starb, als Emma ein Kind war. Ihr Vater war ihr letzter Verwandter. Sein Verlust muss sie schwer getroffen haben. Und auch wenn ich das Gefühl habe, dass die Mitarbeiter des Hotels oder die Leute im Ort ihre Freunde sind und ihr beistehen wollen, ist sie dennoch mit allem ganz allein.

»Es ist in Ordnung, wenn man mal schwach ist«, sage ich leise. »Falls du eine Schulter zum Anlehnen brauchst, kannst du gerne meine ausborgen.«

Sie schluckt laut, schiebt sich ein Stück von mir und blickt zu mir auf. Erst jetzt wird mir klar, wie faszinierend ihre Iriden sind. Gerade sind sie rehbraun, aber gestern, als wir zusammen waren, haben sie grün gewirkt …

»Wieso willst du mir deine Schulter leihen?«, fragt sie heiser. »Wir kennen uns kaum und ich dachte …«

Sie will wieder ihre Hand anheben, um die Tränen wegzuwischen, aber ich komme ihr zuvor. Behutsam streiche ich mit meinen Daumen über ihre Wangen und Emma versteift sich unter meiner Berührung.

»Ich weiß nicht, welchen Eindruck ich dir vermittelt habe, aber«, ich umfasse ihr Gesicht mit meinen restlichen Fingern, »wenn du denkst, ich bin nur hier, um mit dir zu schlafen, ganz egal wie du dich dabei fühlst, dann kann es kein guter sein.«

»Es ist nur …« Sie schnieft leise. Ihr Blick wandert zu meinem Hemd und sie beißt sich auf die Unterlippe. »Ich habe dein Hemd ruiniert.«

»Willst du reden?«, frage ich behutsam.

Ich halte sie immer noch fest, doch Emma weicht meinem Blick aus und ich will sie nicht zwingen, mich anzusehen.

Da sie schweigt, versuche ich es anders.

»Darf ich reinkommen?«

Jetzt schaut sie auf und ihr Blick trifft auf meinen. Bei der Verletzlichkeit, die ich darin entdecke, wird mir flau im Magen.

»Ich bin heute keine besonders … reizvolle Gesellschaft«

»Das ist in Ordnung«, erwidere ich, weil ich verstanden habe, dass wir heute nicht miteinander im Bett landen. »Ich denke nur, du solltest nicht allein sein.«

Sie räuspert sich. »Also, wenn du gerne eine Flasche Wein mit mir leeren willst, bist du herzlich eingeladen.«

»Wein klingt hervorragend«, entgegne ich und lasse meine Hände sinken.

Emma geht voran in das Haus, führt mich durch das Wohnzimmer, in dem ich die halb ausgepackten Kisten entdecke, von denen sie gesprochen hat, und öffnet die Tür zum Garten. Als ich in die Abendsonne trete, muss ich schmunzeln.

Gemüse- und Kräuterbeete sind ordentlich im hinteren Teil des weitläufigen Gartens angelegt. Ein kleiner Teich liegt am rechten Rand und links blühen Lavendelsträucher in herrlichem

Lila. Kalkweiße Steinplatten reichen einige Schritte nach vorn und bilden somit die Terrasse. Ein Grill steht darauf, ebenso wie ein Strandkorb. Es ist idyllisch und passt hervorragend zu Emma.

»Warte bitte«, sagt sie und verschwindet wieder im Inneren.

Sie kehrt mit einer Flasche und zwei Gläsern zurück, die sie auf einen Tisch neben dem Strandkorb stellt. Aus ihrer Hosentasche zieht sie einen Flaschenöffner und entkorkt den Wein fachmännisch.

Während sie einschenkt, gehe ich auf den Strandkorb zu und setze mich. Sie hält mir ein gut gefülltes Glas hin und gesellt sich dann mit einem Seufzen zu mir.

Unsere Oberschenkel berühren sich und ich gebe zu, mein Körper reagiert auf ihre Nähe, obwohl ich es nicht will. Das ist nicht der Moment, um darüber nachzudenken, wie sie sich unter mir anfühlt.

Auffordernd hebt sie ihr Glas und wir stoßen an. Dann setzt sie es an die Lippen und trinkt es in einem Zug leer. Ich nippe nur daran und bin von dem Geschmack beeindruckt.

Als Emma ihr Glas erneut mit der rubinroten Flüssigkeit füllt, lege ich meine Hand auf ihre. »Wenn du dich nur betrinken willst, solltest du etwas anderes nehmen. Der Wein ist dafür zu schade.«

Sie stellt ihr halb gefülltes Glas samt Flasche ab und steht auf. Ich betrachte das Etikett. Dass es ein Wein aus der Gegend sein muss, war mir von vornherein klar, aber ich möchte wissen, welcher.

»Ich kenne Franz persönlich«, erklärt sie, während sie eine andere Flasche auf den Tisch stellt und zwei Whiskeygläser dazu. »Seine Familie lebt schon seit Generationen hier und keltert Wein. Die Whiskeybrennerei ist neu, aber sie machen ihre Sache gut.«

Es ploppt, als sie den Korken aus der Flasche zieht und in beide Gläser randvoll einschenkt.

»Du kaufst gerne lokal ein, oder?«, frage ich, ohne das Whiskeyglas in die Hand zu nehmen.

Emma trinkt ihres inzwischen aus und schenkt nach. Wie es scheint, hat sie das wirklich nötig. Ich muss nur aufpassen, dass sie es nicht übertreibt.

»Willst du nicht kosten?«, fragt sie, anstatt zu antworten. »Er ist wirklich gut.«

Ich stelle mein Weinglas zu ihrem und greife dafür nach dem mit dem Whiskey. Er riecht würzig, aber Genaueres kann ich nicht erkennen. Gleichzeitig mit Emma trinke ich einen Schluck und Wärme breitet sich in meinem Gaumen aus. Schärfe zieht meine Kehle hinab und eine fruchtige Note dringt zum Schluss durch.

»Der ist ziemlich gut«, erkläre ich und hebe eine Augenbraue, weil Emma sich noch einmal nachschenkt.

Diesmal schließt sie die Flasche allerdings und setzt sich wieder neben mich, das Whiskeyglas in der Hand.

»Vor zwanzig Jahren war diese Gegend ziemlich unterentwickelt«, sagt sie unvermittelt. »Es gab zwar Weinbauern und auch viele Betriebe, aber sie haben ihre Produkte schlecht vermarktet. Das Hotel gab es damals auch schon, doch die Leute kamen hauptsächlich wegen der frischen Luft. Irgendwann haben sie sich andere Orte gesucht, wo mehr los ist.«

Sie setzt das Glas an die Lippen und nippt diesmal an der Flüssigkeit. An ihren geröteten Wangen und der langsameren Aussprache einiger Worte erkenne ich, dass der Whiskey bereits wirkt.

»Aber dann haben sie erkannt, wie schön es hier ist. Also, die Landwirte, meine ich.« Sie seufzt. »Sie haben ihre Konzepte geändert, etwas gewagt und Manufakturen gegründet. Das war vor etwa zehn Jahren. Damals war ich auf der Uni und habe meinen Vater angefleht, dass wir etwas verändern. Er hat vieles abgelehnt und nur wenig umgesetzt. Das meiste davon erst, als ich wieder zurück war.«

Ich kann die Tränen in ihren Augen erkennen. Emma trinkt einen Schluck und blinzelt.

»Und warum wollte er nichts ändern?«, hake ich nach.

»Wegen meiner Mutter.«

»Das musst du mir erklären.«

»Sie starb an Krebs, als ich ein Kind war«, erzählt Emma mit bebender Stimme. »Mein Vater hat das nie überwunden. Und als ich älter wurde, ist er mir aus dem Weg gegangen, meinte, ich würde ihn zu sehr an sie erinnern. Er wollte nie etwas im Hotel ändern, weil er dachte, er würde sie damit noch einmal verlieren. Sie hat dort nach ihrer Hochzeit alles neu gestaltet. Und als ich die Kisten geöffnet habe, war es wie eine Reise in die Vergangenheit.«

Ihre Hand zittert, zum Glück ist das Glas schon recht leer. Trotzdem nehme ich es ihr ab. Sie keucht, als hätte sie vergessen, dass ich da bin, und sieht mich mit ihren rehbraunen Augen an.

»Ich frage mich, wo ich die falsche Abzweigung genommen habe«, murmelt sie, während ich das Glas abstelle.

»Was meinst du?« Ich lehne mich zurück und betrachte sie.

»Ich muss doch etwas falsch gemacht haben, oder? Sonst wäre ich nicht in dieser Situation. Mein ganzes Leben wollte ich nichts anderes, als das Hotel weiterzuführen, habe ein Studium und eine Lehre gemacht nach der Schule. In den Sommerferien habe ich Praktika in diversen Restaurants und Hotels im Ausland absolviert. Immer habe ich nur für meinen Traum gearbeitet. Und trotzdem liegt alles in Scherben.«

Ihre Lippe bebt und eine einzelne Träne zieht eine Spur über ihre Wange. Bevor ich weiß, was ich tue, ziehe ich sie in die Arme und streiche über ihren Rücken. Sie so zu sehen, fügt mir Schmerzen zu, die ich nicht empfinden sollte.

»Du hast nichts falsch gemacht«, murmle ich an ihrem Ohr.

Ich fühle ihr Schaudern, während ihr Atem schneller geht. Mit den Fingern umklammert sie den Stoff meines Hemds und sie hebt langsam den Kopf.

»Und wieso bist du dann hier?« Sie räuspert sich. »Ich meine, du, der Mann von der Bank, der mir das Hotel wegnehmen will ...«

»Eine Verkettung unglücklicher Ereignisse, für die du meiner Meinung nach nicht verantwortlich bist.«

»Trotzdem willst du das Hotel immer noch veräußern.«.

»Ich habe mich noch nicht entschieden«, erwidere ich leise. »Die Zahlen sprechen zwar gegen dich, aber ich erkenne auch, wie viel du bereit bist, für dieses Hotel zu geben. Du musst mir nur noch beweisen, dass deine Pläne funktionieren können. Denn da bin ich noch nicht überzeugt.«

Sie räuspert sich und richtet sich auf. »Ich wollte dich bestimmt nicht mit meinem schlimmen Schicksal zu einer solchen Antwort bewegen«, sagt sie und starrt wieder auf meine Schuhe.

»Das hast du nicht«, entgegne ich und lege eine Hand an ihre Wange. »Die Antwort wäre dieselbe gewesen, wenn du mich unter anderen Umständen gefragt hättest.«

Sie hebt den Blick und sieht mir in die Augen. Hitze breitet sich in meiner Brust aus und obwohl ich wegschauen will, gelingt es mir nicht.

»Weißt du«, wispert sie und rückt näher an mich, »wenn du im Besprechungsraum sitzt und deinen Laptop finster anstarrst, frage ich mich, ob du mich überhaupt leiden kannst.«

»Es gibt einen Grund, warum ich den Laptop so finster anstarre.« Ich betrachte ihre Lippen, bevor ich ihr wieder in die Augen blicke. »Wenn ich es nicht tun würde, würde ich die ganze Zeit dich ansehen. Wenn ich das mache, muss ich daran denken, wie du dich anfühlst, wie du stöhnst, wenn ich dich berühre. Dann würde ich mit einer Dauererektion in diesem Zimmer sitzen.«

Ihre Hüfte berührt jetzt meine und ihr Gesicht ist nur noch wenige Zentimeter von meinem entfernt. Ich rühre mich nicht, lasse Emma diesen Schritt machen. Sie ist beschwipst und das will ich nicht ausnutzen. Besonders jetzt nicht.

Emma lehnt sich nach vorn und bedeckt meine Lippen mit ihren. Ich schiebe eine Hand an ihren Hinterkopf und ziehe sie enger an mich, vertiefe den Kuss, als sie ihren Mund öffnet und meine Zunge einlässt.

Mit einem Stöhnen berührt sie meinen Oberkörper. Ich lasse ihren Kopf los und hebe sie auf meinen Schoß. Ihre Beine liegen auf dem Polster des Strandkorbs, auf dem wir sitzen, aber ihr Po ruht auf meinen Oberschenkeln.

Ihre Hände gleiten nach unten und sie umfasst den Saum ihres T-Shirts.

»Was machst du da?«, frage ich.

»Ich habe meine Meinung geändert.« Sie lächelt schief. »Vielleicht bin ich doch eine gute Gesellschaft für gewisse Dinge.«

Ich lege meine Hände auf ihre. »Nein, Emma. Du bist betrunken.«

»Das war ich in unserer ersten Nacht auch«, sagt sie und will das T-Shirt hochziehen.

»Da waren wir beide betrunken. Ich bin das heute nicht und du bist gerade ziemlich ... verletzlich.«

Ich kann nicht glauben, dass ich das sage. Natürlich will ich sie. Ich weiß nicht, warum ich von ihr nicht genug bekomme, ganz gleich wie oft ich mit ihr schlafe. Doch die Vorstellung, sie jetzt zu nehmen, obwohl sie so aufgewühlt ist, fühlt sich falsch an.

Sie rutscht auf meinem Schoß herum und ich halte den Atem an. »Und doch willst du mich«, meint sie zufrieden, weil sie meine Erektion spüren kann.

Ich halte ihre Hände weiterhin fest und presse meine Lippen an ihre Halsbeuge. Sie gibt einen heiseren Laut von sich und legt den Kopf in den Nacken.

»Ich will dich immer«, gestehe ich. »Du bist heiß und leidenschaftlich, bei allem, was du machst.« Noch einmal küsse ich ihren Hals und genieße das Stöhnen, das ihr entschlüpft. »Besonders im Bett.«

»Dann schlaf mit mir. Gleich hier.«

»Nein«, erwidere ich mit der letzten Willenskraft, die ich aufbringen kann. »Nicht so, nicht heute. Du würdest mich danach hassen.«

Ich schiebe meinen Arm unter ihre Knie und lege den anderen um ihre Schultern. Dann stehe ich mit ihr auf und ziehe sie an meine Brust.

»Aber ich lasse dich heute Nacht nicht allein«, verspreche ich und kehre mit ihr ins Haus zurück. »Es wird nur anders sein als sonst.«

Während ich sie zum Schlafzimmer trage, beginnt sie zu weinen und ich weiß, dass ich das Richtige getan habe. Ich platziere sie behutsam auf dem Bett, lege mich hinter sie und schließe meine Arme um sie.

Sie schmiegt sich an mich und Verlangen flutet meinen Körper, während ihr perfekter Po gegen meine Erektion drückt. Den Abend hatte ich mir anders vorgestellt, aber es gefällt mir, sie einfach nur zu halten. Und während ihr Atem langsam tiefer wird, fallen auch mir die Augen zu.

7
Emma

Ich blinzle gegen das grelle Licht an, das in meinen Augen brennt, und gähne. Mein Schädel brummt und ich frage mich einen Moment, wieso.

Dann fällt es mir wieder ein.

»Scheiße.« Stöhnend setze ich mich auf.

Was eine miese Idee war, denn mein Kopf pocht noch mehr als zuvor. Verschwommen nehme ich einen Zettel auf meinem Nachttisch wahr, der neben einem Glas Wasser und einer Tablette liegt. Mit zitternder Hand hebe ich ihn auf.

Dachte, du könntest das brauchen.
Wenn du um acht noch nicht im Hotel bist, rufe ich dich an. – P
PS: Du siehst im Schlaf echt heiß aus.

Dankbar nehme ich das Kopfschmerzmittel und spüle es mit dem Wasser hinunter. Dann schaue ich an mir hinab. Ich trage noch meine Kleidung von gestern, obwohl ich sicher bin, dass ich mich Philipp an den Hals geworfen habe, als ich genug Alkohol intus hatte, um meine Tränen zu unterdrücken.

»Gott, was habe ich getan?«, murmle ich und reibe mir fest über die Stirn.

Ich will gar nicht wissen, was er jetzt von mir denkt. Aber ich werde es ziemlich bald herausfinden, denn es ist bereits kurz nach sieben und ich will nicht, dass er mich auch noch anrufen muss.

So schnell ich mit meinen pochenden Schläfen kann, steige ich aus dem Bett, ziehe mich aus und schleppe mich ins Bad. Dort drehe ich die Dusche auf und stelle mich unter das eiskalte Wasser. Es hilft ein wenig und schwemmt einen Teil der Kopfschmerzen weg, aber nicht die Scham.

In Rekordzeit ziehe ich mich an, flechte meine Haare und tusche meine Wimpern. Dann packe ich meine Handtasche samt Handy und Ladekabel und stürme aus dem Haus.

Zwar habe ich noch nichts gefrühstückt, aber hungrig bin ich nicht. Um ehrlich zu sein, hoffe ich, dass das Wasser in meinem Magen bleibt.

Mir ist der Weg zum Hotel noch nie so lange und beschwerlich vorgekommen und ein wenig fühlt es sich wie der Gang zum Schafott an. Als die automatische Schiebetür aufgeht und die Kühle des Foyers mich umfängt, bleibt mein Herz stehen.

Philipp lehnt in einem dunkelgrauen Anzug lässig am Tresen der Rezeption und wendet mir langsam den Kopf zu. Seine goldenen Augen bohren sich in meine und seine Mundwinkel zucken einen Moment, bevor er sich wieder abwendet und Marie mit ihm spricht, die ihm gegenübersteht.

»Guten Morgen«, sage ich und bin stolz, dass meine Stimme fest klingt.

»Morgen«, erwidert er. »Sind Sie bereit für den Ausblick?«

Ich blinzle. »Ich dachte, wir haben erst um neun Uhr unseren Termin«, werfe ich ein und starre verunsichert auf die Anzeige meines Handys.

»Wenn Sie beschäftigt sind, können wir auch erst um neun starten. Ich wäre allerdings bereits verfügbar.«

»In Ordnung, ich gehe nur kurz ins Büro, um die Unterlagen zu holen«, antworte ich und biege schnell ab.

Philipp ist kühl und professionell wie immer, das muss nichts bedeuten. Trotzdem rast mein Herz und ich keuche auf, als jemand hinter mir das Büro betritt.

»Er mag dich«, wispert Marie, kaum dass sie die Tür geschlossen hat. Ich lasse fast die Unterlagen fallen. »Also, dein Essen«, fügt sie hinzu, bevor ich mir irgendwelche Ausreden einfallen lassen kann.

»Wie kommst du darauf?«, frage ich und schiebe lose Zettel in die Ordner, die ich für das anstehende Gespräch brauche. Ich darf Marie nicht ins Gesicht sehen, sonst weiß sie, was Sache ist.

»Ganz einfach. Das Abendessen gestern hat er nicht mal zur Hälfte gegessen und das Frühstück bestand aus Toast und Butter.«

»Und?«, hake ich nach, ohne in meiner Tätigkeit innezuhalten.

»Wenn du kochst, leckt er den Teller quasi leer.«

Bei der Wortwahl bekomme ich Gänsehaut und denke an letzten Sonntag, als er mich geleckt hat.

»Zum Frühstück bestellt er immer das Tagesspecial, wenn du in der Küche stehst, und ich schwöre, wenn er nicht so ein kühler Snob wäre, würde er vor Vergnügen stöhnen.«

Okay, jetzt wird mir heiß, denn ich weiß, wie Philipp klingt, wenn er stöhnt, und bei dem Gedanken sammelt sich Verlangen in meinem Unterleib. Meine Ohren glühen allerdings mindestens genauso wie mein Körper, weil ich nur hoffen kann, dass ich ihn gestern nicht überrumpelt oder bedrängt habe mit meiner Mitleidstour.

»Hörst du mir eigentlich zu?«, fragt Marie und ich räuspere mich.

»Er steht auf mein Essen«, murmle ich und blättere ein paar lose Seiten durch, die ich auch brauche.

»Du weißt, was man sagt.« Marie kommt näher.

Sie legt ihre Hände auf meine Schultern und dreht mich zu sich. Ihr durchdringender Blick macht mich nervös. Ich bekomme kaum Luft vor Anspannung.

»Die Liebe eines Mannes geht durch den Magen«, erklärt sie nach einer gefühlten Ewigkeit.

»Und warum sollte das für mich interessant sein?«

»Tu nicht so«, brummt sie. »Ich bemerke, wie du ihn ansiehst, wenn du denkst, keiner schaut hin.«

Ich bemühe mich, meine Gesichtszüge unter Kontrolle zu halten. »Keine Ahnung, was du meinst.«

»Nein?«, fragt sie mit einem Lächeln. »Es geht mich ja auch nichts an, aber vielleicht lädst du ihn ja mal zu einer privaten Kochvorführung ein, gewinnst ihn für dich und rettest damit das Hotel.«

»Denkst du, ich muss ihn verführen, damit er uns eine Chance gibt?« Meine Stimme zittert vor Wut und Enttäuschung. Ich dachte, Marie wäre auf meiner Seite, würde wie ich daran glauben, dass wir das Ruder noch herumreißen können.

»Nein, Gott, nein«, erwidert sie schnell. »Ich sage nur, was ich beobachtet habe. Er mag dein Essen, du findest ihn anziehend. Warum, verstehe ich zwar nicht, aber hey, Geschmäcker sind zum Glück verschieden.«

Damit geht sie zur Tür.

»Ich bringe dir gleich Kaffee. Du siehst aus, als könntest du ihn brauchen.«

Ich nicke wortlos und sammle die restlichen Unterlagen zusammen. Dann gehe ich in das Besprechungszimmer, wo Philipp mit dem Rücken zu mir am Fenster steht.

Er hat die Arme vor der Brust verschränkt und dreht sich nicht um, obwohl mir die Ordner aus den Fingern rutschen und lautstark auf den Tisch knallen. Im selben Moment kommt Marie, stellt ein Tablett mit einer Kaffeekanne und zwei Tassen ab, zwinkert mir zu und geht. Erst als die Tür ins Schloss fällt, rührt Philipp sich.

»Hör zu, wegen gestern«, beginnt er und in mir geht alles auf Tauchstation.

»Es tut mir leid«, stammle ich.

Er hebt eine Augenbraue. »Was genau?«

»Wenn ich dich bedrängt, dich zu irgendetwas überredet habe oder zu aufdringlich war. Ich hätte nicht so viel Whiskey in so kurzer Zeit trinken sollen. Wenn ich betrunken bin, werde ich angeblich ziemlich ... zudringlich.«

Einen Moment zucken seine Mundwinkel, dann schüttelt er den Kopf. »Du weißt nicht, was gestern passiert ist, oder?« Er kommt näher, während ich verneine.

Philipp nimmt meine zitternde Hand in seine und ich betrachte die langen schlanken Finger, die sich mit meinen verschränken. Irgendwie finde ich seine Hände unglaublich sexy.

»Wir hatten keinen Sex, du warst auch nicht zudringlich und hast mich zu nichts gedrängt«, erklärt er mit fester Stimme.

»Ich dachte ... Habe ich dich nicht gebeten ...«

»Ja, einmal hast du mich gebeten, mit dir zu schlafen. Einmal. Aber du warst betrunken und ich wollte nicht, dass du es bereust.«

»Ich war auch in unserer ersten Nacht betrunken.«

»Ja, das hast du gestern auch gesagt. Aber da war ich es auch und du nicht in Tränen aufgelöst«, entgegnet er beinahe sanft.

In meinem Magen flattern Schmetterlinge, während ich ihn betrachte. Er hätte alles mit mir anstellen können, aber er hat den Umstand nicht ausgenutzt. Das ist unglaublich süß. Ich frage mich nur ... was es bedeutet.

»Wie bin ich ins Bett gekommen?«, frage ich ihn, um mein Gedankenkarussell zu unterbrechen.

»Ich habe dich hingetragen und mich zu dir gelegt. Eigentlich wollte ich nur bei dir bleiben, bis du schläfst, aber dann sind auch mir die Augen zugefallen.«

»Du warst die Nacht über bei mir?« Ich blinzle und mein Herz schlägt schneller, als er schmunzelt.

»Ich wäre auch länger geblieben, aber ich denke, wenn ich nur ein paar Minuten vor dir ins Hotel gekommen wäre, hätte Marie eins und eins zusammenzählen können. Du hast ihr nichts von uns erzählt, oder?«

»Niemals. Wir haben eine Vereinbarung und ich stehe zu meinem Wort.«

Er mustert mich und nickt. »Ich glaube dir«, verkündet er und mir fällt ein Stein vom Herzen.

Nicht nur, weil ich ihn nicht bedrängt habe, sondern auch, weil er mir vertraut. Warum mir das so wichtig ist, verstehe ich selbst nicht.

»Aber entweder habe ich meinen Blick doch nicht so gut unter Kontrolle, wie ich möchte, oder du verrätst dich. Marie hat mir heute jedenfalls einige Fragen gestellt.«

»Welche?«, will ich wissen.

»Ob ich vergeben bin, welches Essen ich besonders gerne mag, wie mir deine Augen gefallen.«

»Meine Augen? Was hast du geantwortet?«

Er beugt sich herab und mein Puls steigt, weil ich seine Wärme spüre und sein Aftershave in meiner Nase kitzelt. »Gar nichts. Aber die Antworten auf die Fragen lauten: nein, Schokoladenkuchen und ich könnte darin ertrinken.«

Mir entgeht nicht, wie er mich dabei ansieht. Ein Schauer läuft durch meinen Körper und das Kribbeln in meinem Bauch nimmt zu. Ich muss das unterbinden. Wenn ich anfange, mehr für ihn zu empfinden als körperliches Verlangen, werde ich mich verbrennen. Schon allein weil Philipp entscheidet, ob ich eine Zukunft in diesem Hotel habe oder nicht. Das wird immer zwischen uns stehen, ganz gleich wie seine Entscheidung ausfällt.

»Dein Lieblingsessen ist Schokoladenkuchen?«, frage ich deswegen.

Er lächelt, aber es wirkt bedrückt, als hätte er etwas anderes erwartet. »Ich weiß, es ist kein richtiges Essen. Aber es ist die einzige wirklich gute Kindheitserinnerung, die ich habe.«

Philipp beißt sich auf die Unterlippe und wendet den Blick ab. Ich will nachhaken, aber das steht mir nicht zu und wäre unklug. Je weniger ich weiß, umso leichter wird es, ihn gehen zu lassen, wenn es so weit ist.

Zumindest rede ich mir das ein.

»Wir sollten dann mit dem Ausblick beginnen«, meint er und lässt meine Hand los.

»Gut, aber vorher noch eine Frage«, werfe ich ein und Philipp sieht mich nervös an. »In meinem Reservierungsbuch steht nicht, wie lange du bleiben willst.«

Mein Herz klopft laut und ich hoffe, er hört es nicht.

»Willst du mich loswerden?« Er lacht, aber es klingt nicht so locker, wie es vermutlich sollte.

»Nein, ganz sicher nicht.«.

Philipp betrachtet mich einen Moment, dann seufzt er. »Ich dachte, ich reise Sonntag ab. Wann ich wiederkomme, kann ich nicht sagen, es soll ja überraschend sein.«

»Sonntag ist gut«, murmle ich und streiche über seine Brust.

Seine Muskeln spannen sich an, also ziehe ich meine Hand zurück und räuspere mich.

»Dann fangen wir mal an«, meine ich und gehe zu den Unterlagen auf dem Tisch.

Auf dem Weg zur Terrasse, wo Jan bereits den Grill für den heutigen Abend anheizt, fängt mich Marie ab. Philipp ist auch hier und sein Blick wirkt finster. Hat Marie etwas herausgefunden? Will sie mich zur Rede stellen?

Panik macht sich in mir breit, als ich mein Grillwerkzeug abstelle, doch Marie führt mich zur Rezeption. Dort steht ein älterer Herr mit einer so frostigen Miene, dass er wahrscheinlich die Hölle damit einfrieren könnte.

»Sie sind die Managerin?«, fragt er beinahe bellend.

Ich ringe mir ein Lächeln ab, obwohl er meine Kochjacke abfällig betrachtet und ein Schnauben von sich gibt.

»Ja, das bin ich. Emma Langhauser, was kann ich für Sie tun?« Ich halte ihm meine Hand entgegen. Er beachtet sie nicht einmal, also ziehe ich sie zurück.

»Ich habe es Ihrer Assistentin und dem Buchhalter schon erklärt ...«

Mein Blick wandert zu Philipp, der ein Grunzen von sich gibt. Vermutlich weil er als Buchhalter bezeichnet wurde. Dann richte ich meine Aufmerksamkeit wieder auf den aufgebrachten Gast.

»Möchten Sie es vielleicht auch mir erklären, Sir?«, frage ich so höflich wie möglich.

»Ich habe in diesem Hotel reserviert, weil es ruhig ist. Es bietet zwar kaum Komfort, aber der Preis ist akzeptabel und ich bin nicht anspruchsvoll.«

Bei seinen Worten fällt es mir schwer, meine Mundwinkel oben zu lassen. Dass unsere Zimmer veraltet sind und dringend eine Renovierung brauchen, weiß ich. Aber wir pflegen das Haus, so gut es geht, putzen mehrmals täglich und versuchen, unseren Gästen alles zu bieten, was wir können.

»Doch offensichtlich betreiben sie hier mittlerweile ein Bordell«, schleudert mir der Gast entgegen. »Vor zwei Nächten bin ich geweckt worden, weil scheinbar eine ganze Gruppe es im Pool getrieben hat! Bei dem Gestöhne kann doch kein Mensch schlafen. Wenn ich diese Art von Unterhaltung will, suche ich das entsprechende Etablissement auf.«

Es grenzt an ein Wunder, dass ich nicht quietsche. Liegt es daran, dass mein Herz gerade stehen geblieben ist und ich keine Luft bekomme? Dass Philipp und ich nicht gerade leise waren, ist auch mir aufgefallen, aber in dem Moment ...

»Ich habe natürlich sofort nachgesehen, aber da war der Pool bereits verlassen«, fährt der Mann aufgebracht fort.

Vor Erleichterung kippe ich fast um. Zumindest fühlt es sich so an, als diese Last von meinen Schultern fällt. Er hat uns nicht gesehen ...

»Wollen Sie nichts dazu sagen?«

»Ich kann Ihnen versichern, dass wir diesen Vorfall untersuchen werden«, entgegne ich mit erstaunlich fester Stimme. Ich wage es nicht, zu Philipp zu sehen, halte meinen Blick auf den Gast mit dem puterroten Kopf gerichtet. »Natürlich möchten wir unseren Gästen die Erholung bieten, die sie benötigen. Es tut mir leid, dass Sie in der Nacht gestört wurden.«

»Das ist alles?«, fährt der Mann mich an.

In so etwas bin ich nicht gut. Ich könnte eine Küche mit zwanzig Köchen führen oder Hunderte Hochzeiten ausrichten, aber solche Gespräche liegen mir nicht.

»Wir werden Ihnen für die betreffende Nacht zwanzig Prozent des Buchungspreises erlassen«, entgegne ich ruhig. »Darf ich nur fragen, warum Sie nicht bereits gestern Beschwerde eingelegt haben?«

Sein Gesicht wird noch roter, hoffentlich bekommt er keinen Herzinfarkt.

»Weil ich mich von dem Schock erholen musste. Und wenn Sie glauben, Sie könnten mich mit zwanzig Prozent auf eine einzige Nacht abspeisen ...«

»Wurden Sie denn in mehr als einer Nacht gestört?«, unterbreche ich ihn, bevor er sich in Rage redet.

»Nein«, knurrt er. »Aber der Umstand …«

»Die zwanzig Prozent auf eine Nacht sind bereits ein großes Entgegenkommen«, mischt sich nun Philipp ein. »In einigen Hotels, in denen ich übernachtet habe, waren die Wände so dünn, dass ich jedes Geräusch aus den Nebenzimmern gehört habe. Trotzdem wurde mir nie eine Entschädigung angeboten.«

»Und warum sollte es mich interessieren, was ein Buchhalter dazu zu sagen hat?«

»Muss es nicht.« Philipp zuckt mit den Schultern. »Aber wenn ich Sie wäre, würde ich das Angebot annehmen und mich bedanken. Weil Sie das Hotel nicht verantwortlich machen können für etwas, das die Gäste unternommen haben.«

Immer noch halte ich meinen Blick von Philipp fern, obwohl der Gast jetzt ihn hasserfüllt anstarrt. Ich erwarte, dass er noch einmal die Stimme erhebt, stattdessen atmet er geräuschvoll aus und nickt.

»Gut, dann nehme ich die Entschädigung an. Aber das war mein letzter Aufenthalt hier.«

»Ich bereite die Rechnung vor.« Marie berührt verstohlen meinen Arm und geht dann an den Computer.

»Ich wünsche Ihnen eine sichere Heimreise«, sage ich.

Die Antwort kann ich nicht verstehen, weil sie nur ein Gebrumme ist. Da ich für den Abendservice noch genug vorzubereiten habe und meine Beine sich wie weiche Butter anfühlen, wende ich mich ab und rette mich in den Flur. Erst als ich außer Sichtweite bin, lehne ich mich an eine Wand und versuche, meinen Atem unter Kontrolle zu bringen.

Meine Hände zittern, also lege ich sie auf meine Oberschenkel und beuge mich nach vorn. Mir ist schwindelig und irgendwie übel. Wieso war ich so dumm, mit Philipp zum Pool zu gehen und dort mit ihm zu schlafen? Was, wenn andere Gäste uns auch gehört haben? Wenn es noch mehr Beschwerden gibt?

Ich keuche, als jemand meinen Rücken berührt, und blicke in Philipps goldene Augen mit dem grünen Kranz. Er mustert mich mit ernster Miene und sieht sich um.

»Komm«, sagt er leise und geht auf die Tür einer Abstellkammer zu.

Zögerlich folge ich ihm hinein und schließe von innen ab. Der Raum ist gerade mal so groß, dass wir beide darin Platz finden, neben den Putzutensilien, die wir hier aufbewahren. Unsere Körper berühren sich und Philipps Wärme beruhigt mich.

Er legt seine Hände an meine Oberarme und reibt behutsam darüber. »Du hast dich gut geschlagen«, flüstert er. »Es tut mir leid, dass du meinetwegen solche Schwierigkeiten hattest.«

»Daran bin ich doch selbst schuld«, entgegne ich ebenso leise. »Immerhin habe ich den Pool vorgeschlagen. Ich weiß nicht, was da über mich gekommen ist, aber ...«

Ich beiße mir auf die Unterlippe und sehe ihm ins Gesicht. Philipp nickt nur und ich glaube, er weiß, was ich meine. Irgendwie habe ich das Gefühl, dass er mich besser versteht als sonst jemand.

»Jedenfalls hast du absolut richtig gehandelt und bist ruhig und professionell geblieben«, sagt er. »Du kannst stolz auf dich sein.«

»Warum fühlt es sich dann nicht so an?« Ich seufze..

»Solche Gespräche sind nie angenehm. Aber mit der Zeit werden sie einfacher.«

Vermutlich hat Philipp recht. Und ich nehme an, er hat mit noch viel unangenehmeren Gesprächen Erfahrung.

»Danke für deine Hilfe«, wispere ich schließlich.

»Die hättest du gar nicht gebraucht, aber der Typ ist mir auf die Nerven gegangen. Lass dich von solchen Arschlöchern nicht unterkriegen.«

»Okay«, murmle ich und wende mich der Tür zu. »Ich muss dann wieder ...«

»Ich warte noch einen Moment hier, wenn du fort bist«, sagt Philipp schnell.

Bevor ich hinausgehe, drehe ich mich noch einmal zu ihm, hauche einen Kuss auf seine Wange und versuche mich an einem Lächeln. Er wirkt vollkommen überrumpelt und legt seine Finger an die Stelle, die ich gerade mit meinen Lippen berührt habe.

»Danke noch mal«, flüstere ich und bin fort, bevor er antworten kann.

Ich wische mir den Schweiß mit einem Tuch von der Stirn, während ich das nächste Stück Fleisch auf den Grill lege. Donnerstags ist im Hotel BBQ-Abend, an dem nicht nur Hausgäste, sondern auch Leute aus dem Ort ins Restaurant kommen. Dadurch können wir zusätzliche Umsätze erzielen und werden über den Ort hinaus noch bekannter.

Allerdings muss das Essen an diesem Abend besonders schnell serviert werden. Jan und ich haben alle Hände voll zu tun, Fleisch und Beilagen frisch vom Feuer zu den Gästen zu bringen. Unser Hilfskoch Stefan kommt kaum damit nach, die Teller zu befüllen, und ich muss mich konzentrieren, damit nichts anbrennt.

Trotzdem wandert mein Blick immer wieder zu dem Tisch, an dem Philipp sitzt und seine Rinderrippchen isst. Marie hat recht, er mag mein Essen, und dieser Gedanke lässt mich lächeln. Philipp versucht, sich nichts anmerken zu lassen, aber ich erkenne es an der Art, wie er die Augen schließt. Genau so benimmt er sich auch, wenn wir miteinander schlafen.

Räuspernd löse ich meinen Blick von ihm und kümmere mich wieder um das Fleisch. Nach dem Vorfall vorhin bin ich dankbar, dass ich hier stehe und abgelenkt bin. Trotzdem bin ich froh, wenn der Abendservice ein Ende findet, denn der Tag war anstrengend. Meine Kopfschmerzen vom Aufstehen haben sich bis jetzt gehalten, obwohl ich ständig Wasser trinke. Das macht es nicht gerade leichter, sich zu konzentrieren. Eigentlich will ich nur ins Bett und schlafen.

Nachdem die letzten Essen serviert sind, reinige ich den Grill, während Jan und Stefan das Geschirr und die Werkzeuge in die Küche bringen und dort für Ordnung sorgen.

Philipp hat längst aufgegessen, sitzt aber mit einem Glas Wein immer noch am Tisch und betrachtet die Umgebung. Vom Hotel aus hat man einen wunderbaren Blick auf die Berge und die Wälder, die uns umgeben. Es ist friedlich hier und ich möchte an keinem anderen Ort der Welt leben.

Bei dem Gedanken wird mir schwer ums Herz, weil es sein könnte, dass ich bald meine Koffer packen muss.

»Das Essen war hervorragend«, sagt ein Mann, den ich nicht kenne.

Er steht in Jeans und T-Shirt vor dem Grill und wirkt mit seinen blonden Haaren und der sonnengebräunten Haut wie ein Surfer. Nur haben wir hier kein Meer. Vermutlich ist er ein Hotelgast, den ich noch nicht gesehen habe.

»Es freut mich, wenn es Ihnen geschmeckt hat.« Ich lächle.

»Sie könnten in jedem Restaurant der Welt kochen«, meint er. »Ehrlich, ich habe selten etwas so Köstliches gegessen.«

Ich weiß, dass er mir schmeichelt, aber das Kompliment tut mir dennoch gut. »Danke«, entgegne ich und konzentriere mich wieder auf das Putzen.

»Wie wäre es, wenn ich Sie auf ein Getränk einlade?«

Oha, er flirtet mit mir ...

»Tut mir leid, ich bin hier noch beschäftigt.«

»Ja, aber vielleicht später«, schlägt er vor und streckt seine Hand nach mir aus.

Allerdings weiche ich zurück und er greift ins Leere.

»Ich bin noch ziemlich lange beschäftigt, die Bar hat dann schon geschlossen.«

Er schiebt die Hände in die Hosentaschen und nickt. »Schade. Vielleicht ja ein anderes Mal«, murmelt er und geht.

Ich sehe ihm einen Moment nach, bevor ich zum Tisch blicke, an dem Philipp sitzt. Oder, besser gesagt, saß, denn er ist fort. Wann genau er aufgestanden ist, weiß ich nicht, aber mein Magen zieht sich bei dem Gedanken zusammen, dass er diese Szene gerade beobachtet und falsche Schlüsse gezogen haben könnte.

Zum Glück muss ich noch arbeiten, sonst wäre ich vielleicht so dumm und würde ihn im Hotel suchen.

Es dauert ewig, bis der Grill sauber ist und ich alles verstauen kann. Mittlerweile ist es längst dunkel und der Gastraum leer. In der Küche ist zumindest bereits aufgeräumt und ich schicke meine Köche nach Hause, während ich die letzten Handgriffe für die Präsentation der Maier-Hochzeit mache.

Als sich Schritte nähern, blicke ich auf und entdecke Philipp, der an einer Wand lehnt und mich mit finsterem Blick betrachtet. Seine Hände stecken in der dunkelgrauen Hose und wenn ich es nicht besser wüsste, würde ich sagen, sie sind zu Fäusten geballt.

Er schweigt, starrt mich an, als würde er darauf warten, dass ich ein Gespräch beginne.

»Die Champagnercreme-Schnitte ist fertig«, erkläre ich deswegen. »Möchtest du sie kosten?«

Er antwortet nicht, also gehe ich mit einem Schulterzucken zum Kühlschrank, um die zugeschnittenen Tortenstücke herauszuholen. Doch noch bevor ich den Griff zu fassen bekomme, ist Philipp hinter mir, packt meine Handgelenke, dreht mich um und presst mich an die Metalltür.

In seinem Blick lodert etwas, das meine Beine weich werden lässt.

»Ich will dich in meinem Zimmer«, sagt er, obwohl seine Stimme mehr an ein Knurren erinnert.

Verschwunden ist der verständnisvolle Philipp, der mir heute Morgen das schlechte Gewissen genommen hat. Er presst sich an mich und sein Atem streicht heiß über meine Haut, während ich seine Erregung deutlich spüren kann.

»Ich bin hier noch nicht fertig«, murmle ich und stöhne, als er seine Lippen in meine Halsbeuge drückt.

»Doch, das bist du«, brummt er gegen meine Haut.

Er schiebt meine Hände über den Kopf und presst sie dort zusammen. Dann lässt er seine freie Hand meinen Körper hinabwandern, öffnet die Knöpfe meiner Jacke und streichelt meine Brüste durch den dünnen Stoff des BHs hindurch.

Als ich meine Lippen leicht öffne, bedeckt er sie mit seinen und nimmt meinen Mund mit seiner Zunge in Besitz. Sein Kuss ist fordernd, genau wie seine Finger, mit denen er meine Brustwarze umschließt und einen Stromstoß nach dem anderen durch meinen Körper schickt.

Philipp beendet den Kuss, beugt sich hinunter und umfasst meine Brustwarze mit den Zähnen. Ich keuche und schiebe ihm mein Becken entgegen, da lässt er mich los und macht einen Schritt zurück.

In seinen Augen lodert immer noch ein Feuer, während er seine Hand nach mir ausstreckt und seine Finger mit meinen verschränkt. Dann geht er los. Ich stolpere ihm hinterher, schaffe es gerade noch, das Licht in der Küche zu löschen.

Im Hotel ist es still, trotzdem steigt mein Puls bei jeder Tür, an der wir vorbeigehen. Ich möchte nicht, dass jemand uns beobachtet, und sehe mich ständig um, während Philipp zielstrebig auf den Aufzug zusteuert.

Als die Fahrstuhltür aufgeht, zieht er mich hinein und presst mich an die Kabinenwand. Er hebt mein Bein an seine Hüfte und kommt mir so nah, wie ich es mir in der Küche gewünscht habe. Sein harter Penis presst durch den Stoff unserer Kleidung gegen meine Mitte und ich vergrabe meine Finger in seinem Haar, während er mich küsst.

Mir wäre fast entgangen, dass sich die Tür wieder öffnet, aber Philipp hat es mitbekommen. Er hebt mich hoch und legt mich über seine Schulter.

»Was ist in dich gefahren?«, frage ich, während er mich durch den dunklen Flur trägt.

Ohne mir zu antworten, zieht er seine Zimmerkarte aus der Hosentasche und öffnet die Tür damit. Nachdem sie hinter uns zugefallen ist, macht er das schwache Licht direkt über dem Eingang an und trägt mich bis zum Bett.

Erst dort legt er mich ab und ist sofort über mir. Mit einer Hand schiebt er meine Arme erneut über den Kopf und bedeckt meine Lippen mit seinen, während er mit seiner anderen Hand meine Brüste streichelt. Seine Zunge umspielt meine, nur ist die Geste diesmal alles andere als zärtlich. Das Verlangen, das er damit auch bei mir auslöst, lässt mich um Atem ringen. Ich will ihn, jetzt sofort.

Als hätte er meine Gedanken gehört, schiebt er sich mit seinem Körper zwischen meine Beine und ich öffne sie noch mehr für ihn. Selbst durch den Stoff fühlt er sich so gut an, dass ich gegen seine Lippen stöhne und ihm mein Becken entgegenhebe.

Mit einem Ruck reißt er die restlichen Knöpfe meiner Jacke auf und schiebt sie von meinem Oberkörper. Seine Hand wandert an meinen Rücken und ich wölbe ihn, damit er den BH öffnen kann.

Als er offen ist, zieht Philipp den Stoff nach unten, löst seine Lippen von meinen und zeichnet eine heiße Spur mit seiner Zunge, bis er über meine Brustwarzen leckt. Seine freie Hand lässt er unter den Bund meiner Hose gleiten und schiebt sie ein Stück hinunter.

Mir wird schwindelig von der Lust, die meinen Körper flutet, als er mit seinem Daumen über meine empfindlichste Stelle kreist.

»Denkst du noch an den Typen?«, fragt er heiser.

Ich hebe den Kopf und sehe ihm in die goldenen Augen, mit denen er mich voller Verlangen mustert.

»Welcher Typ?«, hauche ich.

»Gut.« Philipp lässt meine Hände los. »Heute Nacht stelle ich sicher, dass du nie wieder an einen anderen denkst, wenn ich bei dir bin.«

Noch bevor ich nachhaken kann, was er überhaupt meint, richtet er sich auf und knöpft sein Hemd auf. Und mit jedem Stück Haut, das er preisgibt, wird es mir gleichgültiger, was in ihn gefahren ist. Alles, woran ich denken kann, ist die Vorfreude darauf, seinen Körper auf meinem zu fühlen und ihn tief in mich aufzunehmen.

8
Philipp

Sie beißt sich auf die Unterlippe, während ich aus dem Hemd schlüpfe, und müht sich damit ab, ihre Kochjacke und den BH loszuwerden. Ihr Blick ist auf meine Hände gerichtet, womit ich mich gerade am Gürtel zu schaffen mache, und einen Moment überlege ich, ob ich sie damit fesseln soll.

Ich will sie um den Verstand bringen, sie quälen und um Erlösung flehen lassen. Und das alles nur, weil sie diesen blonden Typen angelächelt hat und etwas in mir aufgelodert ist, das eigentlich nicht sein kann. Wenn ich es nicht besser wüsste, würde ich sagen, ich bin eifersüchtig.

Die Vorstellung, dass ihr der Kerl gefällt, lässt mich innerlich kochen und ich muss dieses Bild aus meinem Kopf verdrängen. Am besten, indem sie sich unter mir windet und meinen Namen stöhnt, wenn sie kommt.

Als sie sich über die Lippen leckt, während ich meine Hose runterziehe, übernimmt das Verlangen wieder die Kontrolle, genau wie im Fahrstuhl. Für gewöhnlich schmeiße ich mir Frauen nicht über die Schulter, aber bei ihr ist es anders. Bei ihr ist alles anders.

Emma hat es endlich geschafft, ihre Jacke und den BH auszuziehen, doch mir geht es zu langsam. In heruntergelassenen

Hosen beuge ich mich über sie und drücke meine Erektion durch den Stoff zwischen ihre Beine. Sie stöhnt und treibt noch mehr Verlangen in meine Lenden. Wenn sie so weitermacht, komme ich noch, bevor ich überhaupt meine Kleidung losgeworden bin.

Ich wandere mit meinem Gesicht ihren Körper hinab, schiebe ihre Hose über die Hüften und werfe sie auf den Boden. Sie liegt nur noch in ihrem schwarzen Spitzenhöschen vor mir und sieht mich mit diesem flehentlichen Ausdruck an, während sie ihre Beine einladend öffnet.

Ich halte ihren Blick, während ich meinen Mund auf ihre empfindlichste Stelle presse. Sie sieht nicht weg, obwohl ihre Lippen sich zu einem heiseren Laut öffnen und ihr Atem schneller geht.

»Sag mir«, hauche ich und genieße das Beben, das ich mit jedem Wort in ihr auslöse, »dass du mich willst.«

Immer noch bohren sich ihre Augen in meine und sie schluckt. »Ich will dich. Ich will dich so sehr.«

Ich schiebe meine Hand unter den Stoff ihres Höschens. Ihre Feuchtigkeit legt sich auf meine Haut und sie zittert, als ich mit dem Finger in sie eindringe.

»Da geht noch mehr«, raune ich und lasse meine Zunge über den Stoff fahren.

Sie bäumt sich auf und vergräbt ihre Hände im Laken, windet sich unter meinen Berührungen. Ich ziehe meinen Finger zurück, reiße ihr das Höschen von den Hüften und lege meine Hände an ihre Oberschenkel, um sie noch mehr für mich zu öffnen. Jetzt dringe ich mit meiner Zunge in sie ein und streiche mit meinen Fingern über ihre zarte Haut.

Emma stöhnt bei jedem Atemzug, den ich nehme. Ich lecke über ihre geschwollenen Schamlippen und hebe den Kopf.

Überrascht bemerke ich, dass sie mich immer noch ansieht, während sie sich unruhig unter mir bewegt. Ob das eine stumme Aufforderung ist?

Ich richte mich auf die Knie auf und befreie mich aus meinen Boxershorts. Ihr Blick wird gierig und sie fährt sich wieder mit der Zunge über die Lippen, als ich zum Nachttisch greife und ein Kondom aus der Schublade ziehe.

Langsam, als hätte ich alle Zeit der Welt, streife ich es über, obwohl Emma immer unruhiger wird. Ja, sie will mich, daran habe ich keinen Zweifel.

Aber anstatt mich zwischen ihre Beine zu legen, mich in ihrer Feuchtigkeit zu versenken, nehme ich neben ihr Platz, setze mich auf den Bettrand.

»Komm her.«

Einen Moment sieht sie mich verwirrt an, dann folgt sie meiner Aufforderung und steht vor mir. Ich presse meine Lippen an ihren Bauch und ziehe sie auf meinen Schoß, nachdem ich mich von ihr gelöst habe. Emma setzt sich breitbeinig auf mich und nimmt mich in sich auf. Sie ist so unglaublich eng, dass ich jedes Mal Angst habe, sie zu verletzen, obwohl sie es eindeutig genießt, mich in sich zu fühlen. Ihre Brüste sind auf der richtigen Höhe, um mich um sie zu kümmern. Mit den Händen umfasse ich ihren perfekten Hintern und gebe das Tempo vor, unterstütze ihre Stöße und sorge dafür, dass ich noch tiefer in sie eindringen kann.

Sie umklammert meine Haare fast schmerzhaft, als ich ihre Brustwarze mit den Zähnen umfasse, und stöhnt so heiser, als würde sie jeden Moment kommen. Aber noch bebt sie nicht, sonst könnte ich meinen Höhepunkt nicht mehr zurückhalten.

»O Philipp«, keucht sie, als hätte sie meine Wünsche erraten. »Ich kann nicht mehr.«

»Dann komm«, knurre ich. Auch mein Höhepunkt wird nicht mehr lange auf sich warten lassen.

Ihre Finger beben genau wie ihr Becken und sie presst mein Gesicht an ihre Brust, während ihr Atem schneller wird und sie ihre Lust hinausschreit.

Ich stöhne, als ein Feuerwerk durch ihr Zittern in mir ausgelöst wird und ich mich in ihren Bewegungen verliere. Mit meinen Händen halte ich ihr Becken, damit die letzten Wellen des Orgasmus ausklingen können, dann gebe ich ihre Hüften frei, lehne mich auf dem Bett zurück und ziehe Emma mit mir.

Sie rutscht von mir und legt sich neben mich auf die Matratze, ihr Körper glänzt von Schweiß. Ich ziehe sie zu mir und atme durch, als sie sich an mich schmiegt.

»Eines musst du mir noch erklären«, sagt sie nach einer kurzen Pause.

»Und das wäre?«

»Von welchem Typen hast du vorhin gesprochen?«

Ich knurre und drehe mich zur Seite, stütze mich auf meinem Arm ab und betrachte sie. Ihre Wangen sind gerötet und ihre Lippen von meinen gierigen Küssen geschwollen. Überall an ihrem Körper erkenne ich Spuren, die ich hinterlassen habe, und trotzdem ... trotzdem stört mich der Gedanke, wie sie den Kerl angelächelt hat.

»Das weißt du ziemlich gut«, erwidere ich finster.

»Ich habe keine Ahnung, wovon du sprichst.«

»Der blonde Kerl, der dich angegraben hat, mit dem du geflirtet hast nach dem Essen.«

Emma blinzelt, dann zucken ihre Mundwinkel. »Oh, du hast es doch bemerkt.«

Ich umfasse ihre Handgelenke und lege mich auf sie. Eifersucht brodelt in mir, die ich gar nicht empfinden will. Nicht empfinden sollte.

»Er hat mein Essen gelobt, also war ich höflich. Dann hat er mich auf ein Getränk eingeladen und ich habe abgelehnt«, sagt sie und kämpft gegen ein Lachen an. »Kein Grund zur Sorge also.«

»Der Kerl hat dich den ganzen Abend über angestarrt«, brumme ich und komme mir selbst albern vor.

Wir sind kein Paar und vermutlich hat sie mit dem Typen nicht einmal geflirtet. Was ist nur in mich gefahren?

Sie lächelt immer noch und meine Wut verraucht nach und nach. Ich beuge mich zu ihr hinab und presse meine Lippen an ihre Halsbeuge. Emma seufzt und bewegt sich unter mir, was mein Verlangen nach ihr erneut weckt. Mir gefällt, wie sie bei dieser Körperstelle auf Berührungen reagiert, deswegen küsse ich sie genau dort immer wieder.

»Bleib heute Nacht hier«, murmle ich gegen ihre Haut.

»Ich kann nicht.« Bedauern schwingt in ihrer Stimme mit. »Morgen habe ich Frühdienst. Ich muss spätestens um fünf Uhr mit den Vorbereitungen für das Frühstück beginnen.«

Mein Blick wandert zu der Digitaluhr auf meinem Nachttisch. Es ist bereits nach Mitternacht.

»Wenn du hierbleibst, kannst du länger schlafen.«

Sie kichert. »Würdest du mich schlafen lassen?«

»Ja, bis ich dich für Morgensport aufwecke.« Ich schmunzle neckisch.

»Schön und gut, aber wenn ich dieselben Sachen trage wie heute, wird das auffallen.«

»Du trägst eine Kochjacke.« Ich bringe mein Gesicht nahe an ihres. »Bleib hier«, hauche ich und streiche mit den Lippen über ihre warme Haut.

Ich weiß nicht, warum mir das so wichtig ist, aber als Emma nickt, küsse ich sie und fühle mich unglaublich erleichtert, dass sie bleibt.

Als sie in meinen Armen liegt und ich das Licht gelöscht habe, kann ich nicht einschlafen, während Emma weniger Probleme zu haben scheint. Meine Gedanken drehen sich um diesen Abend, um meine irrationale Eifersucht und um das Gefühl, das in mir keimt. Eines, das ich verhindern muss. Im Moment stehen eine Million Gründe zwischen Emma und mir und solange das so ist, darf ich mich nicht auf die Art zu ihr hingezogen fühlen. Selbst wenn es mir noch so schwerfällt, mich von ihr fernzuhalten.

9

Emma

In meinem Traum zieht Philipp mir das Höschen aus, schiebt meinen Rock hoch und setzt mich auf den Besprechungstisch. Was er sagt, kann ich nicht verstehen, aber es geht ohnehin in meinem Stöhnen unter, als seine Zunge über meine empfindlichste Stelle streicht und er zwei seiner Finger in mich gleiten lässt.

Er schiebt meine Oberschenkel weiter auseinander und saugt an meiner Perle, was mir ein weiteres Stöhnen entlockt. Hitze sammelt sich in meinem Schoß und ich kralle meine Hände in den Tisch, der sich extrem weich anfühlt, als wäre er eine Matratze.

Keuchend reiße ich die Augen auf und starre zwischen meine Beine, die angewinkelt aufgestellt sind. Im schwachen Licht der Leselampe erkenne ich Philipp, der aufsieht. Ein verwegenes Grinsen huscht über sein Gesicht, bevor er seine Lippen wieder über meine Perle legt und zu saugen beginnt.

»Was ... machst du?«, bringe ich atemlos heraus.

»Ich denke, das weißt du«, nuschelt er und streicht mit der Zunge über die Innenseite meiner Oberschenkel, während er mich betrachtet.

Das Lodern in seinen Augen ist mir mittlerweile vertraut und obwohl ich gerade erst aufgewacht bin, fühle ich das schmerzhafte Verlangen in mir nur zu deutlich. Dabei sind wir gerade erst übereinander hergefallen.

»Soll ich aufhören?«, fragt er und zieht seine Finger langsam zurück.

»Nein«, hauche ich und hasse mich dafür, wie flehentlich es klingt.

Er hebt die Mundwinkel und ich befürchte, dass er mich betteln hören will. Stattdessen lässt er seine Zungenspitze über meine Schamlippen gleiten, bevor er wieder die empfindlichste Stelle berührt.

Ich lege den Kopf in den Nacken und stöhne, vergrabe meine Finger in den Laken und öffne die Beine noch ein Stück mehr. Der Rhythmus seiner Finger treibt mich fast genauso in den Wahnsinn wie das Gefühl seiner Zunge auf mir. Es dauert nicht lange, bis meine Lust ihren Höhepunkt erreicht. Meine Beine beben. Ich drücke den Rücken durch und keuche Philipps Namen.

Er hört erst auf, mit seiner Zunge Kreise zu zeichnen, als das letzte Nachbeben meines Orgasmus abgeklungen ist. Dann zieht er seine Hand zurück, stützt seinen Kopf auf die andere ab und betrachtet mich.

Philipp trägt eine Pyjamahose und ich frage mich, wann er sie angezogen hat. Oder warum. Er kann sich doch nicht etwas anziehen und mich dann so wecken.

»Wir haben noch etwa eine halbe Stunde, bis ich in der Küche sein muss«, sage ich. »Und ich würde mich gerne revanchieren.«

Sein Lachen treibt einen Schauer durch meinen Körper, bis er den Kopf schüttelt.

»Du kannst dich heute Abend revanchieren.« Er rückt von mir ab. »Ich will das genießen und nicht auf die Uhr sehen müssen. Unter Zeitdruck wird das bei uns beiden nichts.«

»Bist du sicher?« Ich betrachte die Beule in seiner Hose.

»Ganz sicher.«

Ich beiße mir auf die Unterlippe und zwinge mich, ihm ins Gesicht zu sehen. Selbst direkt nach dem Aufwachen, mit den zerzausten Haaren und dem leichten Bartschatten sieht er heiß aus.

»Du kannst gerne duschen, wenn du möchtest«, schlägt er vor. »Ich lasse dich auch allein gehen.«

»Sonst werde ich auch nie rechtzeitig in der Küche erscheinen«, necke ich ihn.

Er schmunzelt. »Stimmt.«

Ich halte einen Moment inne. Dann stoße ich den Atem aus und steige aus dem Bett. Draußen ist es stockfinster und ich nehme an, dass außer uns alle schlafen. Dennoch halte ich die Dusche kurz, binde mir die Haare zu einem Dutt zusammen und schlüpfe in meine Kleidung. Ich kann nur hoffen, dass wirklich niemandem auffällt, dass ich dieselben Sachen trage wie gestern.

Philipp sitzt auf dem Bett und beobachtet mich, bis ich fertig angezogen bin, steht dann auf und bringt mich zur Tür.

»Wann kommen diese Müllers wegen des Hochzeitsessens?«, fragt er mit der Hand auf der Klinke.

»Maiers. Und gegen zehn.« Ich hebe eine Augenbraue. »Willst du etwa dabei sein?«

»Es ist ein Geschäftsgespräch.« Er zuckt mit den Schultern. »Also ja. Und außerdem«, er beugt sich zu mir, bis seine Lippen mein Ohr berühren, »will ich diese Champagner-Schnitte kosten. Dazu hatten wir gestern irgendwie keine Zeit.«

Bei dem Gedanken, dass er mich mehr oder weniger aus der Küche geschleift hat, weil er eifersüchtig war, kribbelt es in meinem Magen. Bis mir klar wird, dass das nicht sein kann und er im besten Fall sein Revier abstecken wollte.

»Na, dann lass beim Frühstück noch etwas Platz für die Verkostung«, erwidere ich und lächle.

»Sollte kein Problem sein.« Er lächelt ebenfalls. »Bis später.«

»Bis bald.«

Er öffnet mir die Tür und ich husche lautlos den dunklen Korridor entlang durch das Hotel und schaffe es bis zum Erdgeschoss.

Als ich ein Geräusch höre, bleibe ich stehen und halte den Atem an. Schritte nähern sich und Panik erfasst mich. Selbst wenn mich nur ein Gast sieht, bedeutet das eine Katastrophe. Um die Uhrzeit habe ich hier noch nichts verloren.

Jemand summt und ich erkenne die Stimme. Was macht Marie um diese Uhrzeit hier?

Ich presse mich an die Wand und riskiere einen Blick zur Rezeption, an der sie steht und etwas sortiert. Mein Herz stolpert und ich überlege, wie ich an ihr vorbeikomme. Es gibt einen Notausgang in jeder Etage sowie Fenster in den Fluren. Beides ist allerdings mit Sensoren gesichert, die Alarm schlagen, sobald sie geöffnet werden.

Wenn Marie mich hier sieht, wird sie Fragen stellen, die ich nicht beantworten möchte. Weil mir kein Grund einfällt, warum ich um vier Uhr morgens aus dem Gästebereich kommen sollte, erst recht nicht in meiner Kochjacke.

»Hach, Emma«, sagt Marie und ich erstarre zur Salzsäule.

Sieht sie mich? Sie kann mich doch nicht sehen, oder?

»Wenn du die Rechnungen so ablegst, wundert es mich nicht, dass du nachts ewig an der Buchhaltung sitzt«, murmelt Marie und schnalzt mit der Zunge.

Okay, sie redet mit sich selbst. Dann hat sie mich nicht bemerkt. Noch nicht. Jedes Geräusch könnte mich verraten.

Noch einmal schnalzt Marie mit der Zunge, dann dreht sie sich um und geht ins Büro. Das ist meine Chance.

Ich schlüpfe hastig aus meinen Schuhen und renne, als wäre der Teufel persönlich hinter mir her. Wenn sie mich vor der Rezeption erwischt, fällt mir schon etwas ein, ich muss mich nur von den Treppen zum oberen Stockwerk entfernen.

Erst überlege ich, hinauszugehen, dann haste ich in die Küche. Meine Lungen brennen und ich merke einmal mehr, dass ich mehr Sport treiben sollte. Schweißbedeckt lehne ich mich an die Tür und ringe um Atem. Das war knapp. Zu knapp. Wir müssen besser aufpassen. Gestern hätte uns auch jemand sehen können. Es war noch nicht so spät, als Philipp mich überrascht hat. Und wenn ich an die Beschwerde von diesem Gast denke ...

Meine Wangen glühen und ich grinse, als ich mir in Erinnerung rufe, wie eifersüchtig Philipp sich benommen hat. Oder wie er mich berührt hat. Jedes Mal, wenn wir zusammen sind, habe ich das Gefühl zu schmelzen. Obwohl er mich zum Schweben bringt, will ich noch mehr von ihm.

Mit einem tiefen Atemzug bringe ich mich ins Hier und Jetzt zurück. Ich muss mich konzentrieren, darf mich nicht von Philipp ablenken lassen. Und doch ist er ständig in meinen

Gedanken präsent, während ich mein Mis en Place für das Frühstück mache. Ich denke an ihn bei den Vorbereitungen für die Eggs Benedict und hoffe, dass sie ihm schmecken.

Selbst als Jan zu mir stößt, kann ich nicht aufhören, an Philipp zu denken und zu grübeln, was genau das zwischen uns ist. Zum einen ist er kühl und beleuchtet alles, was ich mache, mehr als kritisch. Auf der anderen Seite ist er einfühlsam und schenkt mir Mut. Es ist erschreckend, wie sehr ich mich auf den kommenden Abend freue, und die Vorstellung, was ich heute mit ihm anstellen werde, lässt meinen ganzen Körper prickeln.

Umso schlimmer finde ich es, dass man ihm nichts, aber auch gar nichts, von unserer Nacht anmerkt. Mit fast gelangweiltem Blick wartet er nach dem Frühstück auf der Terrasse, wo auch die Maiers zu uns stoßen werden.

Erst als ich meine schweren Ordner auf den Tisch lege und wieder umkehren will, um die vorbereiteten Häppchen zu holen, berührt er flüchtig meine Hand und ich sehe ihm ins Gesicht.

»Das Frühstück heute war köstlich«, flüstert er.

Wieder kribbelt es in meinem Magen und ich lächle, selbst dann noch, als Philipp meine Hand so hastig loslässt, als hätte er sich verbrannt.

»Was für ein schöner Ausblick«, säuselt eine Stimme.

Ich drehe mich um und schenke mein Lächeln jetzt dem Brautpaar, das Arm in Arm die Terrasse betritt und den Blick über das Tal wandern lässt. Das Wetter meint es erstaunlich gut mit uns, denn die Sonne scheint, aber die Luft fühlt sich noch angenehm kühl an.

Das Einzige, das meine Freude gerade trübt, ist die Tatsache, dass Philipp wieder seine frostige Miene trägt. In Anbetracht dessen, dass ich Panik hatte, von Marie erwischt zu werden, ist es besser, wenn er ablehnend wirkt. Dadurch kann auch ich eher so tun, als wäre er mir gleichgültig. Niemand soll auch nur ahnen, was zwischen uns vorgeht. Obwohl ... so genau weiß ich das auch nicht.

»Bitte, nehmen Sie doch Platz«, sage ich zum Brautpaar, nachdem ich Philipp vorgestellt habe.

Die beiden rücken ihre Stühle so nah zusammen, dass die Sitzflächen fast verschmelzen, und schmiegen sich eng aneinander, als müssten sie sich gegenseitig wärmen. Mir wird heiß, als Philipp meinen Stuhl zurückzieht und wartet, bis ich mich darauf niederlasse, bevor er ihn zurechtrückt. So hat mich noch nie ein Mann behandelt und ich bin unsicher, was das über mich aussagt.

Verstohlen werfe ich Philipp einen Blick zu. Seine Businessmiene ist noch immer da, als er neben mir Platz nimmt und seinen Laptop öffnet. Trotzdem kribbelt mein ganzer Körper und ich bin froh, dass Marie mit dem Servierwagen anrückt, auf dem die Proben angerichtet sind. Jetzt muss ich mich auf das Gespräch konzentrieren.

»Ich bin Ihren Wunsch das Menü betreffend durchgegangen«, beginne ich das Gespräch. »Sie wollen, dass der Hauptgang serviert wird, die Vorspeisen, Salate und Desserts aber vom Büfett kommen. Ich habe von allem etwas vorbereitet, damit sie eine Auswahl treffen können.«

Nun erkläre ich ihnen die Kostproben auf dem Vorspeisenteller, wo es eine kleine Portion Caprese, Roastbeef, Kürbissuppe und Polentaschnitten gibt. Das Brautpaar füttert sich gegenseitig und Philipp atmet geräuschvoll aus. Das alles dauert ihm wohl zu lange. Ich persönlich finde es süß, dass die beiden so verliebt sind und es zeigen. Ich muss jedoch zugeben, dass sie sich viel Zeit lassen.

»Ist es möglich, all diese Speisen zu servieren?«, fragt die Braut.

»Natürlich. Allerdings dann in geringeren Mengen, um im Budget zu bleiben. Das müssen Sie bedenken.«

»Warum das?«, will der Bräutigam ein wenig schroff wissen.

»Sehen Sie, Sie haben mir ein Budget vorgegeben, das ich einhalten muss. Wenn Sie zwei Vorspeisen auswählen, wird von beidem genug da sein, damit jeder Gast sich etwas nehmen kann. Bei vier Vorspeisen muss ich die Menge reduzieren, um Ihr Budget nicht zu überschreiten.«

»Aber das kann doch nicht so viel mehr kosten«, wirft der Bräutigam ein.

Also ziehe ich ein leeres Blatt heraus und rechne die Kosten pro Portion für jede Vorspeise aus. Dabei bemerke ich, wie Philipp mich aufmerksam beobachtet. Zwischen den Ordnern fische ich einen Taschenrechner heraus, tippe die Zahlen ein, obwohl ich sie auch so addieren kann, und halte dem Brautpaar das Ergebnis hin.

»Sie haben fünfzig Gäste geladen. Wenn wir alle vier Vorspeisen in der Menge servieren, dass jeder Gast sich bedienen kann, landen wir bereits bei zwölf Euro. Bliebe also etwas mehr als die Hälfte übrig, aber es fehlen noch Hauptgang, Dessert und Getränke. Außerdem würden dann vermutlich viele Reste anfallen.«

»Und wie viele Portionen würden Sie pro Gericht empfehlen, wenn wir bei vier Vorspeisen bleiben?«, will die Braut wissen.

»Fünfundzwanzig«, antworte ich. »Damit wären wir bei sechs Euro pro Gast für die Vorspeise.«

Die beiden werfen sich einen Blick zu, den ich nicht deuten kann, dann nickt die Braut. »Also schön, dann eben so.«

»Kommen wir also zum Hauptgang«, sage ich und versuche mich an einem Lächeln, während ich die Teller vom Servierwagen ziehe. Ich weiß, dass ein Brautpaar oft unrealistische Vorstellungen hat, aber die Vorspeisen waren noch der einfachste Punkt auf meiner Liste, weil sie da keine Vorgaben gemacht haben.

Bei meinem Blick in die Gesichter des Brautpaares schmilzt mein Lächeln wie Schnee im Sommer.

»Ich dachte, wir hätten Hummer auf die Liste gesetzt?« Die Braut zieht eine Schnute. »Das hier ist so ... so ... gewöhnlich.«

Philipp hustet in seine Hand und ich bin sicher, dass er ein Schnauben kaschieren will. Auch er war schon vorab der Meinung, dass die Erwartungen des Brautpaars überzogen sind. Womit er recht hat, aber das kann ich den beiden ja nicht so sagen.

»Weder Hummer noch Steak sind bei dem Preis, den sie pro Kopf festgelegt haben, machbar. Besonders da auch die Getränke enthalten sein sollen«, erkläre ich. »Aber wir haben hier ein Forellenfilet aus heimischem Gewässer. Auch die Ente sprengt leider den Rahmen, dafür habe ich Coq au Vin zubereitet. Als fleischloses Gericht kann ich Ihnen ein Pilzragout mit Herzoginkartoffeln anbieten und Schnitzel Wiener Art als einfacheres Essen.«

»Wiener Schnitzel?«, hakt der Bräutigam gereizt nach.

»Nein, Schnitzel Wiener Art«, korrigiere ich. »Echtes Wiener Schnitzel wird aus Kalbfleisch gemacht, ich würde Ihnen die Variante vom Schwein oder Pute empfehlen.«

»Wo wären wir denn preislich, wenn Sie unsere Wünsche umsetzen würden?«, fragt der Bräutigam.

»Wir reden von Steak, Hummer, Entenfilet und einer fleischlosen Hauptspeise?«, versichere ich mich noch einmal und schreibe meine Berechnungen auf das Papier.

Dann tippe ich die Zahlen ein und präsentiere dem Brautpaar das Ergebnis.

Die Augen des Bräutigams werden groß und er hüstelt. »So viel?«, fragt er fast kleinlaut.

»Bei fünfzig Personen, ja. Natürlich ist der Endpreis abhängig davon, wie viele Portionen wovon bestellt werden. Aber da Sie sehr exklusives Fleisch und den Hummer gewählt haben, wird der Preis je nach Gericht höchstens um ein oder zwei Euro schwanken.«

Die Braut sieht aus, als wäre sie den Tränen nahe, und der Bräutigam tippt unruhig auf dem Tisch herum.

»Vielleicht versuchen Sie die Speisen und überlegen, ob eine davon für Sie in Betracht kommt«, schlage ich deswegen vor. »Danach können wir immer noch über andere Gerichte sprechen.«

Überzeugt wirken die beiden nicht, aber sie ziehen ihr Verliebtes-Pärchen-Verhalten selbst jetzt noch durch und füttern sich gegenseitig.

Unter dem Tisch bohre ich die Finger in den Stoff meiner Hose und halte den Atem an.

»Das ist wirklich gut«, meint die Braut und betrachtet die Forelle. »Aber es ist kein Hummer …«

»Wenn Ihnen der Hummer so wichtig ist, können wir ihn einbauen. Allerdings werden Sie dann das Budget von dreißig Euro erhöhen müssen.«

Die Braut nickt und kostet von der Ente und dem vegetarischen Gericht. Dann tauschen die beiden Turteltäubchen einen Blick aus, bevor sie sich mir zuwenden.

»Was würde es denn kosten, die Forelle gegen den Hummer zu tauschen?«, will der Bräutigam wissen.

»Wenn die anderen Gerichte so bleiben wie von mir vorgeschlagen?«, hake ich nach und er nickt. Schnell rechne ich nach. »Wenn sonst alles so bleibt, wären wir bei fünfunddreißig Euro pro Kopf.«

»Auch wenn nur fünf Leute den Hummer bestellen?«, mischt sich die Braut ein.

»Den genauen Preis pro Person kann ich Ihnen natürlich erst sagen, wenn ich weiß, wie viele Portionen eines Gerichts ich zubereiten muss. Das ist nur eine Mischkalkulation. Sie bezahlen aber natürlich nur das, was tatsächlich bestellt wird für die Hochzeit.«

»Dann sehen wir uns noch den Rest an«, entscheidet der Bräutigam.

Beim Dessert sind sie schon eher angetan, weil ich neben der Champagner-Schnitte noch Panna cotta mit Beeren und Schokoladenmousse vorbereitet habe. Erst beim Sekt und den Weinen sind sie wieder skeptisch.

»Also kein Champagner?« Die Braut wirkt enttäuscht.

»Auch den können wir einplanen bei einem höheren Budget. Sollten Sie mehr als die von mir vorgeschlagene Menge an Wein benötigen, steigt der Preis ebenfalls.«

»Das heißt, irgendwann gibt es keine Getränke mehr, wenn das Budget aufgebraucht ist?«, fragt der Bräutigam.

»Für gewöhnlich regeln wir es so, dass wir dem Brautpaar ein Zeichen geben, wenn der gesetzte Betrag erreicht ist. Sie können dann entscheiden, ob Sie die zusätzlichen Kosten tragen wollen oder ob keine alkoholischen Getränke mehr serviert werden.«

Wieder sehen die beiden sich an und ich frage mich, ob sie die Gedanken des jeweils anderen erraten können. Philipp tippt inzwischen wie wild auf dem Computer herum. Ob er denkt, dass ich mich gut schlage?

»Dann machen wir das so«, meint der Bräutigam. »Wir erhöhen auf fünfunddreißig Euro und nehmen den Hummer. Den Rest lassen wir so, wie Sie vorgeschlagen haben.«

»Wunderbar«, entgegne ich und will mir gerade alles notieren.

»Eine Frage habe ich noch«, sagt da die Braut und ich hebe den Blick wieder. »Können Sie uns auch eine Hochzeitstorte anfertigen?«

»Das wäre dann aber in dem Budget nicht enthalten.«

»Davon sind wir ausgegangen«, sagt der Bräutigam. »Aber unsere Konditorin ist abgesprungen und da die Hochzeit in zwei Wochen stattfindet ...«

»Ich möchte Sie nur darauf hinweisen, dass ich keine gelernte Konditorin bin, die Torte also weniger aufwendig sein wird. Das heißt, auch die Dekoration wäre schlicht.«

Ich schlage einen meiner Ordner auf und zeige den beiden, was ich bisher für Feiern bewerkstelligt habe.

»Und was würde das kosten?«, will die Braut wissen.

»Kommt auf die Größe an und welche Sorten Sie wünschen«, antworte ich und zeige ihnen die Preistabellen.

»Das ist in Ordnung«, meint der Bräutigam. »Die Sorten teilen wir Ihnen heute Abend mit.«

Damit wenden wir uns der Dekoration für den Festsaal und dem Ablauf zu. Wenn ich nicht zwischendurch das Klappern von Philipps Tastatur hören würde, hätte ich längst vergessen, dass er noch hier ist.

Nach fast zwei Stunden ist das Brautpaar zufrieden, die Verträge sind unterzeichnet und die Kaution hinterlegt.

»Ich bin so froh, dass es mit der Hochzeit hier klappt«, sagt die Braut, als wir uns erheben. »Wissen Sie, meine Eltern haben hier geheiratet. Bis vor Kurzem habe ich Ihr Hotel nicht in Betracht ziehen können, aber jetzt ... Überall spricht man von Ihrem Essen und der Ausblick ist umwerfend.«

»Das freut mich sehr«, murmle ich verlegen.

»Ich danke Ihnen für Ihre Mühe. Vielleicht können eines Tages unsere Kinder ebenfalls hier heiraten«, fügt die Braut hinzu. »Das wäre eine schöne Tradition, findest du nicht, Schatz?«

Ihr Verlobter nickt mit einem seligen Lächeln. Irgendwie sind die beiden anstrengend, aber auf eine charmante Art. Zu meiner Überraschung begleitet uns Philipp ins Foyer, wo ich mich vom Brautpaar verabschiede.

Es ist Vormittag und ich kann kaum einen Gast sehen. Die Küche ist jetzt auch leer, weil wir kein Mittagessen servieren, nur Snacks. Also bedeute ich Philipp, mir zu folgen.

Wortlos geht er hinter mir her und bleibt am Eingang der Küche stehen.

»Du hast dich meisterhaft geschlagen«, verkündet er, während ich einen Teller aus dem Kühlschrank nehme. »Ich hätte ihnen vermutlich schon bei der Vorspeise gesagt, dass ich alles umsetze, was sie wollen, wenn sie die Rechnung übernehmen, ohne zu murren. Sind Brautpaare immer so anstrengend und realitätsfremd?«

»Meistens ja. Aber das ist in Ordnung. Für sie ist der Tag, um den es geht, besonders wichtig. Und viele können eben nicht einschätzen, wie viel Geld was kostet.«

»Trotzdem. Hummer als Hauptgang für dreißig Euro«, brummt er und legt den Kopf schief, als ich ihm einen Vorspeisenteller und eine Gabel hinhalte.

»Hauptgang kann ich dir leider nicht bieten, aber den bekommst du dann am Abend«, verspreche ich. »Wenn du das aufgegessen hast, kannst du auch Dessert haben.«

Seine Mundwinkel wandern nach oben. »Oh, hier in der Küche?«, fragt er schelmisch und tritt näher. »Darf ich mit dir machen, was ich will?«

Mit klopfendem Herzen lächle ich ihn an und öffne meinen Mund für eine Erwiderung, da vibriert das Handy in seiner Hosentasche. Philipp verdreht die Augen und drückt den Anruf weg. Gleich darauf erscheint eine Nachricht auf dem Display, die er überfliegt.

Verschwunden sind das Schmunzeln und der verführerische Ausdruck auf seinem Gesicht. Stattdessen bildet sich eine steile Falte auf seiner Stirn und er schnaubt.

»Wie es aussieht, muss ich meine Pläne für dieses Wochenende ändern.« Er steckt das Handy wieder ein.

»Was heißt das?« In meinem Magen bildet sich ein Eisklumpen, während ich ihn mustere.

»Es bedeutet, dass ich nicht erst Sonntag abreise, sondern jetzt. Tut mir leid.«

»Oh«, mache ich.

Ich wundere mich, dass ich nicht schwanke, weil es mir vorkommt, als würde jemand den Boden unter meinen Füßen wegziehen. Nach der letzten Nacht hatte ich mir überlegt, wie wir möglichst viel Zeit zusammen verbringen können, ohne erwischt zu werden. Ich hätte die Abendschicht heute getauscht, hätte den Notausgang in seinem Stockwerk entsichert, um ihn nutzen zu können ... Wieso fühlt es sich gerade so ekelhaft an, dass aus diesen Plänen nichts wird?

Philipp starrt auf den unberührten Teller in seiner Hand, dann reicht er ihn mir. »Ich sollte gleich aufbrechen. Entschuldige, ich ...«

»Du musst dich nicht rechtfertigen.« Ich nehme den Teller entgegen und ringe mir ein Lächeln ab.

Er atmet tief aus und seine Kiefer beginnen zu mahlen. »Schön«, sagt er dann etwas unterkühlt. »Ich kann dir wie gesagt nicht mitteilen, wann ich wiederkomme. Bis dahin möchte ich tägliche Berichte über Buchungen, Abrechnungen und so weiter. Lass Herrn Zeller das übernehmen, damit du etwas entlastet bist. Du sollst nicht vollkommen erschöpft sein, wenn ich wieder hier bin.«

»Mach dir darum keine Sorgen. Um mich mit dir zu treffen, werde ich nie zu erschöpft sein.« Die Worte haben meinen Mund verlassen, bevor ich sie aufhalten kann.

Philipp hebt eine Augenbraue und seine Kiefer entspannen sich ein wenig. »Gut zu wissen«, murmelt er und macht einen Schritt auf mich zu.

Ich schlucke, als ich den Kopf in den Nacken legen muss, um ihn anzusehen. »Du kommst sicher wieder?«, frage ich und ärgere mich, wie verzweifelt es klingt. Aber ich will ihn wiedersehen. Nicht nur wegen des Sex.

»In den nächsten drei Wochen bestimmt.« Er beugt sich herab und seine Lippen brennen sich in meine. »Denk an die Abrechnungen. Ich muss belegen können, dass du dir Mühe gibst, sonst kann ich nichts mehr für dich tun, selbst wenn ich es will.«

»Ich werde sie täglich verfassen lassen und dir schicken.«

»Gut.« Philipp zögert, dann macht er einen Schritt zurück. »Pass auf dich auf.«

»Und du auf dich«, rufe ich ihm nach, aber da ist er schon aus der Tür raus.

Ich würde gerne durchatmen, doch meine Brust fühlt sich so eng an, dass ich es nicht schaffe. Nach einer Weile klirrt es und der Teller rutscht aus meinen Fingern auf den Boden.

Reiß dich zusammen, ermahne ich mich in Gedanken. *Du kennst ihn seit einer Woche. Ihr habt wirklich geilen Sex, aber mehr ist da nicht. Du wirst auch ohne ihn klarkommen.*

Ich reibe mir über die Schläfen, als mir bewusst wird, dass ich mich schon viel zu sehr zu Philipp hingezogen fühle. Der Abstand wird uns guttun. Mir vor allem. Weil unser Arrangement in spätestens drei Wochen so oder so zu Ende sein wird.

10
Philipp

Das Garagentor schließt sich quietschend hinter mir. Ich habe den Motor meines Sportwagens noch nicht abgeschaltet, als jemand an das Fenster klopft. Vermutlich hat sie vor den Überwachungsmonitoren der Bank gesessen, sonst könnte sie jetzt nicht schon hier sein.

Resigniert seufze ich, stelle den Motor ab und öffne die Tür. Dass sie hier steht, beweist mir, wie wenig sie mir vertraut. Selbst wenn ich zugeben muss, dass ich kurz überlegt habe, ihre Nachricht zu ignorieren und in meine Wohnung statt in die Bank zu fahren, ist es unnötig, dass sie mich bereits auf dem Parkplatz überfällt.

»Darf ich erfahren, wo du gewesen bist?«, fragt sie in einem Tonfall, der klarmacht, dass sie zornig ist.

»Du weißt, wo ich war«, erwidere ich, während ich meine Laptoptasche von der Rückbank nehme.

Sie schweigt und gibt mir die Möglichkeit, sie zu betrachten. Das blonde Haar hat sie wie immer hoch toupiert, die Augen viel zu dunkel geschminkt. Mimik erkenne ich kaum in ihrem Gesicht, was wohl an den Behandlungen liegt, die sie in letzter Zeit über sich ergehen lässt, um ihre vergangene Jugend zu bewahren.

Als ich ausgestiegen bin, schweigt sie immer noch. Das Schnauben kann ich nicht unterdrücken. »Du weißt, dass ich mich um den Auftrag gekümmert habe, den du mir gegeben hast und der so wichtig war, dass ich meinen Urlaub unterbrechen musste.«

Ich schließe das Auto ab und gehe in Richtung des Aufgangs zum Bürogebäude, das an die Garage angrenzt. Natürlich folgt sie mir.

»Das war ein einfacher Auftrag«, erklärt sie. »Du bist Samstag angereist und ich habe dich Montagabend zurückerwartet.«

»Wie kommst du darauf, wenn ich fragen darf?« Ich drücke den Knopf für den Aufzug.

»Weil die Sache eindeutig ist«, meint sie mit einem Augenrollen. »Der verstorbene Hotelbesitzer hat sich Geld geliehen, die Raten verschleppt und damit gegen die Vereinbarungen des Kreditvertrags verstoßen.« Sie hebt einen Finger, als wir in den Aufzug steigen. »Sei ehrlich, du hast den Urlaub, den du haben wolltest, einfach dort verlängert.«

»Nein, Mutter, habe ich nicht«, erwidere ich gereizt.

Liane Senoner, meine Mutter und Eigentümerin der Kirschner Bank, mag zwar keinen Urlaub brauchen, ich aber schon. Nachdem mir die Arbeit über den Kopf gewachsen ist und eine Panikattacke mir vor Augen geführt hat, dass ich nicht ewig leben werde, habe ich die Notbremse gezogen. Eigentlich wollte ich mir vier Wochen Auszeit, irgendwo auf einer weit entfernten Insel, nehmen. Tatsächlich bin ich nur bis nach Sizilien gekommen, aber selbst dort hat sie mich nicht zufriedengelassen. Stattdessen hat sie so lange genervt, bis ich zugestimmt habe, meine Zelte abzubrechen und mich nach nicht einmal zwei Wochen Urlaub um dieses ach so wichtige Projekt zu kümmern.

Der Fahrstuhl gibt ein Ping von sich und ich steige aus. Es ist später Nachmittag an einem Freitag, trotzdem sitzen noch einige Angestellte an ihren Tischen. Als sie meine Mutter hinter mir erkennen, tippen sie noch geschäftiger auf ihre Tasten. Die Belegschaft scheint erleichtert, als meine Mutter mir in mein Einzelbüro folgt und die Tür schließt. Leider kann ich nicht aufatmen.

»Und was hast du dann getrieben?«, hakt sie nach. »Mal ehrlich, Philipp. Viel einfacher kann ich es dir nicht machen.«

Manchmal frage ich mich, ob sie in mir immer noch einen zehnjährigen Jungen sieht. »Ich bin gewissenhaft«, erkläre ich, während ich den Laptop aus der Tasche nehme und auf die Dockingstation packe.

»Was hat das damit zu tun?«, knurrt sie förmlich.

Gelassen drehe ich mich um, verschränke die Arme vor der Brust und lehne mich an den Schreibtisch. Nie war das, was ich getan habe, gut genug für sie. Seit dem Tod meines Vaters hat meine Mutter meinen jüngeren Bruder Michael und mich auf Erfolg gedrillt. Michael war das zu viel. Er hat sich irgendwann von meiner Familie losgesagt und redet nicht mehr mit unserer Mutter. Ich habe all das nur mitgemacht, weil ich meinen Job mag und die Bank seit Generationen im Besitz meiner Familie ist. Eigentlich wollte ich das Erbe erhalten, aber wenn ich meine Mutter jetzt betrachte, die ihre Arme ebenfalls vor der Brust verschränkt und mich finster ansieht, weiß ich nicht, ob es das wert ist. Ich könnte überall einen neuen Job finden mit meinen Referenzen ...

»Du hast recht damit, dass der ehemalige Eigentümer die Raten verschleppt hat«, erwidere ich ruhig. Sie soll nicht glauben, dass sie mir ein schlechtes Gewissen machen oder mich einschüchtern kann. »Aber die neue Geschäftsführung hat die Zahlung wieder aufgenommen und laut Vertrag ist ein Ratenverzug akzeptabel, wenn weniger als zwölf Raten überfällig sind und Rücksprache mit der Bank gehalten wurde. Das hat bereits der ehemalige Geschäftsführer getan und durch die Aufnahme der Zahlungen sind bisher nur elf Raten überfällig. Somit bin ich verpflichtet, eine Prüfung vorzunehmen, ob wir die volle Summe dennoch sofort zurückfordern sollten oder nicht.«

Meine Mutter kräuselt den Mund und schnaubt. »Wozu das Ganze?«

»Das Hotel ist seit Jahren unser Kunde«, erwidere ich verwirrt. »Die Leute dort wollen uns beweisen, dass es nur eine unglückliche Schieflage ist, in die sie gekommen sind ...«

Meine Mutter lacht. »Wenn du die Unterlagen gelesen hast, die ich dir gegeben habe, weißt du, dass es nur eine Frage der Zeit ist, bis sie untergehen.«

»Ich habe die Unterlagen gelesen und weiß daher, dass du selbst den Kredit bewilligt hast.« Meine Mutter hebt das Kinn und ein finsteres Lächeln, das mir sicher Albträume bereiten wird, breitet sich auf ihrem Gesicht aus. Irgendetwas übersehe ich offensichtlich, aber ich spreche weiter. »Du musst doch geahnt haben, dass sie mit dem damaligen Konzept Schwierigkeiten haben würden, das Geld zurückzuzahlen. Und du hast nie Belege angefordert, die beweisen, dass der Kredit für die Renovierung des Gebäudes genutzt wird. Dafür war er aber gedacht.«

Sie lächelt breiter und entblößt ihre weißen Zähne wie ein Raubtier. »Nun, du wirst es früher oder später sowieso erfahren, wenn du den Deal abschließt«, beginnt sie und lässt die Arme sinken. »Die Gegend, in der das Hotel steht, hat in den letzten Jahren einen enormen Aufschwung erlebt. Immer mehr Leute wollten dorthin, trotzdem konnte das Hotel nicht wirklich an dem Erfolg teilhaben. Weil der Besitzer ein sturer Kerl war, der sich gegen Veränderung gewehrt hat.«

Bei den Worten muss ich sofort an Emma denken, die mir von ihrem Vater erzählt hat. Als hätte ich sie nicht sowieso ständig im Kopf. Ich vertreibe das Bild von ihrem verweinten Gesicht aus meinen Gedanken und starre meine Mutter an, der zum Glück entgangen ist, dass ich ihr einen Moment nicht zugehört habe.

»Jedenfalls kam er eines Tages zu mir und bat um Geld«, sagt sie gerade. »Es hat nicht lange gedauert, bis ich herausfand, dass er spielsüchtig war und das Geld gebraucht hat, um seine Schulden zu bezahlen.«

»Was?«

Ob Emma das weiß? Warum hat sie mir dann nicht gesagt, wohin das Geld verschwunden ist?

Die Antwort gebe ich mir selbst. Weil es ein fürchterliches Bild auf ihren Vater und das Hotel geworfen hätte. Trotzdem schmerzt es, dass sie mich nicht eingeweiht hat.

»Hast du ihm etwa den Kredit gegeben, obwohl du wusstest, wofür er das Geld braucht?«, hake ich nach und meine Mutter nickt. »Wieso?«

»Weil, mein lieber Sohn, der Grund und Boden, auf dem das Gebäude steht, unglaublich wertvoll geworden ist und die Kreditsumme um ein Vielfaches übersteigt«, erklärt sie zufrieden. »Zufällig kannte ich zu dem Zeitpunkt schon einen Investor, der mich wegen des Hotels angesprochen hatte.«

Mein Magen zieht sich zusammen. Ich klammere mich an der Schreibtischkante fest und bohre die Nägel tief in das Holz. »Du hast also von vornherein geplant, die Spielsucht des Hoteliers auszunutzen, um das Hotel zum Schleuderpreis zu erhalten und dann teuer zu verkaufen.«

Sie macht eine wegwerfende Handbewegung. »Du tust so, als wäre das unmoralisch. Er hätte das Hotel früher oder später ohnehin zugrunde gerichtet. Aber verkaufen wollte er nicht, weil er eine sentimentale Bindung dazu hatte. Also musste ich einen Weg finden, an die Immobilie zu kommen.«

»Ich fasse es nicht ...«

Meine Mutter hat immer für die Bank gelebt. Als einziges Kind meines Großvaters musste sie sich anfangs als Chefin beweisen. Mein Vater stammte aus einer angesehenen Familie, die mit Immobilien reich geworden war. Allerdings hat er sich nie für das Bankgeschäft interessiert. Trotzdem haben viele ihn um Rat gefragt, wenn es um Investitionen ging. Erst nach seinem Tod wurde meine Mutter das, was sie immer sein wollte: die Matriarchin der Familie. Aber dass sie so skrupellos sein kann, um ein gewinnbringendes Geschäft zu machen, habe ich nicht erwartet.

»Es wundert mich, dass du denkst, dieses Hotel könnte tatsächlich eine Zukunft haben. Das Gebäude ist sanierungsbedürftig, die Gästezahl überschaubar ...«

»Das neue Management ist engagiert«, unterbreche ich sie viel zu heftig. »Sie haben mir ein Konzept gezeigt, das vielversprechend ist.«

»Und sag mir, wird es für uns so viel Profit abwerfen wie ein Deal mit einem Investor, der das Haus abreißen und eine Wellnessoase dorthin stellen möchte?«, fragt sie verärgert. »Du denkst wie immer viel zu klein. Der Kredit wirft für uns nur ein paar Zinsen ab. Aber wenn wir das Grundstück vor der Zwangsversteigerung kaufen und um ein Vielfaches auf den Markt werfen, ist unser Profit beträchtlich höher.«

»Ist dir bewusst, dass du damit Menschen ihre Existenz raubst? Der ehemalige Eigentümer ist tot. Seine Tochter hat große Pläne und ich denke, sie kann sie umsetzen. Wenn sie genauso wäre wie ihr Vater, hätte sie sich bereits von ihrem Hotel verabschieden dürfen.«

»So ist das also«, meint meine Mutter mit gehässigem Ton und ich weiß, dass ich gerade einen Fehler begangen habe. »Ist sie hübsch?«

»Wer?«

»Na, die Tochter des ehemaligen Eigentümers.« Sie rollt wieder mit den Augen. »Hat sie dir den Kopf verdreht? Bist du deswegen so lange dort geblieben?«

Ich verschränke die Arme erneut, als wären sie ein Schutzschild. »Du hast hoffentlich meine Berichte gelesen. Dann weißt du, weswegen ich dort war und wieder zum Hotel fahre.«

Meine Mutter schnalzt mit der Zunge. »Du lässt mich mit all der Arbeit und Verantwortung allein?«

»Unterstellst du mir, dass ich faul bin?« Jetzt schnaube ich. »Obwohl ich das Hotel auf Herz und Nieren geprüft habe, habe ich alle Anfragen und Projekte weiterhin betreut. Also habe ich dich garantiert nicht allein gelassen mit der Arbeit. Und das werde ich auch in Zukunft nicht.«

»Lass mich dir einen Rat erteilen«, sagt meine Mutter gefährlich leise. »Denk wie ein Bankier und nicht wie ein Weltretter. Dann verlieren ein paar Menschen eben ihren Job und ihre Existenz. Na und? So etwas passiert täglich.«

»Wenn es selbst verschuldet ist, kann ich damit leben. Aber in dem Fall ist das neue Management unschuldig und deswegen werde ich ihm die dreißig Tage geben, die es laut Vertrag hat, um mich zu überzeugen.«

Meine Mutter atmet geräuschvoll ein. »Wozu soll das gut sein? Du zögerst den Tod dieses angeblichen Genusshotels nur hinaus und mein Investor wird ungeduldig.«

»Tja, nur ist das mein Projekt«, entgegne ich. »Und deswegen gehe ich damit um, wie ich es für richtig halte.«

»Wenn du meinst.« Meine Mutter presst die Zähne zusammen. »Solange du deine anderen Aufgaben nicht vernachlässigst ... Allerdings frage ich mich bei so einem Benehmen schon, ob du wirklich geeignet bist, die Bank nach mir zu übernehmen.«

Ich gebe ein Grunzen von mir, drehe mich um und umrunde meinen Schreibtisch. »Dir gehen leider die Alternativen aus«, meine ich, während ich mich auf den Stuhl setze. »Immerhin hast du Michael vergrault. Wusstest du, dass er und Clair ein Kind erwarten?«

Mein Bruder hat es nach seinem Ausstieg aus dem Familiengeschäft geschafft, sich ein schönes Leben aufzubauen. Er hat als Berater für Kleinbetriebe sein eigenes Unternehmen gegründet und keine Tochter eines Geschäftspartners unserer Mutter geheiratet, sondern Clair, die Volksschullehrerin ist und damit nie die Ansprüche meiner Mutter erfüllt hat. Deswegen war sie auch bei der Hochzeit nicht dabei, obwohl Michael über seinen Schatten gesprungen ist und sie eingeladen hat.

»Dein Bruder ist nicht länger Teil meines Lebens und es interessiert mich nicht, was er macht«, sagt meine Mutter.

»Wenn du meinst«, wiederhole ich ihre Worte. »Wenn das jetzt alles ist, ich muss noch ein paar Unterlagen durchgehen.«

»Nein, das ist noch nicht alles«, entgegnet sie mit einem Tonfall, den ich zu gut kenne und bei dem sich jedes meiner Nackenhaare aufrichtet. »Du drückst dich schon viel zu lange davor, also hab ich einen Termin ausgemacht und ihn dir in den Kalender eintragen lassen. Nächsten Samstag hast du eine Verabredung mit Mercedes Schwander.«

Ich stöhne und sehe zu meiner Mutter auf. »Lass mich raten, sie wäre die ideale Frau an meiner Seite.«

»Sie wartet nächste Woche Samstag um achtzehn Uhr in der Bamboon Bar auf dich. Dort bist du doch öfter unterwegs, um Frauen für ein Wochenende kennenzulernen. Also hast du keinen Grund, dir eine Ausrede einfallen zu lassen.«

Es gefällt mir nicht, wie triumphierend meine Mutter mich betrachtet. Seit Jahren versucht sie, mich mit einer Frau zu verkuppeln, die sie für angemessen erachtet. Nur sind ihre Auswahlkriterien hauptsächlich, welchen Familiennamen diese Frau trägt und wie hoch das Vermögen ist, das sie in eine Ehe mit mir einbringen würde. Aber ich weiß auch, dass meine Mutter mich nicht in Ruhe lassen wird, bis ich diese Frau getroffen und abserviert habe. Wie ich es immer tue. Weil keine von ihnen auch nur im Entferntesten das ist, was ich von einer Partnerin erwarte.

Bei dem Gedanken taucht wieder Emmas Gesicht vor meinen Augen auf und ich blinzle, damit ihr Bild verschwindet. Ich möchte nicht an sie denken. Nein, ich darf es nicht. Das mit uns ist zwangloser Sex und solange ich nicht in ihrem Hotel bin, hat sie nichts in meinen Gedanken zu suchen.

»Schön, ich treffe mich auf einen Drink mit ihr, auch wenn ich bezweifle, dass daraus mehr wird.«

»Dann lasse ich dich jetzt arbeiten«, verkündet meine Mutter zufrieden und verlässt endlich mein Büro.

Ich reiße an der Krawatte herum, die mir mit einem Mal viel zu eng vorkommt. Das Büro ist stickig, also öffne ich ein Fenster und der Straßenlärm dringt herein. Es ist hier so anders als in dem Hotel, in dem ein seltsamer Frieden herrscht. Und wieder, obwohl ich es gar nicht will, wandern meine Gedanken zu Emma. Was sie wohl gerade macht?

Mein Handy surrt und einen Moment hoffe ich, dass es eine Nachricht von ihr ist. Aber der Name meines Bruders leuchtet auf, weil er mich für den nächsten Sonntag zum Brunch einladen möchte. Ich antworte ihm und kehre dann zu meinen Akten zurück. Konzentrieren kann ich mich allerdings nicht.

Da erscheint eine E-Mail auf meinem Bildschirm und mein Puls beschleunigt sich, als ich den Absender erkenne. Es ist die offizielle Adresse des Hotels. Zwar hat Emma die Mail knapp und professionell gehalten, aber ihr Name steht darunter und zaubert mir ein Lächeln ins Gesicht.

Ich überfliege ihre Zeilen und den Bericht, den sie angehängt hat. Dann öffne ich den elektronischen Kalender und blockiere Donnerstag und Freitag für Termine, weil ich an diesen Tagen ins Hotel zurückkehren werde. Ich rede mir ein, dass es nur darum geht, nach dem Rechten zu sehen. Dabei weiß ich selbst, dass ich mir nur etwas vormache.

11
Emma

»Schneller rühren«, weise ich Stefan an.

Schweißperlen glänzen auf der Stirn meines Hilfskochs und er hält verbissen den Atem an. Jan und ich stehen hinter ihm und beobachten, wie er angestrengt versucht, die Hollandaise direkt auf dem Herd statt über dem Wasserbad aufzuschlagen.

»Gleich hast du Rührei«, meint Jan und atmet geräuschvoll aus, als die Soße stockt. »Siehst du? Zu langsam.«

»Das kann nicht klappen«, beschwert sich Stefan.

Bevor ich etwas sagen kann, hat Jan Eigelbe, etwas Essig, Salz und einen Löffel Brühe in einem kleinen Topf vermengt und schiebt Stefan zur Seite. Er rührt und lässt gleichzeitig einen feinen Strahl geschmolzene Butter in die Masse laufen. Auch sein Gesicht nimmt eine deutlich dunklere Farbe an, aber im Gegensatz zu Stefan atmet er ruhig weiter und schafft es, nach wenigen Minuten eine perfekte Hollandaise vom Herd zu ziehen.

»Kann es wohl.« Er hält Stefan den Topf hin.

»Das üben wir noch«, sage ich, als der Hilfskoch den Kopf tief hängen lässt. »Jetzt machen wir das Mis en Place für heute und besprechen das Menü für morgen.«

Es ist schon Mittwochnachmittag und ich habe seit Philipps Abreise nichts von ihm gehört oder gesehen. Er antwortet nicht auf die Mails, die ich ihm täglich schicke, was ich verstehe. Immerhin sind es geschäftliche Unterhaltungen. Aber ich habe auch keine andere Nachricht von ihm bekommen und traue mich nicht, ihm zu schreiben. Ich weiß nicht, ob er das aufdringlich findet. Schließlich ist unklar, was genau wir füreinander sind. Freunde mit gewissen Extras? Eine lockere Affäre ohne Anspruch auf anderweitigen Kontakt?

»Emma, hast du einen Moment?«, reißt Jan mich aus den Gedanken.

»Natürlich.« Ich stelle die Schüssel, die ich fünf Minuten mit leerem Blick abgetrocknet habe, obwohl sie längst nicht mehr feucht ist, auf die Arbeitsfläche. Dann folge ich Jan zum Kühlraum, wo er auf mich wartet. »Was gibt es denn?«

»Ist alles in Ordnung mit dir?«, fragt er leise und mustert mich mit schief gelegtem Kopf.

»Klar, wieso?«

»Du wirkst in letzter Zeit so abwesend und dir unterlaufen Fehler, die du sonst nicht machst.« Er legt eine Hand auf meine Schulter. »Ist es wegen des Hotels? Machst du dir Sorgen?«

»Lieb, dass du fragst.« Ich ringe mir ein Lächeln ab. »Ja, der Druck lastet schwer auf mir, aber nein, im Moment mache ich mir keine Sorgen.«

Das ist geflunkert. Immerhin weiß ich, dass wir nur noch etwa drei Wochen haben, bevor es zu einer endgültigen Entscheidung kommt. Und ich befürchte, dass all unsere Bemühungen vielleicht zu spät kommen oder zu wenig sind. Aber ich versuche, es positiv zu sehen, dass bisher kein Schreiben kam, in dem wir aufgefordert werden, den Betrieb sofort einzustellen.

»Wirklich nicht?«, hakt Jan nach. »Du arbeitest rund um die Uhr und siehst aus, als wärst du ein Zombie. Wenn auch ein ausgesprochen hübscher.«

Seine Mundwinkel heben sich und ich blinzle. Hat er gerade versucht, mit mir zu flirten?

Bevor ich antworten kann, räuspert sich jemand am Kücheneingang und ich drehe mich um. Mein Herz setzt einen Schlag aus, als ich Philipp entdecke. Sein Blick ist so finster wie die dunkelsten Gewitterwolken, während Marie neben ihm steht und schmunzelt.

»Frau Langhauser«, sagt Philipp mit tiefer Stimme.

Gänsehaut überzieht meinen Körper bei dem Klang und ein seltsames Ziehen in meiner Brust hindert mich am Atmen. Ein leises Seufzen entschlüpft mir, als ich mich von Jan löse und zu Philipp und Marie gehe.

»Herr Senoner, ich habe heute nicht mehr mit Ihnen gerechnet«, verkünde ich und hoffe, ich grinse dabei nicht zu sehr.

Philipps Blick wandert von mir zu Jan, dann wieder zu mir zurück. »Offensichtlich«, brummt er und blickt dann auf seine Armbanduhr. »Ich nehme an, Sie sind mit den Vorbereitungen für das Abendessen beschäftigt. Ich bleibe bis Freitagnachmittag und habe ihre Kollegin Frau Kahlhammer schon gebeten, Herrn Zeller für morgen zu bestellen.« Er sieht wieder mich an, sein finsterer Blick erschreckt mich und zieht mich gleichermaßen an. »Ich hoffe, Sie sind morgen bereit, die Zahlen der letzten Woche durchzugehen?«

»Natürlich«, antworte ich mit klopfendem Herzen.

Die Umsätze und Buchungsanfragen der letzten Tage waren ausgesprochen gut. Deswegen habe ich Hoffnung, dass Philipp zufrieden sein wird.

»Wunderbar. Dann störe ich jetzt nicht länger.«

Schnell verlässt er die Küche und Marie sieht ihm blinzelnd hinterher. »Welche Laus ist dem denn über die Leber gelaufen?«, murmelt sie und zuckt mit den Schultern, als unsere Blicke sich treffen. »Gerade noch war er total entspannt und jetzt führt er sich auf wie ein Inquisitor.«

»Du übertreibst«, meine ich. Trotzdem wird mir mit einem Mal schwer ums Herz, das gerade noch wie wild geschlagen hat.

»Na, dann hau ihn heute mit dem Abendessen um, damit er morgen wieder besser gelaunt ist«, schlägt Marie vor und geht.

»Vielleicht solltest du dem Herrn mal erklären, dass du genug Arbeit hast und nicht auch noch springen kannst, wenn er es fordert«, knurrt Jan hinter mir.

»Das muss ich leider«, erwidere ich, ohne mich zu ihm umzudrehen. Mein Gesicht würde sonst zu viel verraten. »Er entscheidet über unsere Zukunft und ich muss für alles, was wir hier tun, Rechenschaft ablegen.«

Jan atmet geräuschvoll aus.

»Lasst uns jetzt alles für morgen besprechen«, schlage ich vor. »Wenn wir wirklich Fleisch aus dem Smoker anbieten wollen, müssen wir heute damit anfangen.«

»Jemand muss über Nacht hierbleiben und es mit Flüssigkeit impfen, damit es zum Abendessen zart ist«, wirft Jan ein. »Da ich davon ausgehe, dass du das sein wirst, solltest du morgen Abend freimachen.«

»Aber ...«

»Emma«, unterbricht Jan mich. »Wir bekommen das allein hin. Wir müssen dann schließlich nur das Fleisch, das du bereits zubereitet hast, schneiden und mit Beilagen servieren.« Er zwinkert. »Vertrau uns mal ein bisschen.«

»Wir klären das morgen nach dem Frühstück«, entscheide ich und mache mich dann an die Vorbereitungen.

Mein Körper kribbelt bei dem Gedanken, dass Philipp hier ist und ich heute sogar eine Ausrede habe, warum ich die ganze Nacht im Hotel bleibe. Meine Vorfreude verleiht mir Flügel und die Arbeit geht mir noch schneller als sonst von der Hand. Bei jedem Teller, der vom Service-Team abgeholt wird, gebe ich mir besondere Mühe, weil ich Philipp beeindrucken will.

Die Begegnung vorhin hat zudem eine Sehnsucht in mir geweckt, die ich nicht wirklich verstehe. Ich will einfach nur zu ihm, seine Nähe spüren, seine Stimme hören und ihn berühren.

Als der Abend sich dem Ende neigt, schleppen Jan und ich die Fleischstücke über Umwege auf die Terrasse, damit die Gäste im Esszimmer nicht gestört werden. Ich heize den Smoker an, während Jan das restliche Fleisch holt.

Pustend fache ich die Glut an und keuche, als mich jemand an der Schulter berührt. Hastig drehe ich mich um und halte den Atem an, als ich in Philipps goldene Augen blicke. Mein Herz schlägt wie wild und ich sehe panisch zu der Seitentür, durch die Jan jeden Moment zurückkommen könnte.

Ich würde Philipp jetzt so gerne küssen, meine Arme um ihn legen und mich an ihn schmiegen. Aber das geht nicht.

»Wir sind hier noch nicht ungestört«, flüstere ich.

Als hätte ich nichts gesagt, schließt er die Entfernung zwischen uns, legt eine Hand an meine Wange und bedeckt meine Lippen mit seinen. Der Kuss verstärkt meine Sehnsucht und entfacht ein unbändiges Verlangen in mir. Ich dränge mich an ihn und öffne den Mund für ihn.

Doch noch ehe ich seine Zunge mit meiner umspielen kann, löst er sich von mir, schenkt mir ein verwegenes Grinsen und kehrt in den Speiseraum zurück.

Ich ringe um Atem und hoffe, dass niemand uns beobachtet hat. Zwar versperren einige große Topfpflanzen die Sicht auf die Grillnische, aber ...

»Soll ich Kohlen nachlegen?«, fragt Jan. Ich mache einen Satz zurück und atme stoßweise ein und aus. Er mustert mich besorgt. »Ist etwas passiert?«

Ja, ziemlich viel sogar, aber das kann ich ihm nicht sagen. »Ich habe nur etwas gehört«, erwidere ich. »Und ja, Kohle nachlegen. Ich kümmere mich inzwischen um die Rauchkammer.«

Jan bewegt sich nicht, beobachtet mich nur eingehend, während ich versuche, mich so unauffällig wie möglich zu benehmen. Ich öffne die kleine Kammer, in die ich die Räucherspäne für das Aroma hineinlege und anzünde. Als es raucht, schließe ich die Tür und beginne damit, das Fleisch in den Smoker zu hängen. Durch einen Mechanismus wird es während des Garens gedreht, damit es gleichmäßig gebraten wird.

»Und du bist sicher, dass ich nicht übernehmen soll?«

Ich schüttle den Kopf. Jetzt, wo Philipp hier ist, werde ich sicher nicht die Chance verstreichen lassen, ihn zu treffen.

»Aber du hast morgen ein Gespräch mit diesem Banktypen.«

»Das schaffe ich schon. Keine Sorge.«

Jan verzieht das Gesicht, während er mir hilft, das Fleisch aufzuspießen und einzuhängen. Im Esszimmer wird gerade das Hauptlicht gelöscht, nur eine Art Notbeleuchtung ist noch an. Grillen zirpen und die Luft wird kühler. Zum Glück strahlt der Smoker genug Wärme ab.

Als wir fertig sind und ich die Haube des Smokers schließe, sehe ich mich verstohlen um. Ob Philipp in der Nähe ist?

»Soll ich noch etwas machen?« will Jan wissen.

»Nein, den Rest übernehme ich«, antworte ich mit einem Lächeln. »Danke für das Angebot und die Hilfe.«

»Wenn ich dir etwas abnehmen soll, musst du es nur sagen.« Seine Miene verändert sich.

Im schwachen Licht kann ich es nicht genau deuten, aber ich denke, er hat Mitleid mit mir.

»Danke, das weiß ich zu schätzen«, entgegne ich und sammle die leeren Platten ein.

Jan verabschiedet sich und ich gehe in die Küche, wo ich den Geschirrspüler einräume und die Pläne für den nächsten Tag überfliege. Dann dimme ich das Licht und will ins Büro gehen.

Allerdings öffnet sich die Küchentür, bevor ich sie erreiche, und Philipp tritt ein. Vorhin, als er mich auf der Terrasse überrascht hat, trug er einen Anzug. Genau wie jetzt. Im düsteren Licht wirkt er gefährlich und attraktiv. Mein Puls rast, während ich ihn betrachte und ihn näher kommen lasse.

»Ich dachte schon, du bist in dein Zimmer gegangen«, sage ich heiser und atme zittrig aus, als er seine Hände an meine Hüften legt und mich zurückdrängt, bis ich am Arbeitstisch anstoße.

»Wie kommst du darauf, dass ich mir das hier entgehen lassen würde?«, fragt er mit tiefer Stimme, bevor er seine Lippen an meine Halsbeuge presst.

Ich schaudere und vergrabe meine Finger in seinen hellbraunen Haaren. Mein Körper schmiegt sich wie von selbst an Philipp, während er mit seinen Küssen eine heiße Spur bis zu den Schlüsselbeinen zieht. Ungeduldig reißt er meine Kochjacke auf und beugt den Kopf tiefer, um die Ansätze meiner Brüste mit dem Mund zu berühren.

Philipp hebt mich hoch und platziert mich auf der Arbeitsfläche. Ich öffne die Beine für ihn und keuche, als ich seine Erektion durch den Stoff unserer Hosen spüre. Es ist keine Woche her, dass wir im Bett gelandet sind, und doch will ich ihn so sehr, dass meine Sehnsucht schmerzhaft in meinem Becken zieht.

»Lass uns in dein Zimmer gehen«, flehe ich förmlich.

Philipp hebt den Kopf und betrachtet mich hungrig. »Warum nicht gleich hier?« Er klingt dabei irgendwie gefährlich. Mit den

Fingern streicht er am Kragen meiner halb geöffneten Jacke entlang, bevor er sie unter den Stoff schiebt und meine Schultern entblößt. »Verbindest du diesen Raum mit jemand anderem?«

Verwirrt kneife ich die Augenbrauen zusammen. Ist er böse? Enttäuscht? »Wieso sollte ich?«, hake ich nach und schüttle den Kopf. »Ich will nur nicht erwischt werden.«

»Wer sollte uns denn erwischen?« Philipp beugt sich zu mir und seine Lippen streifen mein Ohr, während er spricht. »Außer dir hat doch niemand Dienst. Oder erwartest du noch jemanden?«

»Und wenn ein Gast sich herverirrt?« Ich muss an die Beschwerde von letzter Woche denken.

Von den Gästezimmern aus kann man uns zwar nicht hören, aber die Tür lässt sich nicht abschließen.

»Ich habe keine Kondome hier«, spiele ich meinen letzten Trumpf aus, obwohl sich meine Gedanken gerade in dem prickelnden Gefühl verlieren, das Philipps Lippen auf meiner Haut auslösen.

Mit einem tiefen Seufzen löst er sich von mir und macht einen Schritt zurück. Ich knöpfe meine Jacke wieder zu, springe von der Arbeitsfläche und greife nach Philipps Hand, die er mir hinhält. Nach einem kurzen Abstecher ins Büro, wo ich meine Tasche hole, schleichen wir uns zu seinem Zimmer.

Mein Herz klopft wie wild. Zum einen, weil ich hoffe, dass uns keiner sieht, zum anderen, weil ich nicht noch länger warten kann. Alles in mir steht in Flammen und ich will nichts mehr, als mir die Kleider vom Leib zu reißen und meinem Verlangen nachzugeben.

Philipp öffnet die Tür und führt mich in sein Zimmer. Ich bin kaum eingetreten, da wirbelt er mich herum, schließt die Tür und presst mich dagegen. Seine Lippen finden meine und wir beide zerren an der Kleidung des jeweils anderen. Knöpfe fliegen durch die Gegend, aber das ist mir genauso gleichgültig wie ihm. Meine Kochjacke landet neben seinem Hemd am Boden und ich schlüpfe umständlich aus meinem BH, während Philipp meine Hose öffnet und über meine Hüften schiebt.

Als ich sie los bin, packt er meine Hüften, hebt mich hoch und trägt mich zum Bett. Er presst seine Lippen fordernd auf meine, während sein Körper über mir schwebt. Immer noch hat er die Hose an, die für seinen Ständer längst zu eng geworden ist.

Irgendwo brennt ein schwaches Licht, erhellt den Raum allerdings nicht wirklich. Doch das muss es auch nicht, solange ich Philipp fühlen kann. Ich lasse meine Hände über seinen Körper wandern. Noch bevor ich am Gürtel ankomme, umfasst er meine Handgelenke und fixiert meine Arme über dem Kopf.

»Willst du mich quälen?«, frage ich heiser, als er meinen Mund freigibt.

»Strafe muss sein«, erwidert er, bevor er die Lippen um meine Brustwarze schließt.

Ich drücke den Rücken durch, presse mein Becken gegen seines und reibe mich an ihm. Philipp gibt einen kehligen Laut von sich und löst seine Lippen von meiner Brust.

»Dreh dich um«, fordert er und richtet sich auf.

Ich beobachte ihn, wie er erst den Gürtel öffnet, dann den Knopf und schließlich seine Hose zu Boden gleiten lässt. Selbst in dem schwachen Licht erkenne ich, wie erregt er ist, und beiße mir in die Unterlippe, während ich mich umdrehe.

Philipp reißt eine Kondompackung auf und einen Atemzug später fühle ich seine Hände an meinem Gesäß.

»Das brauchst du jetzt nicht mehr«, verkündet er, hebt mein Becken leicht an und zieht mir das schwarze Höschen aus.

Ich will auf meine Hände und Knie kommen, aber er schiebt mich ein Stück weiter, drückt meine Beine auseinander, bevor er mein Becken noch ein wenig mehr anhebt. Ein Keuchen entschlüpft mir, als seine Erektion über meine empfindlichste Stelle streicht, bevor er endlich in mich gleitet.

Stöhnend nehme ich ihn in mir auf und vergrabe die Finger im Bettlaken, als er sich zurückzieht und noch tiefer in mich dringt. Dann lässt er mein Becken sinken und legt seine Hände über meine. Seine Lippen streichen über meinen Nacken und sein Atem brennt auf meiner Haut, während seine Stöße mich um den Verstand bringen.

Ich habe ihn noch nie so intensiv gefühlt. Sein Gewicht auf mir verstärkt das Empfinden jeder seiner Bewegungen und seine tiefe Stimme lässt mich schaudern.

Sein Atem wird schneller. »Gott, Emma, du bist so eng.« Er keucht und seine Finger verkrampfen sich um meine.

»Du musst dich nicht zurückhalten«, sage ich, weil er langsamer wird.

»Ich will, dass du kommst«, raunt er mir ins Ohr. »Ich will dein Stöhnen hören, dein Zittern spüren.«

Seine Lippen streichen über meine Haut und ich schaudere. Dann ziehe ich eine Hand unter seiner hervor und bringe sie unter mein Becken. Mit der Fingerspitze kreise ich über meine Perle, bis Philipp seine Hand unter meinen Körper schiebt und mich zu massieren beginnt.

Ich öffne den Mund und gebe einen heiseren Laut von mir, der von der Matratze gedämpft wird. Jeder Stoß, jedes Kreisen seines Fingers treibt einen neuen Schauer durch meinen Körper. In meiner Mitte sammelt sich eine beinahe unbändige Hitze und nach kurzer Zeit schreie ich in die Matratze, während mein Becken zu beben beginnt.

Gänsehaut überzieht meinen Körper, weil Philipp stöhnt und seine Stöße langsamer und tiefer werden. Immer noch pulsiert meine Mitte von meinem Höhepunkt, als Philipp kommt und ich ihn so intensiv spüre wie nie zuvor.

Sein Gewicht ruht auf mir und um Atem ringend zieht er seine Hand unter mir hervor, verschränkt seine Finger mit meinen. Zärtlich küsst er meine Schulter und ich gebe einen zufriedenen Laut von mir, bevor ich mich unter ihm rekele.

»Das war überfällig«, murmle ich.

Philipp lacht leise. »Ja, das war es.« Er legt seine Lippen wieder auf meinen Hals. »Bleibst du hier oder ist dir das zu riskant?«

»Ich kann bleiben, aber ich muss jede Stunde zum Smoker hinaus, um das Fleisch zu übergießen.«

»Jede Stunde?«, fragt er ungläubig.

»Sonst wird es trocken. Wenn du schlafen willst, sollte ich gehen.«

Philipp löst seine Hände von mir, zieht sich aus mir zurück und steht auf. Ich drehe mich um und betrachte ihn in dem düsteren Licht, das mich jetzt viel zu wenig von ihm erkennen lässt.

»Schlaf wird überbewertet«, meint er und greift nach seinen Boxershorts, in die er hineinschlüpft.

»Warum ziehst du dich dann an?«, will ich wissen, als er auch noch seine Hose über die Hüften schiebt und schließt.

»Weil es in der Nacht noch ziemlich kalt ist, selbst neben einem Grill.«

»Warte ... Kommst du mit auf die Terrasse?«

»Warum nicht?«, fragt er mit einem Schulterzucken. »Ich brauche ohnehin eine kurze Pause, also kann ich dir Gesellschaft leisten. Und falls wir noch etwas nachholen wollen, können wir wieder in mein Zimmer gehen.«

Bei seinen Worten wird mir warm ums Herz, obwohl es das nicht sollte. Aber er will mit mir kommen. Das ist ... schön.

Schnell stehe ich auf, sammle meine Kleidung zusammen und ziehe sie an. Philipp wartet bereits an der Tür. Als ich zu ihm gehe, öffnet er sie und lässt mir den Vortritt.

Er begleitet mich in die Küche, damit ich den Bratensaft holen kann, mit dem ich das Fleisch begießen will, und nimmt mir den Wein ab, den ich für uns ausgesucht habe, damit wir bei unserer Nachtschicht versorgt sind.

Während ich mich um die verschiedenen Fleischstücke kümmere, entkorkt er die Flasche und schenkt uns ein. Dann geht er und kommt nach wenigen Minuten mit einer Decke zurück, die er mir um die Schultern legt. Mit einem Lächeln setze ich mich neben ihn.

»Die Woche lief ganz gut für das Hotel«, sagt er, nachdem wir einen Schluck getrunken haben.

»Ja, das stimmt. Bist du – als Bankier –zufrieden?«

Er zögert einen Moment und schwenkt sein Glas. »Ihr habt noch einen weiten Weg vor euch, aber die Richtung stimmt.«

»Okay«, murmle ich und nippe am Wein.

Einen Moment schweigen wir und als ich mich Philipp wieder zuwende, sind seine Augen geschlossen.

»Bist du müde?«, frage ich.

»Nein«, nuschelt er, ohne die Augen zu öffnen. »Die Woche war nur lang.«

Behutsam nehme ich ihm das Glas aus der Hand. Mit einem Seufzen lehnt er sich an mich.

»Ich ruhe mich nur einen Moment aus, ja?«, sagt er so träge, dass ich es kaum verstehe.

Lächelnd streiche ich ihm durchs Haar. »In Ordnung. Ich wecke dich dann vor dem Morgengrauen.«

Philipp antwortet nicht mehr und ich zupfe die Decke zurecht, damit er nicht friert. Mir wird bei seinem Anblick ganz warm ums Herz.

Vorsichtig hauche ich einen Kuss auf Philipps Stirn und Wehmut überkommt mich. Es schmerzt, dass unsere Vereinbarung ein Ablaufdatum hat. Und ich möchte mir nicht vorstellen, wie es wird, wenn er für immer aus meinem Leben verschwindet.

12
Philipp

Das schlechte Gewissen packt mich, als Emma ein Gähnen unterdrückt, während der Steuerberater mir die Zahlen vorlegt. Im Gegensatz zu mir scheint sie nicht geschlafen zu haben. Auch nicht, nachdem sie mich aufgeweckt und in mein Zimmer geschickt hat.

Zum Glück haben wir nicht viel zu besprechen und Emma kann sich den Rest des Tages freinehmen. Verstohlen blicke ich sie über den Bildschirmrand an, bevor ich mich wieder auf die Zahlen konzentriere. Es gibt für mich nicht wirklich einen Grund, hier zu sein. Die Berichte von Emma und Herrn Zeller sind ausführlich genug, um mir ein Bild zu verschaffen. Ich muss den vollen Speisesaal oder die Reservierungen für das heutige Abendessen nicht persönlich sehen.

Trotzdem bleibe ich. Zwar rede ich mir ein, dass ich hauptsächlich deswegen hier bin, um Mutter zu zeigen, dass ich meine eigenen Entscheidungen treffe. Oder weil mir die Luft in diesem kleinen Ort besonders guttut. Aber ich kenne die Wahrheit. Ich bin wegen Emma hier.

Es ist ein seltsames Gefühl, das ihr Anblick in mir verursacht. Nicht nur eine körperliche Anziehung, die ich ganz bestimmt nicht leugnen kann. Was passiert nur mit mir?

»Wäre das dann alles?«, reißt der Steuerberater mich aus den Gedanken.

Offen gestanden habe ich ihm in den letzten Minuten nicht einmal zugehört. Aber es ist unwichtig. Aus den Zahlen kann ich mir selbst einen Reim machen.

»Ja, das wäre alles.« Ich erhebe mich, um Herrn Zeller zu verabschieden.

Er tritt durch die Tür und ich setze mich wieder hin. Emma schiebt gähnend ihre Unterlagen zusammen.

»Sollen wir noch über die Auslastung der nächsten Wochen sprechen?«, fragt sie mit belegter Stimme.

»Das können wir auch morgen noch. Du siehst erschöpft aus und solltest dich vielleicht ausruhen.«

Sie legt den Kopf schief und schmunzelt. »Zwischendurch bin ich neben dir eingeschlafen«, verkündet sie und hält sich dann die Hand vor den Mund, um ein weiteres Gähnen zu verbergen.

»Scheint nicht viel genutzt zu haben«, werfe ich ein. »Ich bin zumindest ausgeruht, auch wenn mein Nacken sich fürchterlich anfühlt.«

Unwillkürlich reibe ich über die Stelle, die so hart wie ein Betonklotz ist. Ich scheine nicht die beste Haltung gehabt zu haben, als ich auf der Bank neben Emma eingenickt bin.

Sie schiebt ihren Stuhl zurück und ich hebe den Blick, bis er auf ihren trifft. Mit ihren warmen Fingern streicht sie über meine Haut und ich halte den Atem an, als sie meinen Nacken massiert. Es kostet mich alle Kraft, die ich aufbringen kann, nicht zu stöhnen. Einerseits schmerzt der Druck, den sie ausübt, gleichzeitig habe ich das Gefühl, dass ich unter ihren Fingern schmelze und die Anspannung sich löst.

»Du hast da wirklich einen ganz schönen Knoten«, murmelt sie.

Jetzt gebe ich einen kehligen Laut von mir, weil sie ihre Hände über meine Schultern wandern lässt und sich ihre Berührung einfach zu gut anfühlt.

»Willst du, dass ich mich hier und jetzt auf dich stürze?«, knurre ich und Emma lacht leise.

»Dann werde ich aber zuerst die Tür und die Jalousien schließen müssen.« Sie löst die Hände von mir und ich bin unsicher, ob sie das ernst meint, lockere aber meine Krawatte, als sie sich in Richtung Tür bewegt. Sie kommt nicht weit, denn es klopft und Emma springt zum Tisch zurück, um sich über einen aufgeschlagenen Ordner zu beugen.

»Diese Rechnung haben Sie in der Übersicht nicht gefunden, weil ich sie erst heute ausgestellt habe«, sagt sie und deutet auf den Zettel.

Tatsächlich ist es eine Rechnung, nämlich die Anzahlung der Maier-Hochzeit.

»Verstehe, ja, der Betrag war nicht schlüssig für mich«, entgegne ich so neutral wie möglich.

»Entschuldigt die Störung«, piepst Marie förmlich.

Sowohl Emma als auch ich richten den Blick auf sie. Marie, die sonst schlagfertig und wie ein bis zum Anschlag gespannter Gummiring wirkt, sieht geknickt aus. In den Händen hält sie einen Umschlag und räuspert sich mehrmals, bevor sie zu sprechen beginnt.

»Da ist ein Einschreiben gekommen. Von der Bank.«

Emma richtet sich auf und wirkt auf einmal vollkommen verkrampft. Auch ich stehe auf und verschränke die Hände hinter dem Rücken. Wenn der Brief als Einschreiben gekommen ist, muss es wichtig sein. Es kann sich nicht um irgendeine Werbung oder Ankündigung zur Erhöhung von Kontoführungsgebühren handeln.

Marie überreicht den Brief und Emmas Hand zittert.

»Frau Kahlhammer, würden Sie uns bitte allein lassen?«

Emma sieht nicht zu mir, aber sie atmet scharf ein und nickt Marie dann zögerlich zu.

Als die Tür geschlossen ist, lässt Emma erst den Atem entweichen. »Was ist das?«, fragt sie so leise, dass ich es kaum hören kann.

»Ich habe keine Ahnung.«

Sie dreht sich zu mir um und mustert mich mit glänzenden Augen. »Wirklich nicht? Wenn es so wichtig ist, dann ...«

»Mach ihn einfach auf und wir sehen, was darin steht«, schlage ich vor und bewege mich auf sie zu.

Emma nimmt einen Stift vom Tisch und verwendet ihn wie einen Brieföffner. Sie zieht den gefalteten Brief heraus, überfliegt ihn und lässt das Blatt sinken.

»Wieso hast du mir nichts gesagt?«, sagt sie mit brüchiger Stimme.

»Darf ich?«, frage ich sanft und nehme den Brief aus ihren bebenden Fingern.

In dem Schreiben steht, dass das Hotel, mit all seinem Grundbesitz, für eine Zwangsversteigerung angekündigt wurde. Als ich den vermerkten Betrag sehe, tobt unbändige Wut in mir, die durch die Unterschrift darunter verstärkt wird. Mutter scheint wirklich vor nichts zurückzuschrecken.

»Ich wusste nichts davon«, erkläre ich, so ruhig ich kann, lege den Brief weg und berühre Emma an den Schultern. Ihr Blick geht ins Leere und ich bin sicher, dass sie darum kämpft, nicht zu weinen. »Bitte glaub mir, ich habe das nicht veranlasst. Es muss sich um einen Fehler handeln.«

Sie schluckt und dreht mir ihr Gesicht zu. Auf das Ziehen in der Magengegend, das sich jetzt in mir ausbreitet, war ich nicht vorbereitet. Es schmerzt mich, sie so zu sehen. Vor allem, weil dieses Schreiben nur eine Bosheit meiner Mutter ist.

»Du wusstest nichts davon?«, hakt sie nach.

»Nein. Wenn ich das veranlasst hätte, hätte ich es dir persönlich gesagt. Weil du das verdienst.«

»Aber wieso ...«

»Vermutlich ein Systemfehler«, erkläre ich. Sie muss nicht wissen, was meine Mutter vorhat. Weil ich es verhindern werde. »Ich kümmere mich darum.«

Ihre Lippen zittern und sie presst sie zusammen. Ich weiß, ich sollte das nicht tun, aber ich kann nicht anders. Behutsam ziehe ich sie in die Arme und streiche über ihren Rücken. Vielleicht muss ich eines Tages hier stehen und ihr sagen, dass der Kredit endfällig ist, sie die beinahe volle Million sofort begleichen muss. Aber dieser Tag ist nicht heute und sie soll es nicht so erfahren.

Emma vergräbt ihr Gesicht an meiner Brust und atmet viel zu schnell.

»Ich kümmere mich darum«, wiederhole ich, weil ich nicht weiß, was ich sonst sagen soll, und die Stille mich wahnsinnig macht.

Mit einem Räuspern löst Emma sich von mir und sieht mir in die Augen. »Danke. Ich ... ich vertraue dir.«

Ihre Worte lösen in mir einen wahren Gefühlssturm aus. Hitze und Kälte wechseln sich ab. Bis gerade eben war mir nicht bewusst, wie wichtig es mir ist, dass sie mir glaubt. Aber jetzt, da ein zentnerschwerer Stein von meinen Schultern gefallen ist, merke ich es. Gleichzeitig habe ich die Befürchtung, dass ich nicht wirklich etwas unternehmen kann und sie enttäuschen werde.

»Geh nach Hause und ruh dich aus«, schlage ich vor und hoffe, dass meine Stimme beruhigend klingt und nichts von meinem inneren Sturm verrät.

»Bist du sicher? Soll ich nicht ...«

»Du kannst mir nicht helfen«, unterbreche ich sie sanft. »Das muss ich per Telefon klären.«

»Also bleibst du hier?«

Ich bin nicht sicher, ob sie enttäuscht klingt oder hoffnungsvoll. Ihre Augen schimmern immer noch verräterisch.

»Ja, das sollte möglich sein. Außer, du willst, dass ich abreise.«

Sie schüttelt den Kopf. »Bleib, wenn es für dich in Ordnung ist«, murmelt sie.

Es kostet mich Mühe, das Lächeln zu unterdrücken. In dem Moment wäre es so passend wie ein Clown auf einer Beerdigung. Schließlich nicke ich. »Dann bleibe ich.«

»Willst du ... Könntest du heute Abend zu mir kommen?«, fragt sie und wirkt mit einem Mal verlegen. »Ich habe heute frei und wir wären dann ungestört.«

»Einverstanden, dann komme ich gegen sieben zu dir?«

»Ja, sieben ist gut. Du isst hier zu Abend?«

»Alles andere wäre auffällig. Außerdem sollst du dich ausruhen und nicht für mich kochen.«

Obwohl sie den Tränen nahe ist, schmunzelt sie. »Dann vielleicht ein anderes Mal.«

Emma überwindet die Entfernung zwischen uns, schlingt die Arme um mich und schmiegt sich einen Atemzug lang an mich.

»Danke«, raunt sie.

»Wofür?«, frage ich verwirrt.

»Weil du ehrlich zu mir bist und mir nichts vormachst.« Sie hebt das Gesicht und haucht einen Kuss auf meinen Mundwinkel. »Wir sehen uns später?«

»Ja«, bringe ich heraus, während ein Prickeln durch meinen Körper zieht.

Ich sehe ihr nach, bis sie den Besprechungsraum verlassen hat, dann packe ich das Einschreiben und überfliege es erneut. Am liebsten würde ich es zerreißen, die Hotelprüfung beenden und in meinem Abschlussbericht festhalten, dass dieses Haus immer noch kreditwürdig ist.

Aber da Mutter schon einen Verdacht hegt, warum ich so entscheiden könnte, muss alles hieb- und stichfest sein. Dafür brauche ich noch ein paar Daten und schriftliche Zusicherungen der Partner aus der Umgebung, die Emma für ihr Konzept gewonnen hat. Doch zuerst stelle ich Mutter zur Rede.

Noch einmal überfliege ich die Zeilen, während ich ihre Nummer suche und wähle. Es klingelt gerade einmal, dann ist sie am Apparat.

»Sieh einer an, der verlorene Sohn meldet sich«, sagt sie statt einer Begrüßung. »Was verschafft mir die Ehre deines Anrufs?«

»Das weißt du ganz genau«, erwidere ich gereizt, weil mir ihr triumphierender Tonfall nicht entgangen ist. »Was hat die Ankündigung der Zwangsversteigerung zu bedeuten? Das ist mein Projekt und ich treffe die Entscheidungen.«

»Du weißt, dass man eine Versteigerung frühzeitig ankündigen muss«, erklärt Mutter viel zu ruhig. »Und wenn du das Schreiben genau liest, siehst du auch, dass ich keinen genauen Tag festgelegt habe. So können wir zuschlagen, bevor jemand anders Interesse an dem Objekt bekunden kann.«

»Dir ist bewusst, dass diese Versteigerung vielleicht gar nicht stattfinden wird? Dann hättest du sie umsonst bekannt gegeben.«

»Du wirst schon noch Vernunft annehmen«, erwidert Mutter, die jetzt genauso gereizt wirkt wie ich. »In drei Wochen schließt das Hotel seine Pforten und wir schnappen es uns für das Mindestgebot.«

Bevor ich etwas entgegnen kann, legt sie auf. Ich presse das Mobiltelefon in meiner Hand so fest zusammen, dass die Hülle knackt.

Wie kann sie so etwas hinter meinem Rücken tun? Hat sie kein Gewissen? Und dann noch diese Bewertung! Für das gesamte Grundstück und Gebäude hat sie einen Rufpreis von achthunderttausend Euro angesetzt. Das reicht nicht einmal, um den offenen Kreditbetrag vollständig zu tilgen.

Zornig schleudere ich das Einschreiben auf den Tisch und fahre mir durch die Haare. Wenn es je zu einer Zwangsversteigerung kommt, muss der Wert höher ausfallen. Am besten, ich gebe ein weiteres Gutachten in Auftrag. Je früher, desto besser. Emma soll nicht vor dem Nichts stehen, falls sie das Hotel verliert. Zumindest dafür sorge ich.

13
Emma

Der Duft von Schokolade steigt mir in die Nase und ich nehme das Blech gerade aus dem Ofen, als es an der Tür läutet. Ich habe viel zu lange geschlafen, bin aber zum Glück rechtzeitig wach geworden, um für das Treffen mit Philipp alles vorzubereiten.

Auf dem Weg zur Tür werfe ich einen letzten Blick in den Spiegel, richte meine etwas zerzausten Haare und atme einmal tief durch. Dann öffne ich und lächle Philipp an.

Er steht in Anzughose und Hemd vor mir und bei seinem Schmunzeln schlägt mein Herz höher. Ich mache Platz für ihn. Sofort hebt er die Nase, nachdem er eingetreten ist.

»Was riecht hier so köstlich?«, will er wissen. Dann kehrt seine geschäftliche Miene zurück. »Wegen des Einschreibens …« Er fährt sich durch die Haare. »Ich habe den Verantwortlichen zur Rede gestellt. Noch ist es nicht erledigt, aber ich regle die Angelegenheit.«

»Danke«, sage ich, weil ich nicht weiß, was ich sonst erwidern soll.

Bevor sich unangenehmes Schweigen über uns legt, greife ich nach Philipps Hand und führe ihn durch das Wohnzimmer in den Garten hinaus. Um den Strandkorb habe ich eine

Lichterkette drapiert. Auf dem Tisch stehen ein Dekanter mit Wein, zwei Gläser und ein paar Häppchen.

Als wir uns hinsetzen, schnalzt Philipp mit der Zunge. »Du solltest dich doch ausruhen.«

»Es ist nicht so viel Aufwand, ein paar Stücke Käse und Weintrauben auf einen Teller zu legen. Das Chutney habe ich schon vor einiger Zeit gemacht und die Nüsse sind gekauft und nicht selbst geöffnet«, erkläre ich, während ich den Wein einschenke. »Du hattest wegen des Einschreibens wahrscheinlich mehr zu tun.«

Der Ausdruck auf seinem Gesicht ist angespannt und mein Magen zieht sich schmerzhaft zusammen. Ich glaube ihm, dass er nichts damit zu tun hat. Er wirkte genauso überrascht wie ich und das will etwas heißen. Für gewöhnlich verrät seine Miene nicht, was er denkt. Doch wenn er jetzt so ein Gesicht zieht, muss etwas Schlimmes geschehen sein.

»Emma, wegen des Einschreibens und des Kredits ...«

»Nicht heute Abend.« Ich reiche ihm das Glas.

Ich will nicht hören, wie aussichtslos es scheint oder wie hoch die Wahrscheinlichkeit ist, dass er den Kredit trotz all meiner Bemühen kündigt. Nicht jetzt, nicht hier. Besonders nicht weil er mich vorhin beruhigt hat und mir helfen wollte.

Wir stoßen an und nachdem ich einen Schluck getrunken habe, lehne ich mich an ihn. Philipp legt den Arm um mich und ich lasse meinen Kopf auf seine Brust kippen.

»Wie geht es deinem Nacken?«, frage ich zögerlich und sehe zu ihm auf.

»Immer noch verspannt«, murmelt er und stellt das Glas ab. »Aber nicht mehr so schlimm wie am Vormittag.« Er streicht gedankenverloren mit seiner Hand über meinen Rücken. »Das Essen war heute übrigens köstlich und die Leute um mich haben es gelobt.«

»Da bin ich erleichtert. Ich war nicht sicher, ob ich meine beiden Köche damit wirklich allein lassen kann ...«

»Du hast doch im Endeffekt alles vorbereitet. Irgendwie merkt man bei deinen Gerichten immer die Hingabe.«

Mein Körper prickelt bei seinen Worten und ich schmelze unter dem warmen Blick, den er mir schenkt. Philipp bringt ein wenig Abstand zwischen uns, um sich dann nach vorne zu beugen und mich zu küssen.

Das Kribbeln in mir nimmt zu und ein unbeschreibliches Gefühl erfasst mich. Es ist, als wäre ich beinahe verdurstet und dieser Kuss das Wasser, das ich so dringend brauche. Alle Sorgen verschwinden in einem Sog aus Wärme und Sehnsucht, den Philipp in mir auslöst.

Ob es ihm mit mir ähnlich geht? Vermutlich nicht. Aber diesen Gedanken schiebe ich schnell beiseite. Ich will den Moment einfach genießen.

Ein schrilles Klingeln reißt mich von der Wolke, auf der ich geschwebt bin. Philipp blinzelt und ich löse mich von ihm.

»Entschuldige, ich muss was holen«, erkläre ich und gehe in die Küche.

Behutsam löse ich die kleinen Schokoladenkuchen aus ihren Formen und drapiere sie auf einem Tablett, auf dem schon geschnittenes Obst, Puderzucker und kleine Teller bereitstehen. Dann trage ich alles hinaus und platziere es auf dem Tisch.

»Das war auch kein Aufwand?«, fragt Philipp.

»Nicht so viel, wie du denkst«, murmle ich.

Dann reiche ich ihm einen Teller mit Kuchen. Als er schweigt und wie gebannt darauf starrt, räuspere ich mich.

»Du meintest einmal, das wäre dein Lieblingsessen«, sage ich so leise, dass ich mich selbst kaum verstehe. »Das Menü im Hotel kann ich nicht kurzfristig anpassen und es würde seltsam aussehen, wenn nur du dieses Dessert bekommst und …«

»Das hast du dir gemerkt?«, unterbricht er mich und sieht von dem Teller in seiner Hand zu mir auf.

»Ja.« Ich kann kaum noch atmen. Mein Herz klopft wild in meiner Brust. Dieser Kuchen soll ein kleines Dankeschön sein. Ich möchte, dass Philipp sich darüber freut. »Wenn er nicht schmeckt, kann ich das nächste Mal ein anderes Rezept versuchen. Oder du sagst mir, welchen Schokoladenkuchen du genau magst, es gibt so viele …«

»Emma.« Philipp schmunzelt und ich schwöre, für einen Moment hört mein Herz auf zu schlagen, weil seine Augen dabei förmlich leuchten. »Ich bin sicher, er ist perfekt.«

Er sticht mit der Gabel in den Kuchen und führt das Stück zu seinem Mund. Ich weiß, man sollte nicht so starren, aber ich kann nicht anders. Besonders als Philipp die Augen schließt und ein genüssliches Seufzen ausstößt.

Als er die Lider öffnet, schiebe ich mir hastig ein viel zu großes Stück von meinem eigenen Stück Kuchen in den Mund und wende mich ab. Herbe Schokolade und eine leichte Süße breiten sich auf meiner Zunge aus und ich bin froh, dass der Geschmack so geworden ist, wie ich es wollte. Nicht zu süß und nicht zu schwer, sondern einfach schokoladig und weich.

»Du hast da was«, raunt Philipp und im nächsten Moment berühren seine Lippen meine Wange.

Ein Seufzen entschlüpft mir und ich lasse die Gabel sinken.

»Und da auch«, verkündet er.

Diesmal küsst er meinen Mundwinkel und mir fällt der Teller fast aus der Hand. Philipp greift danach, bugsiert das Geschirr auf den Tisch, bevor er näher rückt.

»Lass mal sehen«, sagt er leise und betrachtet meine Lippen. »Hm, kein Krümel mehr. Schade.«

Meine Brust fühlt sich zu eng für mein Herz an, das so heftig schlägt, als würde ich sprinten. Ob Philipp es hören kann?

Er lächelt sanft und streicht mit dem Daumen über meine Lippen. Gänsehaut überzieht meinen Körper und ich flehe ihn gedanklich an, mich endlich zu küssen.

Aber er rührt sich nicht, also rücke ich näher an ihn heran, bis unsere Beine sich berühren. »Du hast da auch was«, wispere ich, bevor ich ihn küsse.

Unser Atem vermischt sich, als wir beide seufzen und Philipp mich noch enger an sich zieht. Das Verlangen, das ich diesmal fühle, ist anders als das von gestern. Wir reißen uns nicht die Kleidung vom Leib, suchen nur die Wärme und Nähe des anderen.

Für mich fühlt sich dieser Kuss noch befriedigender und intensiver an als der Höhepunkt, den ich gestern hatte. Und irgendetwas sagt mir, dass es Philipp genauso geht.

Seine Hände bleiben an meinem Rücken, obwohl ich mittlerweile auf seinem Schoß sitze. Er hält mich einfach fest und erwidert den Kuss.

Die Leidenschaft zwischen uns ist nicht abgekühlt, sie hat sich nur verändert. Das ist eine andere Seite an Philipp, die mir gefällt. Weil er zärtlich und zurückhaltend ist und ich das Gefühl habe, dass wir uns noch näherkommen.

Bei dem Gedanken klammert sich eine eisige Klaue um mein Herz. Wir kommen uns näher ... nein, ich verliere mich an ihn. Ich weiß genau, dass ich mehr für ihn empfinde, als ich sollte. Weil er mir früher oder später das Herz brechen wird. Deshalb sollte ich ihn von mir stoßen. Aber ich kann nicht. Ich will nicht.

Ich will das genießen, ganz gleich wie sehr ich mich verbrennen werde.

Philipp beendet den Kuss und ich lehne meine Stirn an seine.

»Darf ich heute bei dir bleiben?«, fragt er heiser. »Angezogen und mit den Händen dort, wo du sie sehen kannst?«

»Du willst bei mir übernachten?«, hake ich nach und streiche über seinen Rücken.

»Und möglicherweise möchte ich dich halten«, erwidert er und berührt mit den Lippen mein Kinn. »Und küssen. Aber nicht mehr.«

Als hätte mein Herz Flügel bekommen, flattert es wild und lässt eine angenehme Wärme durch meinen Körper fließen.

»Wie könnte ich da Nein sagen?«, raune ich ihm ins Ohr und schmunzle, als er schaudert. »Sollen wir hineingehen?«

»Erst will ich den Kuchen essen.«

Mit einem Zwinkern lädt er sich noch drei Küchlein auf seinen Teller und verspeist sie. Bei jedem Bissen würde ich am liebsten seufzen, weil der Ausdruck auf seinem Gesicht so göttlich ist.

Ja, ich werde mich fürchterlich an ihm verbrennen. Aber das sind Erlebnisse wie diese in jedem Fall wert.

14
Philipp

Ich weiß nicht, wieso ich sie gebeten habe, bei ihr schlafen zu dürfen. Beim Anblick des Kuchens sind wohl sämtliche Sicherungen bei mir durchgeknallt. Ich hätte niemals damit gerechnet, dass sie sich nach allem, was an dem Tag gewesen ist, die Zeit nimmt, für mich zu backen.

Bis ich Emma kennenlernte, bin ich nie über Nacht bei einer Frau geblieben. Diese Nähe schafft eine Verbindung, die ich nicht möchte. Aber bei Emma ist es irgendwie ... anders.

Jetzt, da der Morgen graut und ich ihr Gesicht im Schlaf betrachte, frage ich mich, was ich hier eigentlich mache. Ich sollte das Bedürfnis haben, sie auszuziehen und zu nehmen, stattdessen will ich nur neben ihr liegen. Vielleicht sollte ich mit meinem Therapeuten darüber reden. Auch über diese innere Ruhe, die ich in Emmas Nähe verspüre. Sie macht mich paradoxerweise nervös.

Ich fühle mich viel zu wohl. So wohl, dass mir die Vorstellung, heute abzureisen, überhaupt nicht gefällt. Und das ist eine Katastrophe.

Emma bewegt die Lippen, als würde sie im Schlaf reden. Dann seufzt sie tief und vergräbt ihr Gesicht halb an meiner Brust. Ihre Lider flattern und sie tastet mit einer Hand über meinen Körper.

Langsam öffnet sie die Augen und scheint wohl einen Moment zu brauchen, bis sie einordnen kann, neben wem sie liegt.

Das Lächeln, das auf ihrem Gesicht erscheint, löst ein Flattern in meinem Inneren aus, das ich nicht haben sollte.

»Guten Morgen«, murmelt sie mit kratziger Stimme und stiehlt sich einen zurückhaltenden Kuss von meinen Lippen.

Wir haben diese Nacht wirklich nicht miteinander geschlafen. Nicht, weil ich sie nicht gewollt hätte, aber ... es hätte sich falsch angefühlt.

»Guten Morgen«, erwidere ich und streiche ihr die zerzausten Haare aus dem Gesicht. »Gut geschlafen?«

»Erstaunlich gut«, sagt sie und ihre Augen strahlen dabei heller als die Sonne, die sich wohl bald am Horizont erheben wird. »Soll ich dir Frühstück machen oder ...«

»Ich sollte ins Hotel zurück«, unterbreche ich sie, obwohl ich lieber hier mit ihr frühstücken würde. »Wenn ich zu lange bleibe ... Ich wollte nur nicht gehen, ohne mich zu verabschieden.«

Die Worte kommen einfach aus mir heraus und jedes davon ist wahr. Ich wollte diesen Augenblick bis zur letzten Sekunde auskosten.

Emma rückt näher und ihr Körper schmiegt sich perfekt an meinen. Sie umfasst die Knopfleiste meines zerknitterten Hemds, in dem ich neben ihr geschlafen habe, und zupft daran herum.

»Und wenn du noch einen Moment länger bleibst?«, fragt sie mit verführerischer Stimme.

»Das wird länger als einen Moment dauern.«

Sie öffnet den ersten Knopf und beugt sich nach vorn. Ihre Lippen hinterlassen ein angenehmes Brennen auf meiner Haut, als sie sich wieder zurückzieht. Mein ganzer Körper reagiert auf sie und ich weiß, dass sie an ihrer Hüfte spüren kann, wie sehr ich sie will.

Mit einem Räuspern rücke ich ein Stück ab und Kälte erfasst mich, wo Emmas Wärme mich gerade noch umgeben hat.

»Ich muss wirklich zurück. Wenn mich irgendjemand sieht, wie ich in dem Aufzug ins Hotel gehe, wird das Verdacht erregen.«

Ich hoffe, sie erkennt das Bedauern, das in meiner Stimme mitschwingt. Da ich heute abreise, ist das unsere letzte Chance, noch einmal miteinander zu schlafen.

»Verstehe«, murmelt sie und lässt mich los.

Die Enttäuschung steht ihr ins Gesicht geschrieben und einen Moment bröckelt meine Willensstärke. Nicht, weil ich unbedingt Sex will, sondern weil ich nicht von Emma fort möchte.

Sämtliche Alarmglocken schrillen in meinem Kopf. So ist es mir bisher nur ein einziges Mal ergangen. Damals dachte ich, ich hätte mich verliebt. Aber dass mir das passiert ist, ist unmöglich. Ich war so darauf bedacht, keine Gefühle für Emma zu entwickeln, damit ich ihr Hotel objektiv prüfen kann. Es muss etwas anderes sein.

»Wir sehen uns dann später«, sage ich, während ich aufstehe.

»Kommst du nach dem Frühstück bitte in die Küche?«, ruft sie mir nach, als ich bei der Tür ankomme. »Ich würde dir gerne etwas zeigen.«

»Wann?«

»Ich werfe alle um zehn hinaus.«

»Dann bin ich kurz nach zehn da«, verspreche ich und verlasse fluchtartig das Schlafzimmer.

Wenn ich noch einen Atemzug länger bleibe, gehe ich zu ihr zurück und bitte sie doch, mit mir zu schlafen. Und das wäre mein Untergang.

Der Frühstückssaal ist bereits leer und die Servicekräfte fegen den Boden. Unter der Woche gibt es nur bis neun Uhr Frühstück, an Wochenenden wird es bis elf angeboten. Aus den Unterlagen weiß ich, dass Emma sonntags einen Brunch plant, zu dem auch Leute kommen können, die nicht im Hotel wohnen. Hotelgäste sollen das reichhaltigere Frühstücksbüfett gegen einen kleinen Aufpreis buchen können, externe Gäste zu einem Fixpreis. So will sie neue Kunden anlocken, genau wie mit dem Grillabend.

Emma ist auf einem guten Weg, das muss ich ihr lassen.

Ich richte meine Krawatte, die sich bei dem Gedanken an sie viel zu eng anfühlt. Alles an Emma gefällt mir und das macht mich nervös.

Mit einem Räuspern gehe ich auf die Küche zu und lege meine Hand an die Aluminium-Schwingtür. Als ich ein Lachen höre, halte ich inne und lausche. Es ist definitiv Emma, die lacht, aber da ist noch eine zweite männliche Stimme.

In mir brodelt es. Mit wem scherzt sie hier, obwohl sie mich zu sich gebeten hat?

So leise wie möglich öffne ich die Tür. Siedend heiß kocht meine Wut in mir hoch, als ich die beiden entdecke. Der hochgewachsene Koch, der immer um sie herumtänzelt wie ein Welpe, hat etwas Weißes im Gesicht und fasst gerade nach Emma, die quietschend zurückweicht und sich doch fangen lässt. Beide lachen und dieser Kerl beugt sich nach vorne. Den Blick auf seinem Gesicht kenne ich nur zu gut.

Mit einem lautstarken Räuspern mache ich mich bemerkbar. Wie Verbrecher, die auf frischer Tat ertappt wurden, fahren sie auseinander. Während Emma mir unsicher zulächelt, verfinstert sich die Miene des Kochs.

»Kann ich Ihnen helfen?«, fragt er rotzfrech, schiebt sich vor Emma und verschränkt die Arme.

Will er sein Revier abstecken? Dem werd ichs zeigen.

»Ich habe einen Termin mit Ihrer Chefin.« Ich gehe auf Emma zu.

Sie wird blass und keucht, als ich nach ihrer Hand greife und sie zu mir ziehe. Der Koch kneift die Augenbrauen zusammen und betrachtet mich noch finsterer.

»Geben Sie ihr zumindest ein paar Minuten, um sich von der Schicht zu erholen«, fordert er.

»So wie ich das sehe, haben Sie beide sich gerade erholt«, knurre ich. Ich bin sicher, dass dieser Typ Emma geküsst hätte, wenn ich nicht aufgetaucht wäre. Und er kann von Glück sagen, dass ich mich zusammenreiße, um nicht das gesamte Hotel wissen zu lassen, was Emma für mich ist.

Was ist sie denn?, frage ich mich selbst und schüttle den Gedanken ab. Darüber kann ich mir später Sorgen machen. Erst muss ich dem Kerl vor mir klarmachen, dass er seine Hände von ihr lassen soll.

»Sollten Sie nicht längst ausgestempelt haben?«, will ich von dem Koch wissen. »Oder wollen Sie Überstunden kassieren? In der aktuellen Situation ist das nicht besonders rücksichtsvoll, wenn Sie nicht wirklich etwas leisten.«

Der Kerl schnaubt. »Was verstehen Sie schon davon, was rücksichtsvoll ist?«

Er strafft die Schultern und bewegt sich bedrohlich auf mich zu. Will er einen Kampf? Den kann er haben.

Emma, deren Hand ich immer noch halte, lacht angespannt. »Okay, jetzt beruhigt ihr beiden euch wieder«, sagt sie und löst sich von mir.

Sie geht auf den Koch zu und bleibt genau zwischen uns stehen. Ich kann mich gerade noch beherrschen, sie nicht wieder an mich zu ziehen.

»Jan, es ist wirklich schon spät«, meint sie in versöhnlichem Tonfall. »Ich habe die Zeit übersehen. Eigentlich wollte ich Herrn Senoner hier etwas zeigen, bevor wir die Pläne für die nächsten Wochen besprechen.«

Dieser Jan sieht von ihr zu mir und wieder zurück. Er schweigt und macht auch keine Anstalten zu gehen.

»Wir sehen uns morgen zur Frühschicht«, fügt Emma hinzu.

Es gefällt mir nicht, dass sie ihn anlächelt. Ich möchte nicht, dass sie irgendjemanden außer mir so ansieht.

Verflucht, ich bin eifersüchtig, schießt es mir durch den Kopf.

Bevor ich den Gedanken vertiefen kann, gibt der Koch ein weiteres Schnauben von sich und löst die verschränkten Arme.

»Gut, dann bis morgen«, brummt er und geht auf die Tür zu. Als er bei mir ankommt, bleibt er stehen. »Ich weiß nicht, was Sie vorhaben, aber wenn Sie ihr wehtun, breche ich Ihnen jeden Knochen.«

Emma atmet scharf ein.

Ich sehe dem Kerl in die hellblauen Augen und hebe einen Mundwinkel. »Versuchen Sie es ruhig. Aber verklagen Sie mich nicht, wenn am Ende Sie mit gebrochenen Knochen in einer Ecke liegen.«

Jan presst seine Kiefer fest aufeinander und ballt die Hände zu Fäusten. In dem Moment, als er den Arm hebt, tritt Emma vor mich.

»Jan, geh jetzt bitte«, sagt sie in flehentlichem Tonfall.

Einen Moment denke ich, der Kerl will ihr widersprechen. Doch er lässt die Arme sinken und trottet aus der Küche.

Emma sieht ihm nach, bis er fort ist, dann wirbelt sie zu mir herum. »Was ist in dich gefah…«

Ich lasse sie nicht aussprechen, presse meine Lippen auf ihre und ziehe sie an mich. Erst gibt sie einen erschrockenen Laut von sich, dann erwidert sie den Kuss. Tief in mir weiß ich, dass ich mich absolut kindisch und falsch verhalten habe. Zudem ahnt der Koch jetzt bestimmt, dass das zwischen Emma und mir mehr sein muss als eine rein geschäftliche Verbindung. Doch genau dieser Gedanke lässt mich innerlich grinsen. Er weiß jetzt, dass sie zu mir gehört.

Um Atem ringend löse ich mich von ihr und sehe ihr in die Augen. »Was läuft zwischen dir und dem Kerl?«

Ich erkenne, wenn sie sich vor der Wahrheit drückt, deswegen beobachte ich jede ihrer Regungen ganz genau.

»Nichts, er ist mein Souschef«, erwidert sie und ich sehe, dass sie mich nicht anlügt.

Trotzdem brodelt bei dem Gedanken, dass er mehr von ihr wollen oder sie sich zu ihm hingezogen fühlen könnte, die Eifersucht hoch. Dabei habe ich dazu kein Recht, immerhin sind wir kein Paar.

»Gut«, brumme ich. »Ich nehme nicht an, dass du mir zeigen wolltest, wie gut ihr euch versteht, oder?«

Emma lacht kopfschüttelnd. »Nein.«

Sie greift ganz selbstverständlich nach meiner Hand und mein aufgewühltes Inneres beruhigt sich. Im Kühlraum angekommen, macht sie das Licht an und lässt meine Hand los. Dann greift sie nach einem Kuchenteller und zieht die Klarsichtfolie ab.

»Die Champagnerschnitten gibt es heute Abend als Dessert. Aber weil du dann nicht mehr hier bist …«

Ich nehme ihr den Teller ab, stelle ihn auf eines der Regale und dränge sie an die Wand, während ich sie küsse. Emma lässt ihre Finger durch mein Haar gleiten und verschränkt sie dann in meinem Nacken.

»Kann man die Tür verschließen?«, frage ich heiser, als ich mich von ihr löse.

»Vom Kühlraum?« Sie schüttelt den Kopf. »Und ich habe auch keine Kondome hier und …«

»Shhh«, mache ich und streiche mit dem Daumen über ihre Lippen. »Dann heben wir uns das auf, bis ich wieder hier bin.« Sie schaudert, als meine Hand ihren Hals hinunterwandert und ich ihre aufgerichteten Brustwarzen durch den Stoff ihrer Jacke streichle. »Aber dann will ich dich hier, in der Küche. Und an jedem anderen Ort, wo du und dieser Kerl zusammenarbeitet.«

»Philipp«, wispert sie und bewegt ihr Becken an meinem.

Etwas funkelt in ihren dunklen Augen, das mich meine Beherrschung fast vergessen lässt. Gott, ich will sie, will, dass sie nur an mich denkt. Aber ich will nicht nur das, sondern alles von ihr.

Panik macht sich in mir breit und meine Kehle wird eng. Ich sollte das nicht wollen. Ich darf sie nicht wollen. Nicht so.

Emmas Blick verändert sich und ich weiche von ihr zurück. »Ist alles in Ordnung?«, fragt sie besorgt.

Ich räuspere mich und greife nach dem Teller mit der Champagnerschnitte. Irgendwie habe ich gerade keinen Appetit, weil ein Knoten in meinem Magen mir Übelkeit bereitet. »Lass uns in den Besprechungsraum gehen und über die Pläne reden, die du gemacht hast, bevor ich fahre.«

Sie mustert mich verwirrt. Zum Glück hakt sie nicht nach, sondern geht hinaus und ich folge ihr. Mit irgendjemandem muss ich über das reden, was gerade geschehen ist. Sonst platzt mir wahrscheinlich bald der Kopf, weil ich versuche, das Gefühlschaos in mir allein zu bewältigen.

15
Emma

Die Sonne blendet mich. Ich hebe eine Hand an die Stirn, um meine Augen abzuschirmen. Dann atme ich tief ein und frage mich, ob ich wirklich noch Philipps Parfum im Strandkorb rieche oder ob ich es mir nur einbilde.

Auf Drängen von Marie habe ich seit dem Frühdienst frei und sitze in meinem Garten herum, damit ich mich erholen kann. Mein Körper ruht sich vielleicht aus, aber mein Kopf dreht sich pausenlos, jetzt, da ich nichts zu tun habe.

Immer wieder starre ich auf das Handy, obwohl das lächerlich ist. Er wird nicht schreiben, ganz gleich wie oft ich die App öffne und mir sein Profilbild ansehe. Das nicht einmal ihn zeigt, sondern das Meer. Ist das eigentlich schon Stalking, was ich hier mache? Es fühlt sich so an. Sobald ich nämlich sehe, dass Philipp online ist, werfe ich das Handy panisch neben mich und hoffe, dass er nicht bemerkt, wie ich immer wieder versuche, eine Nachricht zu tippen.

Aber er ist dazu wohl zu professionell. Etwas, das ich auch sein sollte. Wenn es um ihn geht, gelingt mir das allerdings immer weniger.

Allein bei der Erinnerung daran, wie er sich gestern im Kühlraum gegen mich gepresst hat und wie fordernd sein Kuss war, glühen meine Wangen. Hätte ich Kondome dabeigehabt, hätte ich nicht gezögert, mit ihm zu schlafen. Obwohl uns jemand hätte erwischen können.

Für ihn zu backen, war eine hirnrissige Idee, wenn ich im Nachhinein darüber nachdenke. Er hätte das als lästig empfinden können, oder schlimmer noch, als kindischen Versuch, ihn zu umgarnen. Es war viel zu romantisch, viel zu verspielt, um für unsere Beziehung zu passen. Auch wenn ich immer noch keinen Namen dafür weiß, ein Paar sind wir definitiv nicht.

Wenn ich allerdings an seine Reaktion auf das Geschäker mit Jan denke ...

Würde ich es nicht besser wissen, hätte ich behauptet, er sei eifersüchtig. Nicht auf die Art wie letzte Woche, als er mich in sein Zimmer mitgenommen hat. Das gestern wirkte viel persönlicher.

Ich schüttle den Kopf. Philipp kann das mit uns besser trennen als ich. Vermutlich, weil er der Typ dafür ist und ich nicht.

Als das Telefon ein Summen von sich gibt, schlägt mein Herz schneller. Ob er sich doch bei mir meldet?

Nach seinem Abschied habe ich es ja gehofft. Immerhin hat er sich verstohlen umgesehen, als wir allein in meinem Büro standen, seine Hände auf meine Schultern gelegt und einen bittersüßen Kuss auf meine Lippen gehaucht. Noch jetzt prickelt meine Haut und in meinem Bauch flattern Schmetterlinge wild umher.

Bis ich das Handy aufhebe und erkenne, dass nicht Phillip, sondern Marie mir geschrieben hat.

<u>Marie</u>
Hey, bist du zu Hause und erholst dich?

Sie schickt gleich noch eine Nachricht hinterher:

<u>Marie</u>
Darf ich vorbeikommen? Ich bringe Kuchen mit.

Mir wird flau im Magen. Das letzte Mal, als Marie mir Kuchen mitgebracht hat, hat sie den Brief von der Bank mit der drohenden Kreditkündigung darunter versteckt. Davor gab es Kuchen, weil sie meinen damaligen Freund mit einer anderen erwischt hatte. Kein Wunder also, dass ich vom Schlimmsten ausgehe.

Ich
Du darfst gerne vorbeikommen. Sagst du mir auch, was du mir mitteilen möchtest?

Marie
Bin gleich da.

Gut, offensichtlich will sie es mir schonend und persönlich beibringen. Vielleicht hat die Bank noch ein Einschreiben geschickt, diesmal mit der Aufforderung, den Betrieb einzustellen. Und mit Philipps Unterschrift darunter. Wobei ich ihm nicht zutraue, so kalt zu sein. Nicht nach allem, was ich mit ihm erlebt habe.

Als Marie am Gartenzaun erscheint, kehrt die eiskalte Klaue in meinem Magen allerdings mit voller Wucht zurück. Sie lächelt zwar, als ich sie zu mir winke, aber es wirkt so angespannt, als hätte jemand ihre Mundwinkel mit Klammern fixiert.

»Ich hole nur schnell Teller«, verkünde ich, als sie beim Strandkorb ankommt. »Möchtest du Kaffee?«

»Ja, unbedingt«, erwidert sie. In meinen Ohren klingt sie geknickt und deswegen fühlen sich meine Schritte an, als würde ich über Wackelpudding laufen.

Das Geschirr klappert auf dem Tablett und kündigt meine Rückkehr an. Aber Marie, die auf dem Platz eingesunken ist, wo Philipp vor zwei Tagen gesessen hat, starrt nur auf die Pappschachtel einer hiesigen Konditorei.

»Also«, versuche ich, unbeschwert zu sagen, als ich mich neben sie setze und das Tablett mit dem Kaffee auf den Tisch stelle, »wir haben uns vorhin im Hotel gesehen und wie es scheint, hattest du dennoch Sehnsucht nach mir.«

Ich ringe mir ein Lächeln ab. Marie rührt gedankenverloren in ihrer Tasse, während ich den Kuchen auf Teller verteile. Jetzt habe ich ein noch schlechteres Gefühl, weil sie die teure Schokoladenmousse-Torte gekauft hat, die ich so gerne mag. Das müssen fürchterliche Neuigkeiten sein.

»Hast du deine Zunge verschluckt?«, hake ich nach, weil ich die Stille, die zwischen uns entsteht, nicht ertrage.

Marie stößt den Atem aus, hebt den Blick und sieht mich mit ihren gräulichen Augen verzweifelt an. »Ich muss mich bei dir entschuldigen, ich denke, ich habe einen riesigen Fehler gemacht«, sagt sie und kämpft gegen Tränen an.

»Okay, sag mir, was los ist, und wir sehen, wie schlimm es wirklich ist.« Ich greife nach ihren Händen.

Etwas Erleichterung macht sich in mir breit, weil es wohl nicht um mich geht. Dafür mache ich mir jetzt Sorgen um meine Freundin.

»Es scheint sehr schlimm zu sein, wenn ich Jans Worten Glauben schenken darf.«

Bei der Erwähnung meines Souschefs kehrt das unangenehme Gefühl in meinem Magen zurück. Könnte es sein ...

»Was habt ihr denn besprochen?«, frage ich vorsichtig.

Jan war heute seltsam, angespannt und wortkarg. Nach allem, was gestern zwischen ihm und Philipp geschehen ist, hat es mich nicht verwundert. Aber wenn er mit Marie darüber gesprochen hat ...

»Es war mein Vorschlag, dass du Herrn Senoner umgarnst«, platzt es aus ihr heraus und mir wird richtig übel. »Aber ich hätte nicht gedacht ... Emma, ich wollte dich nicht dazu bringen, dass du ihn mit deinem Körper bestichst. Das hast du nicht nötig und ...«

Ich lasse ihre Hände so ruckartig los, als hätte ich mich an ihr verbrannt, und stehe auf. »Was denkst du bitte von mir?«

»Jan hat erzählt, dass Herr Senoner sich wie ein eifersüchtiger Liebhaber benommen hat.« Maries Stimmte bebt. »O Emma, wenn ich dich auf die Idee gebracht habe, so etwas zu tun, um das Hotel zu retten, dann tut es mir leid. Das ist absolut nicht nötig, wir finden in jedem Fall eine andere Lösung.«

»Für wie verzweifelt hältst du mich, dass du denkst, ich würde mich zu so etwas herablassen? Denkst du wirklich, ich werfe mich Herrn Senoner an den Hals, damit ich Gefälligkeiten einfordern kann?«

»Nein«, erwidert Marie mit Tränen in den Augen. »Aber an dem Tag, als der Brief von der Bank kam, warst du wie ausgewechselt. Und Martin hat mir erzählt, dass du an dem Abend beinahe mit einem wildfremden Kerl herumgeknutscht hättest, wenn er dich nicht davor bewahrt hätte.« Sie steht ebenfalls auf, kommt zu mir und legt ihre Hände auf meine Schultern. »Wir alle versuchen, dir zu helfen, aber die meiste Last liegt bei dir. Und ich weiß nicht, was dieser Kerl in den Besprechungen von sich gibt, aber bei seiner Miene würde es mich nicht wundern, wenn er dir jeden Tag erklärt, wie schlecht es für das Hotel aussieht, obwohl das gar nicht stimmt.«

Sie schätzt Philipp vollkommen falsch ein. Ja, er hat diesen emotionslosen Gesichtsausdruck perfektioniert. Aber ihm ist aufgefallen, wie gut es im Moment läuft. Davon bin ich überzeugt.

»Wenn er das nächste Mal hier auftaucht«, reißt Marie mich aus den Gedanken und ich zwinge mich, ihr fest in die Augen zu sehen, »dann fange ich ihn ab. Ich mache ihm klar, dass er sich von dir fern halten soll und ...«

»Nein!«, schreie ich.

Maries Augen weiten sich und ich räuspere mich.

Es gibt keinen anderen Weg mehr, ich muss ihr die Wahrheit sagen, wenn ich diese Situation retten will.

»Bitte tu das nicht«, fahre ich leiser fort. »Das zwischen Philipp und mir hat nichts mit dem Kredit zu tun.«

Sie mustert mich mit bebenden Lippen und ich weiß nicht, was sie jetzt von mir denkt. Immer noch halte ich ihrem Blick stand, bis sie tief einatmet. »Sondern?« fragt sie und kneift die Augenbrauen zusammen.

Also setzen wir uns und ich erzähle ihr alles. Von unserem Kennenlernen und dass Philipp der Typ war, den Martin verscheucht hat. Dass ich mit ihm heimgegangen bin, ohne zu wissen, wer er wirklich ist. Und von allem, was danach geschehen ist. Auch den Streit zwischen Philipp und Jan beschreibe ich detailliert. Das Einzige, was ich nur andeute, sind die Treffen mit Philipp. Das muss Marie nun wirklich nicht genau wissen.

Sie betrachtet mich die ganze Zeit und ihr Gesicht ist so verschlossen wie das von Philipp bei unseren offiziellen Terminen. Sie gibt weder einen Laut von sich, noch rührt sie sich. Als wäre sie zu einer Statue erstarrt.

Nachdem ich fertig bin, schweigt Marie noch einen Moment,

bevor sie sich räuspert, aufsteht und nervös vor mir auf und ab läuft. »Ich kenne dich schon mein ganzes Leben lang«, sagt sie schließlich. »Manchmal denke ich, ich kenne dich besser als du dich selbst. Deswegen frage ich dich: Glaubst du wirklich, dass das zwischen dir und ... Philipp ... nur Sex ist?«

»Ich sagte doch, es hat nichts mit dem Kredit zu tun, wir trennen das«, erwidere ich erschöpft.

»Von dem Kredit rede ich auch gar nicht.« Marie legt den Kopf schief. »Nach allem, was du gerade erzählt hast, musst du doch erkennen, dass du dich in ihn verliebt hast.«

»Das ist Schwachsinn.«

Ich habe zwar keine Lust, Kuchen zu essen oder Kaffee zu trinken, aber ich kann Marie nicht länger ansehen, also stochere ich in der Schnitte herum. Maries bohrender Blick ist zu viel für mich. Wie kommt sie auf die Idee, ich könnte in Philipp verliebt sein?

Wir kennen uns zwei Wochen, er entscheidet über meine Zukunft. Ich genieße den Sex mit ihm, die Gespräche, die wir führen, die Nähe, seine Wärme und ...

»Scheiße«, murmle ich, als mir bewusst wird, dass sie recht haben könnte.

Marie setzt sich neben mich und tätschelt meine Hand. »Du warst nie der Typ Mensch, der Sex hat, ohne Gefühle zu entwickeln.«

»Ich hatte einen One-Night-Stand mit einem Typen, von dem ich nur den Vornamen kannte«, erwidere ich heftig. »Weil er heiß war und ich das gebraucht habe.«

»Emma, die Definition von One-Night-Stand steckt doch schon im Wort. Sex in einer Nacht. Dann Tschüss mit ü und auf Nimmerwiedersehen. Du hast dem Kerl nach eurer Nacht vorgeschlagen, dass ihr euch wiedersehen könnt.«

»Das hat er vorgeschlagen«, brumme ich.

»Aber du hast zugestimmt. Weil du ihn wiedersehen wolltest.« Marie seufzt. »Also gab es schon von Anfang an eine gewisse Anziehung zwischen euch.«

»Die rein körperlich ist«, werfe ich ein.

»Sagen wir, die Chemie hat gestimmt, und offensichtlich so gut, dass ihr beide viel riskiert habt, um diese Beziehung fortzuführen«, meint Marie. »Als du mir alles gebeichtet hast, haben deine Augen geleuchtet. Du magst ihn, oder?«

Erst will ich den Kopf schütteln, aber dann nicke ich zögerlich. Es gibt keinen Zweifel daran, dass ich Philipp mehr mag, als gut für mich ist. Selbst jetzt schlägt mein Herz schneller, wenn ich an sein Gesicht denke. An die Art, wie er mich ansieht, mich berührt. An seine Stimme, die mir ständig Schauer über den Rücken laufen lässt.

»Scheiße«, wiederhole ich und vergrabe das Gesicht in den Händen. »Wie konnte ich nur so blind sein?«

»Warum?«

»Weil das so was von einseitig ist.«

»Und das denkst du, weil ...«

Ich blicke zwischen meinen Fingern hindurch zu Marie.

»Weil ich mir nicht vorstellen kann, dass er sich auf dieselbe Art zu mir hingezogen fühlt?«, schlage ich vor.

Marie schnaubt und reibt sich über die Stirn. »Du hast erzählt, dass er letzte Woche bei dir geblieben ist, als es dir schlecht ging«, sagt sie und lässt mich erst gar nicht darauf antworten. »Als die Ankündigung zur Zwangsversteigerung kam, hat er dich beruhigt und sich darum gekümmert. Er hat sich wie ein eifersüchtiger Gockel aufgeführt, als er dich und Jan gesehen hat. Wäre das zwischen euch etwas rein Körperliches, hätte er keinen Grund dazu. Außer, du hast einen Vertrag unterschrieben, dass du nur ihn ansiehst und anfasst, solange das zwischen euch läuft.«

»Er hat sich wirklich eifersüchtig benommen«, murmle ich.

Mein Herz klopft heftiger gegen meinen Brustkorb. Kann es sein, dass Philipp mehr für mich empfindet, als ich angenommen habe?

»Willst du denn, dass zwischen euch mehr läuft als ... na ja, Sex?«, hakt Marie nach.

Ich beiße mir auf die Unterlippe, weil die Antwort sofort meinen Mund verlassen will.

»Das ist dann wohl ein Ja.« Marie zwinkert. »Deine Mimik verrät dich.«

»Es ist egal, was ich will«, gebe ich zu bedenken. »Weil ich nicht glaube, dass er ...«

»Du wirst es nie wirklich wissen, wenn du nicht mit ihm darüber sprichst«, unterbricht meine Freundin mich ernst. »Wenn du mehr von ihm willst als nur ein paar heiße Nummern und du ihn wiedersehen willst, wenn die Prüfung vorbei ist ... solltest du ihm gegenüber ehrlich sein. Sonst bereust du es vielleicht für den Rest deines Lebens.«

»Ich bin nicht sicher, ob das eine gute Idee ist.« Ich verschränke die Finger ineinander. »Was, wenn er mir das Herz bricht? Oder über meine Naivität lacht? Oder ...«

»Oder dir sagt, dass er mehr für dich empfindet, als er vorhatte, und nicht weiß, wie er damit umgehen soll?« Marie umfasst meine Hände mit ihren. »Hör mal, ich weiß nicht, was du an ihm findest. Ja, er sieht gut aus, aber er wirkt in etwa so nahbar wie ein Block Granit. Wobei ... wenn er etwas isst, das du gekocht hast, bröckelt seine kühle Fassade. Es ist aber auch unwichtig, was ich von ihm halte. Du bist in ihn verschossen und ich bin sicher, er betet den Boden an, auf dem du gehst.«

»Marie.« Ich verdrehe die Augen. »Du übertreibst.«

»Selbst wenn ... er mag dich. Da habe ich keine Zweifel und im Nachhinein betrachtet ergibt sein Verhalten auf einmal Sinn. Da ist etwas zwischen euch und wenn du herausfinden willst, ob es klappen kann, wirst du etwas riskieren müssen.«

Mein Magen zieht sich zusammen, während mein Herz wohl gleich aus der Brust springt. Dass ich etwas für Philipp empfinde, war mir schon länger bewusst, obwohl ich es mir nicht eingestehen und diesem Gefühl erst recht keinen Namen geben wollte. Die Vorstellung, dass er in zwei Wochen eine Entscheidung fällt und ich ihn dann nicht wiedersehen könnte, versetzt mir allerdings einen heftigen Stich in die Brust.

»Denkst du denn, dass es eine Zukunft für uns gibt?«, frage ich vorsichtig. »Selbst wenn er auch etwas für mich empfindet ... wie soll das mit uns funktionieren?«

»Das werdet ihr euch dann gemeinsam überlegen müssen«, antwortet Marie. »Aber wo ein Wille, da ein Weg. Oder?«

Ich nicke zögerlich. Soll ich es wagen, Philipp anzusprechen? Auf die Gefahr hin, dass er mir einen Korb gibt? Vielleicht hat Marie recht. Wenn ich es nicht tue, bereue ich es vermutlich für den Rest meines Lebens. Dann werde ich nie wissen, ob es für Philipp und mich ein Happy End gegeben hätte.

»Also schön«, murmle ich und atme tief ein. »Ich rede mit ihm.«

»Gut.« Marie greift nach dem Kuchen.

Sie beginnt zu essen und ich räuspere mich. »Das, was ich dir erzählt habe, muss unter uns bleiben. Philipp darf nicht wissen, dass du eingeweiht bist.«

»Ehrensache«, erwidert sie. »Und ich erkläre auch Jan, dass er sich nicht einmischen soll. Aber du solltest das mit Philipp bald in Angriff nehmen. Ich fürchte, lange wird das sonst nicht gut gehen.«

»Ich rede mit ihm, sobald er wieder hier ist. Danke, dass du mir zugehört hast.«

»Jederzeit. Und wenn du über einen Schlachtplan sprechen willst, wie du ihn endgültig eroberst, bin ich auch da.«

Ich ringe mir ein Lächeln ab und schiebe mir etwas Kuchen in den Mund. So ganz überzeugt bin ich nicht, dass ich den Mut aufbringen werde, mit Philipp zu reden. Allerdings weiß ich, dass ich es versuchen muss. Weil Philipp das wert ist.

16
Philipp

»Weißt du, wie sich das für mich anhört?«, fragt mein Bruder und klingt selbst über den Lautsprecher des Handys mehr als amüsiert.

»Verrate es mir«, brumme ich, während ich mir Aftershave auf die Wange auftrage.

Ich ahne, was er mir gleich sagen wird. Warum ich trotzdem nachfrage, weiß ich nicht. Vielleicht weil ich mich gern quäle oder es hören muss, um es zu bestreiten.

»Ich denke, du hast dich in die Köchin verguckt«, spricht er meine Befürchtung aus.

»Du weißt, dass das nicht möglich ist.«

»Oh, entschuldige, ich habe vergessen, dass du der Terminator bist und in deiner Brust statt eines Herzens ein Hochleistungscomputer arbeitet«, erwidert Michael und lacht. »Wenn es nach Mutter ginge, würde das sogar der Wahrheit entsprechen. Meinst du, du lernst irgendwann, zahlungssäumige Kunden mit deinem bloßen Blick zu schröpfen?«

»Haha«, murmle ich. »Was ich meine, ist, dass ich verhindert habe, etwas für sie zu empfinden.«

»Hörst du dir eigentlich zu? Du klingst wirklich wie ein Terminator. Als ob man Gefühle einfach abdrehen kann.«

»Gut, dann lass es mich so formulieren«, entgegne ich gereizt. »Sollte Mutter herausfinden, dass etwas zwischen Emma und mir läuft, wird sie ihr das Hotel wegnehmen und mir das Leben zur Hölle machen. Und falls sie auf die Idee kommt, dass es sogar mehr sein könnte als eine zwanglose Affäre, haben Emma und ich ein gewaltiges Problem.«

Es ist so leise, dass ich prüfe, ob mein Bruder aufgelegt hat. Hat er nicht, das Display zeigt eine bestehende Verbindung an. Irgendwann knackt es und mein Bruder stößt den Atem aus.

»Wieso hast du dich dann überhaupt auf die Kleine eingelassen, nachdem du wusstest, wer sie ist?«, hakt er nach.

»Weil ich ...«, setze ich an und kann den Satz nicht beenden.

Soll ich ihm wirklich erklären, wie sehr ich mich zu Emma hingezogen fühle? Oder wie mein Körper allein bei der Erinnerung daran, wie sie sich an mich schmiegt und ihr Atem über meine Haut streicht, reagiert? Wie oft ich mein Handy in der Hand hatte, um ihr zu schreiben oder sie anzurufen, nur, um ihre Stimme zu hören?

»Ich meine, wenn du nur scharf auf sie wärst«, sagt mein Bruder, »dann hättest du mir nicht von ihr erzählt. Du hättest die Tage mit ihr genossen, ohne darüber nachzudenken. Immerhin habt ihr euch geeinigt, dass euer Arrangement geheim bleibt, und wart euch bewusst, dass es in naher Zukunft enden wird. Ihr hättet euch verabschiedet und du vermutlich keinen Gedanken mehr an sie verschwendet, sobald du die Akte geschlossen hättest.«

Er macht eine Pause und ich bin unsicher, ob er eine Antwort erwartet. Also schweige ich, bis Michael weiterredet.

»Aber du denkst offensichtlich an sie. Und das oft. Habe ich recht?« Ich brumme nur, mein Bruder scheint aber zu verstehen. »Dann ist der Fall doch eindeutig. Du hast dich verknallt. Zum ersten Mal seit der Schule, oder?«

»Nehmen wir einmal an«, sage ich resigniert und starre meinem Spiegelbild in die stumpfen Augen, »du hättest recht. Reine Theorie. Und nehmen wir an, dass sie ähnlich empfindet. Wo, außer in einer gewaltigen Katastrophe, würde das mit uns enden?«

»Weiß sie, wer du wirklich bist?«, fragt Michael. »Also, dass dir eines Tages die Bank gehören wird? Du reich bist?«

»Woher denn? Auf der Website der Bank ist Mutter als Gesellschafterin eingetragen und ich als Projektmanager. Ich schätze Emma nicht so ein, dass sie nachgräbt, um etwas über mich herauszufinden. Vom Namen würde sie auch nicht draufkommen, weil Mutter und wir den Nachnamen von Papa tragen, die Bank aber nicht umbenannt wurde.«

»Gut, bleiben wir mal bei der Prämisse, ihr wärt beide ineinander verknallt«, nimmt mein Bruder den Faden auf. »Wäre das wirklich so schlimm?«

»Ja.«

»Und wieso?«

»Ich bin ihr Kreditprüfer. Mutter würde alles daransetzen, Emma loszuwerden und …«

Ich halte inne.

»Und?«, will Michael wissen.

»Keine Ahnung«, brumme ich.

»Wenn du meine Meinung wissen möchtest, du bist einfach nur ein Feigling. Glaubst du, es war für mich leicht, mich auf Clair einzulassen? Nach allem, was Mutter getan hat, kann ich jeden Abend allen Heiligen und Schutzengeln danken, dass meine Frau bei mir geblieben ist. Jetzt weiß ich, dass ich damals richtig gehandelt habe, indem ich sie gewählt habe. Auch wenn es schwer war, der Bank und euch den Rücken zu kehren.«

Die Vorstellung, mich offen auf einen Kampf mit Mutter einzulassen, bereitet mir Kopfzerbrechen. Emma ist von der Bank abhängig. Wenn ich ihren Traum zerstöre, nur weil ich mir eingestehe, dass sie eine Saite in mir zum Klingen bringt, die ich lange verleugnet habe …

»Können wir morgen weiterreden?«, fragt Michael. »Wir haben gleich eine Vorsorgeuntersuchung und du bist ohnehin zum Brunch bei uns.«

»Klar, weihen wir Clair gleich in mein Gefühlschaos ein«, erwidere ich brummig.

»Denkst du wirklich, sie hat nicht mitgehört?«

»Hallo Philipp«, erklingt die Stimme meiner Schwägerin ein wenig entfernt durch den Hörer. »Ich habe aber erst die letzten zwei Minuten mitgehört. Also ab da, als Michael meinte, dass es richtig war, sich für mich zu entscheiden. Und ich lasse euch natürlich morgen in Ruhe reden ...«

»Schon gut, Clair. Vielleicht bin ich morgen ohnehin schweigsam. Ich denke, ich werde heute viel Alkohol brauchen.«

»Weswegen?«, fragt Michael.

»Weil ich mich gleich mit der Tochter eines Firmenkunden treffe.«

»Wenn sie so ist wie die, mit denen Mutter mich verkuppeln wollte ... nun, dann brauchst du verdammt viel Alkohol«, stellt Michael fest.

»Warum gehst du da überhaupt hin?«, hakt Clair nach.

»Damit ich auch diese Frau von der Liste potenzieller Schwiegertöchter streichen kann.«

»Dann viel Glück mit der Taktik«, sagt meine Schwägerin. »Wir sehen uns morgen.«

»Ja, bis dann.«

Damit lege ich auf und lasse den Kopf sinken. Ich habe kein Interesse, diese Mercedes zu treffen. Erst recht nicht, seit mir die Worte meines Bruders durch die Gedanken kreisen. Zusammen mit dem Bild von Emma, die lächelt. Mir wird mit einem Mal heiß und ich zerre am Kragen meines Poloshirts herum.

Bis gestern habe ich mir eingeredet, dass mein ständiges Schmunzeln Zufall ist. Bestenfalls habe ich es auf den Sex mit Emma geschoben. Aber inzwischen bin ich sicher, dass da mehr dran ist.

Bei der Erinnerung daran, wie dieser Jan sie angesehen hat, während er seine Hände an ihren Armen hatte, brodelt die Galle in meinem Inneren hoch. Ich bin eifersüchtig auf den Koch, mit dem Emma sicher schon länger zusammenarbeitet. Ob sie mal was mit ihm hatte? Die Vorstellung reicht, dass ich meine Fäuste balle.

Dabei sollte genau das nicht passieren. Wir sind kein Paar. Sie hat mir nicht versprochen, dass ich der einzige Mann in ihrem Leben bin, und ich habe ihr auch nichts in die Richtung zugesagt. Trotzdem interessiert mich keine andere Frau als Emma.

Mit ihrer aufrichtigen Art, ihrem Kampfgeist und ihrem Lächeln hat sie mich Stück für Stück erobert. Doch damit bringe ich ihren Traum ins Wanken. So sehr ich mich dagegen stemmen würde, weiß ich doch, dass Mutter ihre Pläne gegen meinen Willen durchsetzen wird, nur um mir etwas zu beweisen.

Ich muss Emma schützen. Und das kann ich am besten, wenn ich das, was sich zwischen uns entwickelt hat, im Keim ersticke. Ab jetzt muss ich mich von ihr fernhalten. Wobei ich keine Ahnung habe, wie mir das gelingen soll.

Mit einem Schnauben greife ich mir die Jacke, schiebe das Handy hinein und verlasse die Wohnung in Richtung Bar. Es ist früher Abend und die Luft fühlt sich angenehm an. Wieder beherrscht Emma meine Gedanken. Weil ich daran denken muss, wie sie mir den Schokoladenkuchen serviert hat. Ich glaube, etwas so Schönes hat noch nie jemand für mich gemacht.

Das Herzklopfen schiebe ich darauf, dass ich viel zu schnell gegangen bin. Alkohol ist heute in doppelter Hinsicht eine gute Idee. Damit ertrage ich mein Date und verdränge die Erinnerungen an Emma.

Als ich die Bar betrete, führt mich ein Kellner auf die Terrasse, die bereits gut besucht ist. An einem Tisch, der aussieht wie ein Whiskeyfass, sitzt eine Frau, die mich mit ihren Augen zu verschlingen scheint. Ich habe keinen Zweifel, dass sie diejenige ist, die ich treffen soll.

Ihre wasserstoffblonden Haare sehen aus, als wäre sie gerade beim Friseur gewesen, um sie für diesen Abend stylen zu lassen. Sie ist geschminkt wie ein Covermodel und als sie aufsteht, fällt mein Blick auf ihr Kleid. Es stammt wahrscheinlich von einem sündteuren Label, ist allerdings so eng, dass ich mich frage, wie sie darin Luft bekommt oder sich bewegt, ohne es zu zerreißen.

»Philipp?«, fragt sie mit einem Lächeln.

»Mercedes?«, stelle ich die Gegenfrage.

Prompt landen ihre Hände auf meinen Schultern und sie haucht mir links und rechts Küsse auf die Wangen, als würden wir uns schon ewig kennen. Dann lächelt sie wieder und ihr Blick wandert über meinen Körper, bevor sie ihre prallen Lippen befeuchtet.

Ob die echt sind? Die Brüste, die mehr oder weniger aus dem Kleid springen wollen, sehen genauso gemacht aus wie ihre Lippen oder Wangenknochen. Unwillkürlich frage ich mich, wie alt sie ist.

»Ich habe schon eine Runde für uns bestellt«, sagt sie, als wir uns setzen.

Ich betrachte den Cocktail, der aussieht, als würde er nur aus Sirup bestehen. Genauso schmeckt er dann auch, aber immerhin dürfte ordentlich Schuss drinnen sein. Und den brauche ich mehr, als ich befürchtet habe. Mercedes erzählt, dass sie die Marketingleiterin von dem Unternehmen ihres Vaters ist, obwohl sie eigentlich nur Fotos auf einem Instagram-Account hochlädt.

»Mein Vater hat sich einen Namen mit Luxushotels gemacht«, erklärt sie und ich werde hellhörig.

Kann es sein, dass er der Investor ist, an den meine Mutter Emmas Hotel verkaufen möchte? Das werde ich in den Unterlagen nachsehen müssen ...

»Deswegen reise ich auch viel«, fährt Mercedes fort. »Damit ich alle Hotels bewerben kann.«

Ich nicke und bestelle mir Whiskey, weil das Thema auf Benefizgolf fällt. Etwas Langweiligeres kann ich mir gerade nicht vorstellen.

Ich höre erst wieder aufmerksam zu, als Mercedes über die Zusatzangebote redet, die sie in Hotels erwartet. Gedanklich mache ich mir Notizen für Emma, die gewisse Dinge umsetzen könnte, um ihre Einnahmen zu steigern.

Bei der nächsten Runde Whiskey erkläre ich dem Kellner, dass er die Flasche auf dem Tisch lassen kann. Mittlerweile hat die Stimme von Mercedes einen nervigen Ton angenommen und ich versuche alles, um sie auszublenden. Also trinke ich und hoffe, dass der Abend bald ein Ende findet.

Sie redet über Partys auf irgendeiner Insel, denke ich zumindest. Ich bin längst an einem anderen Ort, nämlich in einer Küche, in der es nach French Toast und Kaffee riecht und eine Frau nur mit meinem Hemd bekleidet vor mir steht und mich anlächelt.

Emma hat an diesem Morgen so verführerisch ausgesehen, so unglaublich sexy. Ich glaube, dass ich schon in dem Moment angefangen habe, mehr von ihr zu wollen als nur Sex. Immerhin habe ich ihr vorgeschlagen, dass wir uns wiedersehen. Dass sie jetzt wieder so vor mir steht, muss ein Zeichen sein.

Langsam gehe ich auf sie zu und lege meine Hände an ihre Taille. Sie hebt mir ihr Gesicht entgegen, doch ich presse meine Lippen auf die Stelle, die sie so schön zum Stöhnen bringt. Diesmal reagiert sie verhalten, aber das macht nichts.

»Du hast mir gefehlt«, lalle ich.

Sie schweigt. Mit den Fingern kämpft sie dafür mit meinem Gürtel und reißt ungeduldig daran.

»Warte«, sage ich, umfasse ihre Handgelenke und presse sie an die Wand, die gerade noch nicht da war. Ich bin wirklich betrunken, wenn ich die nicht gesehen habe. »Ich weiß nicht, ob ich den Mut gleich noch habe, daher ... ich habe mich in dich verliebt.«

»Oh, Philipp«, erwidert Emma. Aber es klingt nicht nach ihr. »Ich wusste, dass wir füreinander bestimmt sind.«

Ihre Lippen bedecken meine und sie drängt sich an mich, nachdem sie ihre Handgelenke aus meinem Griff befreit hat.

»Ich will dich so sehr«, säuselt sie und reibt sich an mir.

Bevor sie mich noch einmal küsst, öffnet sie den Gürtel. Ich blinzle heftig, als aus Emmas dunkelbraunen Locken toupierte hellblonde Strähnen werden. Auch ihr Gesicht verändert sich und mit einem Mal bin ich nüchtern.

Mercedes hat es inzwischen geschafft, meine Hose zu öffnen, und schiebt den Stoff über meine Hüften. Wir stehen in einer Seitengasse neben der Bar und ich habe keine Ahnung, wie wir hierhergekommen sind. Es riecht nach Abfällen und Urin. Das scheint Mercedes aber kein bisschen zu stören.

Sie lächelt aufreizend, während sie ihre Hand in meine Hose wandern lässt und über meinen Penis streicht. Dann schnalzt sie mit der Zunge.

»Gerade war der aber noch härter«, verkündet sie und reibt fester über den Schaft. »Macht nichts, du hattest etwas zu viel Whiskey. Das kriegen wir schon hin.«

Gröber, als ich sollte, greife ich nach ihrem Handgelenk und ziehe ihren Arm hoch.

»Das ist keine gute Idee.« Ich mache einen Schritt zurück.

Dann lasse ich sie los und umfasse den Hosenbund, damit die Jeans nicht noch tiefer rutscht.

»Das klang gerade noch anders«, säuselt sie und kommt näher. »Ich weiß, dass du mich willst. Du hast mich geküsst und berührt wie ein Mann, der genau weiß, was er möchte und wie er es bekommt. Und du hast mir sogar gesagt, dass du in mich verliebt bist. Was unglaublich süß ist, Darling.«

Bei dem Gedanken wird mir übel und ich schwöre mir, nie wieder so viel Whiskey zu trinken, selbst wenn ich ein so grauenhaftes Date habe wie jetzt.

»Meine Wohnung ist in der Nähe«, fährt sie fort und streicht sich lasziv über das enge Kleid. »Lass mich dir geben, was du möchtest.«

Was ich möchte, kann mir diese Frau bestimmt nicht geben. »Ein anderes Mal«, ringe ich mir ab und räuspere mich. Für gewöhnlich lasse ich keine Frau um diese Uhrzeit allein nach Hause gehen. Aber sie meinte, bis zu ihrer Wohnung sei es nicht weit, und ich will verhindern, dass sie mir noch einmal nahe kommt. »Wiedersehen, Mercedes.«

Ohne auf ihre Rufe zu reagieren, verlasse ich die Seitengasse. Am liebsten würde ich mir selbst eine reinhauen. Wie konnte ich es so weit kommen lassen?

Trüb kehrt die Erinnerung zurück. Ich habe an Emma gedacht und war mir sicher, dass sie vor mir steht.

Diese Erfahrung beweist mir drei Dinge. Erstens, ich vertrage nicht mehr so viel wie früher. Zweitens, ich empfinde verdammt viel für Emma, weil ich ihr in diesem Alkoholtraum meine Liebe gestanden habe. Nur dass jetzt Mercedes denkt, ich würde sie lieben. Bei dem Gedanken wird mir richtig übel. Und drittens ... zeigt es mir, dass die Gefühle für Emma mich zu sehr verwirren und sowohl sie als auch mich in Gefahr bringen.

In meiner Wohnung angekommen, drehe ich die Dusche eiskalt auf und reiße mir die Kleidung vom Leib. Ab heute muss ich wieder zu Philipp Senoner, dem zuständigen Projektmanager für den Kredit des Hotels werden. Keine Nähe mehr zu Emma. Auch kein Sex.

Ich bohre meine Nägel in den Marmor des Waschbeckens, an dem ich mich inzwischen festhalte. Das wird verdammt schmerzhaft für mich werden. Hoffentlich irrt mein Bruder sich und Emma fühlt sich nur körperlich zu mir hingezogen. Ich will ihr nicht wehtun. Sie hat genug, womit sie kämpfen muss.

Am Ende helfe ich uns beiden, wenn ich verhindere, dass wir uns ineinander verlieben. Ich muss mir das nur lange genug einreden.

17
EMMA

Seufzend schlage ich den Spätzleteig auf und blicke auf die Uhr. Der Abendservice beginnt gleich und damit schwindet meine Hoffnung, dass Philipp heute hier erscheint. Ich habe nicht damit gerechnet, dass er gleich wieder zurückkommt, aber es ist Dienstag und von ihm fehlt immer noch jede Spur.

Innerlich bin ich bereits so aufgewühlt, dass mir die Nerven durchgehen, sobald ein Telefon läutet oder jemand mein Büro betritt. Ich will mit Philipp reden, ihm gestehen, was ich für ihn empfinde. Sonst zerreißt es mich vermutlich bald.

Mir fehlt der Mut, ihn anzurufen oder ihm eine Nachricht zu schicken. Und auch Marie hat mich darin bekräftigt, nicht die Erste zu sein, die sich auf diesem Weg meldet. Seit sie bei mir war und ich mich ihr anvertraut habe, ist sie eine noch größere Stütze für mich.

Trotzdem vergrabe ich mich in Arbeit, um meine Gedanken nicht wieder zu Philipp wandern zu lassen. Nur deswegen kümmere ich mich um die Spätzle, obwohl sowohl Jan als auch Stefan das könnten. Sonst ist nicht mehr viel vorzubereiten für den Abendservice, weil ich sogar schon die kalten Vorspeisen angerichtet habe. Also hoble ich die Spätzle ins Wasser und sehe zu, wie sie langsam wieder aufsteigen. Jan heizt inzwischen die Pfannen für den Hauptgang an, Stefan hält mir einen Löffel Soße zum Abschmecken hin.

»Mehr Salz.«

Der Hilfskoch nickt und verschwindet aus meinem Blickfeld.

Gerade schöpfe ich eine Portion Spätzle aus dem Topf, als Marie in die Küche platzt. Sie grinst breit und öffnet den Mund. Bevor sie etwas sagen kann, geht die Tür erneut auf und mein Herz setzt aus, bevor es wie wild zu schlagen beginnt.

Philipp betritt hinter Marie den Raum und das Zischen der Pfannen und Töpfe verstummt für einen Moment. In seinem dunkelblauen Anzug mit dem weißen Hemd, das er am Kragen offen und ohne Krawatte trägt, sieht er unbeschreiblich gut aus, selbst mit der emotionslosen Miene. Sein Mundwinkel wandert hoch, als sich unsere Blicke treffen, und Philipp zwinkert, was meinen Puls wohl an den Rand des Höchstleistungssports bringt. Tausende Schmetterlinge fliegen durch meinen Körper und ich fühle mich, als könnte auch ich abheben.

Das Gefühl bleibt, obwohl Philipp wieder die Miene des Geschäftsmanns aufsetzt und zu sprechen beginnt.

»Ich bin hier wegen der Überraschungsüberprüfung.«

Ich räuspere mich und wende mich Marie zu. Meine Ohren glühen und ich hoffe, man sieht sie unter meinen zusammengebundenen Haaren nicht zu deutlich leuchten. »Würdest du dich um ein Zimmer und einen Tisch für Herrn Senoner kümmern?«, frage ich. Ob meine Stimme ruhiger klingt, als sie sich anfühlt?

»Wir sind zwar ziemlich ausgebucht, aber ich werde schon ein Plätzchen finden«, verspricht Marie. »Darf ich Sie in den Speisesaal bringen?«

Philipp stimmt zu und sieht mich noch einmal an. Mir wird schwindelig bei dem Blick, der über meinen Körper huscht, bevor er wieder in meinem Gesicht ankommt. Hitze sammelt sich in meiner Mitte und ich überlege fieberhaft, welche Unterwäsche ich trage und ob es auffällt, wenn ich schnell zu mir nach Hause laufe und mich umziehe. Aber dann ermahne ich mich, dass meine Hormone mich nicht steuern dürfen. Auch wenn das Verlangen und die Sehnsucht mich gerade fest im Griff haben.

»Wir richten an«, sage ich zu meinen Köchen.

Dabei bemerke ich Jans finstere Miene, der seit dem Vorfall am Freitag ziemlich wortkarg ist. Ich weiß nicht, was er über Philipp denkt oder was Marie zu ihm gesagt hat, nachdem ich sie eingeweiht habe. Zwar habe ich versucht, mit ihm zu reden, aber er hat abgeblockt.

Ich hoffe, ich kann das mit Jan wieder geradebiegen. Er ist für mich wichtig, weil ich ihm viel Arbeit übertragen kann. Wenn wir beide in der Küche nicht harmonieren, leiden zudem das Essen und der gesamte Betrieb darunter.

Zumindest läuft der heutige Service reibungslos. Während ich den Tafelspitz für die Vorspeise fein schneide und aufschichte, beträufeln die anderen die Teller mit Soße und richten den kleinen Rösti dazu an.

Ich arbeite so konzentriert, wie es möglich ist, gebe mir bei jedem Teller besondere Mühe. Weil ich Philipp zwar nicht sehen kann, aber mir vorstelle, wie er mein Essen versucht und zufrieden lächelt. Wie bei unserem ersten gemeinsamen Frühstück. Vielleicht kann ich ihn einmal in meine Küche holen und mit ihm gemeinsam kochen. Irgendwie stelle ich mir das erregend vor.

»Das war ein guter Abend«, lobe ich meine beiden Köche, als das letzte Dessert serviert ist. »Ich räume auf, ihr könnt Schluss machen.«

»Bist du sicher?«, fragt Jan brummig. »Du hast doch noch genug andere Dinge zu erledigen.«

»Ja, alles gut«, antworte ich und hoffe, er lässt es auf sich beruhen. Ich habe das Gefühl, dass er ahnt, warum ich allein zurückbleiben will. Deswegen bringe ich eine weitere Ausrede. »Morgen müsst ihr den Abendservice ja ohne mich bestreiten. Also mache ich heute alles fertig.«

»In Ordnung«, murmelt Jan, klopft mir auf die Schulter und verlässt mit Stefan die Küche.

Sie sind kaum fort, da beginne ich zu putzen. Ich bin noch lange nicht fertig, als Marie zu mir kommt.

»Er ist auf sein Zimmer gegangen«, flüstert sie, als hätte sie Angst, dass uns jemand belauscht. Dann sieht sie sich um. »Wo sind denn die anderen beiden?«

»Ich habe sie nach Hause geschickt«, entgegne ich und schrubbe dabei die Arbeitsfläche.

»Aha. Gut, soll ich am Empfang bleiben bis zehn oder …«

»Nein, mach ruhig Feierabend. Wenn ich hier fertig bin, gehe ich sowieso ins Büro und überprüfe noch einmal das Arrangement für die Hochzeit nächste Woche. Schließlich muss ich spätestens morgen alles bestellen.«

»Okay«, meint Marie mit einem Grinsen. »Dann viel Spaß.«

Sie zwinkert und lässt mich dann allein. Die Tür bleibt offen, damit ich höre, wenn jemand an der Rezeption steht. Aber kein Gast verirrt sich dorthin. Die Abendschicht endet um neun, die Bar bleibt unter der Woche geschlossen. Jetzt, um zehn, ist also alles still. Zu still.

Ob Philipp zu erschöpft ist, um zu mir zu kommen?

Da ich in der Küche fertig bin, mache ich mich auf ins Büro. Enttäuschung lässt meine Schritte langsamer werden. Ich hatte mich wohl mehr darauf gefreut, mit Philipp allein zu sein, als ich dachte.

Mit einem Seufzen sinke ich auf den Schreibtischstuhl und gebe mir einen Moment, um den Kopf freizubekommen. Vermutlich hatte er einfach einen langen Tag und braucht Ruhe. Denn so wie er mich angesehen hat, als er in der Küche stand, kann ich mir nicht vorstellen, dass er das Interesse an mir verloren hat.

Trotzdem ist mir flau im Magen und mein Körper prickelt. Meine innere Unruhe kehrt zurück und ich weiß, dass ich nicht mehr lange warten kann, um mit Philipp zu reden. Ich habe es viel zu lange vor mir selbst verleugnet, aber bei dem Herzflattern, das ich vorhin hatte, gibt es keinen Zweifel: Ich bin in Philipp verliebt.

Vielleicht geht es ihm anders. Dann werde ich damit leben müssen. Doch ich will nicht für den Rest meines Lebens bereuen, dass ich geschwiegen habe.

Ein Räuspern lässt mich erstarren, dann hebe ich den Kopf und wende mich der Tür zu. Er lehnt in seiner dunkelblauen Anzughose und dem weißen Hemd am Rahmen und betrachtet mich.

Mein Puls steigt und erweckt Hitze in meinem Körper, genauso wie das Verlangen nach ihm. Es ist gerade einmal fünf

Tage her, dass wir miteinander geschlafen haben, aber alles in mir brennt, als hätten wir uns ein Jahr nicht gesehen.

»Ich dachte schon, du bist schlafen gegangen«, sage ich und mustere sein Gesicht.

»Vielleicht hätte ich das tun sollen. Aber ich bezweifle, dass ich Schlaf gefunden hätte. Also bin ich hergekommen und wollte nachsehen, ob du noch da bist.« Er zuckt mit den Schultern. »Ist dann wohl Schicksal.«

Irgendetwas stimmt mit ihm nicht, ich habe nur keine Ahnung, was genau.

»Willst du nicht reinkommen?«, frage ich und deute auf meine Handtasche, in der sich die Kondome befinden.

Sein Blick wandert kurz dorthin, bevor er wieder mich ansieht, ansonsten rührt er sich nicht. Würden seine Augen nicht so intensiv auf mir ruhen und mir das Gefühl geben, dass er mich damit auszieht, würde ich ihm jetzt vielleicht eine gute Nacht wünschen. So will ich diese Chance nicht verstreichen lassen.

Deswegen stehe ich auf und öffne die Knöpfe meiner Kochjacke. Philipp schluckt und beobachtet mich, während ich sie abstreife. Zum Glück habe ich den roten Spitzen-BH angezogen, in dem ich mich sexy fühle, und das T-Shirt, das ich unter der Jacke getragen habe, bin ich bereits vor dem Abendservice losgeworden, weil mir zu heiß war.

Als die Jacke auf dem Boden landet, löse ich die Haarnadeln und öffne den Zopf. Ich schüttle meinen Kopf und die Locken fallen mir über die Schultern. Philipp atmet scharf ein.

»Verdammt«, knurrt er, schließt die Tür und ist mit zwei schnellen Schritten bei mir.

Er presst mich an die Wand hinter mir. Ich hebe mein linkes Bein an und platziere es an seiner Hüfte.

»Du machst mich wahnsinnig«, raunt er an meinem Ohr, bevor er mit seinen Lippen eine brennende Spur über meinen Hals zieht.

Ich lehne den Kopf an die Wand und zerre an seinem Hemd, während er den Knopf meiner Hose öffnet und den Stoff hinunterschiebt. Er führt seine Hand unter den Stoff meines Höschens, lässt seinen Finger in mich gleiten und ich gebe ihm mit einem Stöhnen zu verstehen, wie sehr mir seine Berührungen gefehlt haben.

»So feucht«, sagt er heiser.

Ich hebe ihm mein Gesicht entgegen, doch anstatt mich zu küssen, presst er seine Lippen auf meine Schulter und beginnt meine Perle zu massieren.

Also gebe ich es auf, die verfluchten Knöpfe an seinem Hemd zu öffnen, und lasse meine Hände tiefer wandern. Als sie über seine Beule in der Hose streichen, knurrt Philipp.

»So hart«, keuche ich, als er sein Becken gegen meines presst.

Er zieht die Hand zurück, sodass seine Erektion meine Mitte berühren kann. Ich schlinge mein linkes Bein um ihn und helfe ihm, den Gürtel zu öffnen. Bevor ich ihm sagen kann, wo er die Kondome findet, zieht er eines aus seiner Hosentasche. Ich befreie ihn aus seiner Hose und er reißt die Packung auf, zieht das Kondom über und schiebt mein Höschen zur Seite.

Wir beide geben ein heiseres Stöhnen von uns, als ich ihn in mir aufnehme. Ich habe nicht erwartet, dass es sich so gut anfühlen würde, ihn zu spüren. Erst jetzt wird mir bewusst, wie sehr er mir gefehlt hat. Nicht nur der Sex, sondern alles an ihm.

Das hier mag das schnelle Stillen unseres Verlangens sein, aber wir haben noch die ganze Nacht, um uns auf andere Weise näherzukommen.

Ich umklammere seine Schultern, während er seinen Rhythmus findet, und hebe mein Becken an. Philipp gibt ein tiefes Knurren von sich, während ich ihn noch intensiver spüre. Seine Stöße senden heiße Schauer durch meinen Körper und ich bohre meine Nägel in den Stoff seines Hemds.

Seine Bewegungen werden langsamer, tiefer, fordernder. Philipp hebt den Kopf und sieht mich mit glasigen Augen an. Sein Atem streicht über meinen Hals und alles in mir spannt sich an. Mein Körper ist bereit für den erlösenden Höhepunkt, der sich in mir aufbaut. Ich will den Kopf in den Nacken legen, da umfasst Philipp mein Kinn.

»Ich möchte dein Gesicht sehen, wenn du kommst.«

Ich nicke. Er gibt mein Kinn frei und legt seine Hände an meine Hüften. Er gleitet so tief in mich, dass mir einen Moment schwindlig wird und ich heiser stöhne. Die Art, wie er mich betrachtet, lässt mich vor Erregung schaudern.

Meine Beine zittern, als ich den Gipfel meiner Lust erreiche und die Lippen öffne, um genüsslich zu stöhnen. Beinahe will ich die Augen schließen, aber ich halte Philipps Blick stand.

Als hätte er nur darauf gewartet, dass ich fertig werde, presst er die Lippen an meinen Hals und unterdrückt sein Stöhnen, während seine Bewegungen langsamer werden. Ich ringe um Atem und lasse meine Hände seinen Rücken hinabgleiten. Die letzten Wellen meines Orgasmus schenken mir ein Gefühl von Schwerelosigkeit und jeder noch so kleine Stoß von Philipp löst einen Schauer in mir aus, der mich zittern lässt. Dann sinkt er gegen mich und seine Lippen streichen über meine Haut.

Wenn es nicht so anstrengend wäre, auf diese Weise zu stehen, würde ich mich nicht rühren. Genau so, wie er sich jetzt anfühlt, ist es perfekt. Aber ich halte nicht mehr durch, also verlagere ich mein Gewicht und bringe beide Füße auf den Boden zurück.

Zärtlich streiche ich über seinen Nacken und durch seine Haare. Mein Herz schlägt wie wild. Nicht nur wegen des heißen Sex, den wir gerade hatten. Sondern weil mir Philipps Nähe so unendlich guttut.

Ich sollte sofort mit ihm reden, ihm gestehen, dass ich mir vorstellen kann, mehr mit ihm zu teilen als befriedigende Höhepunkte.

»Philipp«, raune ich atemlos und er hebt den Kopf.

Jetzt ringe ich doch um Worte, obwohl ich mir so oft überlegt habe, was ich ihm sagen will. Mein Blick wandert zu seinen Lippen. Ich lege den Kopf schief und bringe mein Gesicht näher an seines. Ein Kuss sagt mehr als tausend Worte, also überwinde ich die Entfernung zwischen uns.

Doch bevor sich unsere Lippen berühren, weicht Philipp zurück. »Es ist schon spät«, meint er und gleitet aus mir.

Er lässt mich zwar nicht los, dennoch habe ich das Gefühl, als würde ich fallen. Ich verstehe nicht, was los ist.

»Oh, ja, das ist es«, erwidere ich verwirrt und nehme die Kochjacke entgegen, die er mir hinhält. »Wollen wir auf dein Zimmer gehen und …«

»Ich glaube kaum, dass ich heute Nacht noch einmal mit dir schlafen kann.«

Bilde ich es mir nur ein oder ist seine Stimme frostig?

»Du solltest auch langsam nach Hause gehen, wir haben morgen einiges zu besprechen«, fährt er fort und meidet meinen Blick.

Bin ich im falschen Film, steht ein anderer Mann vor mir? Was ist nur in ihn gefahren, dass er mich so von sich stößt?

»Dein Tag war lang, oder?«, frage ich, während ich in meine Jacke schlüpfe.

»Geht so«, murmelt er und fährt sich durch die Haare, nachdem er seine Hose geschlossen hat. »Hast du morgen Frühdienst?«

»Ja, und du hast Glück, es gibt French Toasts.«

»Sehr schön.« Er geht zur Tür.

»Philipp!«, rufe ich. Er dreht sich um, sieht mich aber immer noch nicht an. »Können wir ... reden?«

»Wenn es etwas Geschäftliches ist, haben wir morgen dazu Zeit«, antwortet er nach einem Räuspern. »Sonst haben wir uns nichts zu sagen. Oder?«

Es fühlt sich an, als würde ein Blitz in meinen Körper einschlagen, alles in mir rösten und dann zu Eis gefrieren lassen. *Sieh mich bitte an,* flehe ich in Gedanken. *Sieh mich an und komm zu mir zurück.*

»Ich ... also«, stammle ich und weiß nicht, was ich erwidern soll.

»Wir beide bauen unseren Stress zusammen ab«, sagt er und die Kälte in seiner Stimme treibt Tränen in meine Augen. »Darauf haben wir uns geeinigt. Falls ich dir einen anderen Eindruck vermittelt habe, tut es mir leid. Wenn du unser Arrangement beenden willst, musst du es nur sagen.«

Ich öffne den Mund und klappe ihn wieder zu. Ich kann noch nicht einmal atmen, so eng ist meine Brust. Woher der Sinneswandel? Bisher hat er trotz des Arrangements meine Nähe gesucht. Was ist nur geschehen?

»Lass mich deine Antwort morgen wissen. Gute Nacht.«

Er schließt die Tür hinter sich, ohne mich noch einmal anzusehen. Irgendwie schaffe ich es, mich zum Stuhl zu schleppen und darauf fallen zu lassen. Philipps Geruch benebelt immer noch meine Sinne und ich kann jede Stelle spüren, die er berührt hat. Gleichzeitig überzieht eine Gänsehaut meinen Körper und ich bebe vor Kälte, während ich zu begreifen versuche, was gerade geschehen ist.

Vor seiner Abreise war er es, der mir vorgeschlagen hat, die Nächte zusammen zu verbringen. Er wollte mich halten, meine Nähe spüren. Und ich ... habe es genossen.

Etwas tropft auf den Tisch und erst da wird mir bewusst, dass ich weine. Ich verschränke die Arme auf dem feuchten Holz und presse die Stirn darauf. Dann schluchze ich leise und hoffe, niemand hört es. Vor allem nicht Philipp.

Ich bin selbst überrascht, dass es so wehtut, von ihm zurückgewiesen zu werden. Aber der Schmerz in meiner Brust macht mir eines klar. Ich habe mich zu nah ans Feuer gewagt und mir die Finger verbrannt.

Offenbar hat er bemerkt, dass ich mehr für ihn empfinde. Daran muss es liegen. Er weiß es und will mich nicht. Damit werde ich jetzt leben müssen, auch wenn ich keine Ahnung habe, wie ich von nun an mit ihm umgehen soll, wenn wir uns allein gegenüberstehen.

18
Philipp

Der Speiseraum ist bereits voll, als ich mich an den mir zugewiesenen Tisch setze. In den Unterlagen von Emma habe ich gesehen, dass eine ganze Reisegruppe die Woche hier verbringt.

Das freut mich für sie, weil sie es verdient, dass ihr Hotel gut läuft. Die Buchungen für die kommenden Wochen sind auch vielversprechend. Damit habe ich bald genug Argumente, den Kredit bestehen zu lassen. Nicht einmal meine Mutter kann die Entscheidung dann noch anfechten.

»Guten Morgen, Herr Senoner«, begrüßt mich Marie mit einem strahlenden Lächeln.

Einen Moment zieht sich mein Magen zusammen, aber in ihrem Gesicht erkenne ich keinen Vorwurf. Sie weiß also nichts von meinem Abgang letzte Nacht. Aber ich und es kostet mich Mühe, die Erinnerung und die Schimpfwörter zu verdrängen, die mir für mich selbst einfallen.

»Guten Morgen«, erwidere ich und möchte meine Bestellung aufgeben, aber sie kommt mir zuvor.

»Das Tagesspecial, nehme ich an?« Marie lächelt breit.

Wäre meine Nacht nicht so bescheiden gewesen, würde ich das Lächeln erwidern. So nicke ich nur und stürze mich auf den

Kaffee, nachdem sie weg ist. Im Moment brauche ich Koffein wohl dringender als Sauerstoff. Allerdings scheint es heute keine Wirkung zu haben. Was mich nicht wundert.

Ich lag bis zum Morgengrauen wach und habe versucht, das Bild von Emma aus meinem Kopf zu vertreiben. Warum musste ich bloß den Fehler begehen, in ihr Gesicht zu blicken? Ich weiß jetzt, dass sie etwas für mich empfunden haben muss. Und ich weiß, dass ich ihr fürchterlich wehgetan habe.

Aber es musste sein. Nur so kann ich sie und mich schützen. Ganz gleich wie schmerzhaft es sich anfühlt.

Wenn ich nur nicht so schwach in ihrer Nähe wäre. Emma ist in jeder Hinsicht verführerisch. Deswegen konnte ich nicht einfach in meinem Zimmer bleiben, nachdem ich sie in der Küche gesehen hatte. Ich wollte trotz meines Vorsatzes, sie zu meiden, zu ihr und ihre Nähe spüren.

Eine Stunde mit ihr genügt, um eine ganze Woche im Büro zu vergessen. Oder alles andere, was mich belastet.

Allein die Vorstellung, sie bald gar nicht mehr zu sehen, lässt meine Kehle eng werden. Aber am Ende würde ich ihr ohnehin schon schwieriges Leben noch komplizierter machen, wenn ich nicht einfach verschwinde. Zudem weiß ich nicht, wie das mit uns funktionieren sollte, selbst wenn ich um uns kämpfen würde.

Nein, ich verhalte mich richtig. Für uns beide. Früher oder später wird Emma feststellen, dass ich sie nicht glücklich machen könnte.

Ich schiebe den Gedanken fort, als Marie den Teller mit dem French Toast vor mir abstellt. Erdbeeren sind wie Fächer aufgeschnitten und am Rand drapiert, eine Schicht Puderzucker überzieht die nach Zimt riechenden dicken Toastscheiben.

Das Wasser läuft mir im Mund zusammen, als ich die Gabel hineinsteche und ein Stück abtrenne. Emma kann unglaublich gut kochen, mit ihrer Leidenschaft macht sie selbst das einfachste Gericht besonders.

Doch als ich den ersten Bissen kaue, kommt nicht die erwartete Geschmacksexplosion wie damals nach unserer ersten Nacht. Der French Toast ist nicht schlecht, aber er ist nicht so raffiniert oder ausgewogen, wie ich ihn kenne. Nur süß.

»Ist alles in Ordnung?«, fragt Marie nachdenklich, als sie wieder an meinem Tisch ankommt.

Ich habe gerade einmal die Hälfte gegessen.

»Darf ich fragen, ob Frau Langhauser bereits im Dienst ist?«, stelle ich eine Gegenfrage.

Marie betrachtet den Teller, ehe sie wieder mich ansieht. »Ja, sie bereitet das Frühstück zu. Warum? Haben Sie eine Beschwerde?«

»Nein, es hat mich nur interessiert.« Ich ringe mir ein Lächeln ab.

Das, was ich jetzt am wenigsten brauche, ist Emma, hier, vor allen Leuten, zu sehen. Das schlechte Gewissen wiegt ohnehin schon schwer auf meinen Schultern.

So ganz überzeugt wirkt Marie nicht. Sie gibt ein »Hm« von sich, bevor sie sich räuspert. »Soll ich Ihnen etwas anderes bringen?«

»Nein, alles in Ordnung.« Zum Beweis schiebe ich mir ein Stück French Toast in den Mund.

Eine steile Falte bildet sich auf Maries Stirn, aber sie nickt und kümmert sich um einen anderen Gast. Mit einem Mal schmeckt das süße Frühstück bitter. Wenn Emma dieses Gericht zubereitet hat, war sie wohl nicht ganz bei der Sache. Und die Vorstellung, dass das meine Schuld ist, verfinstert meine Stimmung noch mehr.

Um den Kopf freizubekommen, gehe ich eine Runde spazieren. Immerhin habe ich noch etwas Zeit, bis die Besprechung mit Emma stattfindet.

Dabei fällt mir auf, wie friedlich die Gegend ist. Ein riesiges Wellnesshotel, wie die Gruppe von Herrn Schwander es aufziehen würde, passt nicht hierher. Wobei Emma etwas wie Massagen in ihr Angebot aufnehmen könnte. Auf diese Idee bin ich bereits beim Treffen mit Mercedes gekommen. Zumindest dazu war der Abend mit ihr gut. Ich werde Emma diesen Vorschlag unterbreiten. Es könnte ihr wirklich helfen.

Auf dem Rückweg fällt mir ein Auto auf, das nicht an diesen Ort passt. Ein ziemlich protziger Lamborghini parkt am Straßenrand, ein Stück vom Hotel entfernt. Somit kann es kein Gast sein, denn der Hotelparkplatz ist groß genug. Obwohl die Zimmer gut gebucht sind, sind noch Plätze frei. Das Kennzeichen des Wagens stammt aus meiner Stadt und damit erregt er noch mehr meine Aufmerksamkeit.

Als ich mich ihm nähere, wird der Motor gestartet und durch die getönten Scheiben kann ich den Fahrer nicht erkennen, bevor das Auto davonrast.

Seltsam. Vielleicht sollte ich versuchen, über das Kennzeichen mehr herauszufinden, wenn ich wieder im Büro bin. Ich notiere es mir und kehre in das Hotel zurück.

Der Besprechungsraum ist noch leer, also suche ich mir einen Platz und fahre meinen Laptop hoch. Ein Räuspern lässt mich aufblicken und mein verräterisches Herz schlägt schneller, als ich Emma an der Tür entdecke. Warum muss ich ausgerechnet für sie mehr empfinden, als gut für mich ist?

Emma trägt keine Kochjacke mehr, sondern eine Bluse mit einem nach Tracht aussehenden Blazer darüber. Darin sieht sie zum Anbeißen aus und ich schaffe es nicht, meinen Blick abzuwenden, obwohl ich es sollte. Der Ausdruck auf ihrem Gesicht und die stumpf wirkenden Augen brechen mir das Herz. Das Feuer, das sie sonst ausstrahlt, scheint erloschen zu sein. Meinetwegen.

»Herr Zeller entschuldigt sich für heute«, sagt sie, ohne ihren Platz zu verlassen. »Er hat einen familiären Notfall und kann deswegen nicht hier sein.«

»Verstehe«, erwidere ich ruhig, obwohl mir die Vorstellung, den Tag allein mit ihr zu verbringen, nicht behagt. »Sollen wir trotzdem beginnen?«

Sie nickt zwar, hält aber die Türklinke umklammert und bewegt sich auch sonst nicht. Ihr Blick ist auf einen Punkt direkt vor mir gerichtet, als würde sie es nicht ertragen, mich anzusehen.

»Dann hole ich meine Unterlagen.« Nun lässt sie die Tür los und verschwindet aus meinem Blickfeld.

Zurück im Raum wählt sie einen Platz seitlich von mir und beginnt, über die Zahlen zu sprechen. Ihre Stimme ist dünn und wirkt zittrig, aber Emma kämpft sich tapfer durch die Pläne, die sie gemacht hat. Genau, was ich erwartet habe.

Irgendwann bringt Marie uns Brötchen, die weder Emma noch ich anrühren. Am frühen Nachmittag sind wir mit allen Themen durch.

»Hast du sonst noch Fragen?« Immerhin ist sie nicht zum Sie übergegangen, wenn wir allein sind.

»Nur einen Vorschlag«, erwidere ich.

Emma hebt den Blick und richtet ihre dunklen, seltsam leeren Augen endlich auf mich. Sie bedeutet mir weiterzusprechen. Also räuspere ich mich.

»Ihr habt hier ungenutzte Räume, die man mit einem geringen Investment umbauen und für Massagen nutzen könnte. Du musst kein besonders großes Angebot an Behandlungen aufnehmen, aber es wäre eine zusätzliche Einnahmequelle.«

»Darüber habe ich schon länger nachgedacht«, meint sie mit einem Nicken. »Aber zusätzliche Ausgaben sind nicht machbar. Vor allem zu diesem Zeitpunkt nicht, wo das Damoklesschwert mit der Zwangsversteigerung über mir schwebt.«

»Ich meine auch nicht jetzt. Aber später. Du wirst ohnehin den Kredit aufstocken müssen. Die Hotelzimmer sind zwar gut gepflegt, aber sie alle können einen neuen Anstrich und modernere Möbel vertragen. Der Pool müsste erneuert werden, dabei könntest du eine Dampfsauna einbauen und ...«

Sie hebt eine Hand. »Sei ehrlich zu mir«, fordert sie und ihre Augen bohren sich in meine. »Welche Bank auf dieser Welt würde mir in der momentanen Situation einen weiteren Kredit geben, um all das zu bewerkstelligen?«

Ich schweige und mustere sie, überschlage in Gedanken die Summe, die nötig wäre, um all diese Projekte anzugehen.

»Das habe ich mir gedacht«, fährt Emma fort, da ich nicht antworte. »Wir werden also eher kleine Brötchen backen. Eine Sache nach der anderen modernisieren. Es ist dir vielleicht nicht aufgefallen, aber die Küche ist älter als wir beide zusammen. Ich habe immer nur ausgetauscht, was sich nicht mehr reparieren ließ. Moderne Geräte wie einen Pacojet oder einen Sous-Vide-Garer konnte ich nie anschaffen.«

Sie atmet geräuschvoll aus und verschränkt die Hände auf dem Tisch.

»Also selbst wenn du uns den Kredit nicht kündigst, werde ich kämpfen müssen. Das wird kein Spaziergang.« Mit zitternden Fingern streicht sie sich eine Strähne aus der Stirn. »Darf ich ehrlich sein, zu Philipp, dem Mann, mit dem ich geschlafen habe, und nicht zu Herrn Senoner, dem Bankier, der über meine Zukunft entscheidet?«, fragt sie nach einem Moment des Schweigens.

Ich klappe den Laptop zu und löse meine Krawatte. »Philipp ist ganz Ohr«, versuche ich, die Stimmung zu lockern. Aber Emma ist immer noch angespannt, scheint um Worte zu ringen und Tränen zurückzudrängen. Der Anblick fühlt sich an wie ein Messerstich ins Herz.

»Ich weiß nicht, ob ich die Kraft dazu habe«, sagt sie so leise, dass ich es kaum hören kann. »Im Hotel zu arbeiten, war immer mein Traum, aber sobald ich ein Loch stopfe, bricht ein neues auf.«

Sie fährt sich mit beiden Händen über das Gesicht.

»Das war ein Fehler«, murmelt sie zwischen ihren Fingern. »Ich hätte das nicht aussprechen sollen. Glaub mir, ich wollte sicher nicht dein Mitleid erregen oder dir zeigen, wie schwach ich bin. Vergiss, was ich gerade gesagt habe. Wir haben bei deinen Vorschlägen für die Renovierung aufgehört zu reden und sind jetzt wohl fertig.«

Emma sammelt ihre Unterlagen zusammen und steht auf. Ich erhebe mich so schwungvoll, dass mein Stuhl beinahe umkippt, und hole sie ein, bevor sie die Tür erreicht.

»Warte.« Ich lege eine Hand auf die Türklinke, bevor sie es tun kann.

Sie starrt auf meine Finger und schluckt schwer, ehe sie mir ins Gesicht sieht.

»Ich glaube weder, dass du mein Mitleid erregen wolltest, noch, dass du schwach bist. Du bist vermutlich der stärkste Mensch, den ich kenne. Die meisten in deiner Lage hätten das Hotel vermutlich verkauft in der Hoffnung, mit einem blauen Auge davonzukommen. Aber du wolltest kämpfen. Und nur dieser Kampfgeist hat mich davon überzeugt, dir und dem Genusshotel Langhauser eine Chance zu geben. Nicht die Aussicht darauf, die Nächte mit dir zu verbringen, obwohl das mehr als reizvoll ist.«

Ihre Augen schimmern verräterisch und sie presst die Lippen zu einem schmalen Strich zusammen. Alles in mir will sie jetzt in den Arm nehmen, damit sie die Stirn an meine Schulter lehnen und sich dort ausweinen kann. Aber ich darf das nicht. Sonst erschaffe ich wieder diese Nähe, die uns beide zerstören wird.

Sie räuspert sich und wischt sich mit dem Handrücken über die Nase. »Ich habe heute Abend frei«, sagt sie mit erstaunlich fester Stimme.

»Und das teilst du mir mit, weil du unser Arrangement fortführen willst?«, hake ich nach und bevor sie antworten kann, füge ich hinzu: »Obwohl es nie etwas anderes sein wird als Sex?«

Alle Weichheit verschwindet aus ihrer Miene. »War es denn je etwas anderes?«, fragt sie frostig. »Mit dir zu schlafen, tut mir gut. Und im Moment kann ich alles, was mich die Misere hier vergessen lässt, gebrauchen.«

Ganz überzeugt bin ich nicht, trotzdem stimme ich zu.

»Wann soll ich bei dir sein?«, frage ich.

»Gegen acht«, antwortet sie und starrt die geschlossene Tür an. »Lass dich von niemandem erwischen.«

Auf dem Weg zu Emmas Haus mache ich Umwege und ringe mit mir selbst. Sie hat gesagt, dass es ihr guttut, wenn wir Sex haben, genau wie mir. Auch wenn ich vermute, dass sie sich mehr wünscht als das. Ich muss ihr klarmachen, dass sie Glück hat, wenn ich aus ihrem Leben verschwinde. Doch wie gehe ich das am besten an? Und wie schaffe ich es, dass ich selbst daran glaube?

Immer wieder sage ich mir, dass ich der Falsche für Emma bin. Sie braucht jemanden, der ihr Halt geben kann, und niemanden wie mich, der so viel Ballast in eine Beziehung mitbringt, dass sie zum Scheitern verurteilt ist. Aber diese Leidenschaft in ihr zieht mich magisch an und ich will zumindest in den nächsten Wochen noch ein wenig von der Süße kosten, die Emma verspricht. Selbst dann, wenn es den Abschied nur noch schmerzhafter für mich macht.

Als ich an der Tür läute, nehme ich die Details an ihrem Haus wahr. Es ist klein, gut gepflegt und wirkt gemütlich. Ein Ort, an dem man sich zurückzieht und wohlfühlt. Damit passt es perfekt zu ihr. Sie gehört hierher, in dieses ruhige Leben mit dem Hotel. Ganz sicher nicht in das Haifischbecken, das mein Leben nun einmal ist.

Wieder bekräftige ich gedanklich, dass ich das einzig Richtige tue. Wenn ich jetzt noch die Stärke hätte, mich ganz von ihr fernzuhalten und sie aus meinen Gedanken zu vertreiben, würde vielleicht auch das schlechte Gewissen abklingen.

Emma öffnet die Tür in dem Moment, als ich überlege zu gehen, und wirkt angespannt. Sie trägt immer noch Jeans und Bluse, aber beides sitzt unglaublich gut an ihrem Körper und betont genau die richtigen Stellen.

»Komm rein.« Sie tritt zur Seite, damit ich an ihr vorbeikomme.

Auch für mich ist diese Situation seltsam. Ich verabrede mich eher selten mit Frauen für so etwas. Entweder treffen wir uns irgendwo und landen dann spontan bei einem von uns beiden oder es ist ein klassischer One-Night-Stand.

»Wein?«, fragt Emma, als wir in der Küche angekommen sind.

»Ja bitte.« Ich sehe ihr zu, wie sie den schweren Rotwein, den sie mir schon einmal angeboten hat, in zwei Gläser einschenkt.

Gestern hat sie mich verführt, indem sie sich ausgezogen und ihre Haare aufreizend ausgeschüttelt hat. Heute wirkt sie dazu zu nervös. Vielleicht kann der Wein uns beide lockerer machen.

Emma erhebt unvermittelt das Wort. »Du reist morgen ab?«

»Ja, ich habe ein paar Dinge zu erledigen. Und ich kann dir natürlich nicht sagen, wann ich wiederkomme.«

»Ist klar.« Sie nippt an ihrem Wein. »Aber du kommst wieder?«

Es schwingt etwas in ihrer Stimme mit, das ich nicht einordnen kann. Hoffnung vielleicht oder Enttäuschung.

»Ganz sicher«, verkünde ich und stelle das Weinglas ab.

Dieser Moment ist anders als der gestern. Das zwischen uns ist anders und ich weiß nicht recht, wie ich mit der Situation umgehen soll.

Ich darf Emma nicht küssen, sonst bin ich verloren. Aber sie jetzt auf die Arbeitsfläche zu setzen, ihre Jeans runterzureißen und sie zu nehmen, fühlt sich so unendlich falsch an.

Wann habe ich aufgehört zu wissen, wie man unverbindlichen Sex hat? Und wieso ist es mir wichtig, dass Emma nicht nur eine von vielen ist, obwohl sie das sein sollte?

Emma trinkt ihr Glas aus und stellt es neben meines. Dann bewegt sie sich auf mich zu. Jeder Schritt lässt mein Blut in südlichere Regionen wandern.

Ob Emma weiß, wie sexy sie ist, selbst wenn sie so angespannt wirkt?

Ihre Hände landen an meinen Hüften. Sie beißt sich auf die Unterlippe und sieht mir in die Augen, während ihre Finger über meinen Gürtel streichen. Bevor ich sie berühren kann, öffnet sie meine Hose und geht langsam auf die Knie, hält dabei weiterhin Blickkontakt.

»Was wird das?«, frage ich.

Die Hose ist bereits zu Boden gerutscht und Emma streichelt mich durch den Stoff der Boxershorts. Ich bin jetzt schon so hart, dass es wehtut und ich mich nur aus der Kleidung befreien will. Ihre Berührungen lassen mich um Atem ringen und ihr intensiver Blick bringt mich um den Verstand. Da ist es wieder, das Feuer, das ich vermisst habe.

»Du weißt, was das wird«, raunt sie.

Mit den Fingern gleitet sie unter den Bund der Boxershorts und schiebt sie hinunter. Emma sieht mir immer noch in die Augen, als sie meinen Schaft mit ihrer Hand umfasst und die Lippen öffnet. Sie nimmt mich tief in ihren Mund auf und ich atme geräuschvoll aus, als sie mich wieder herausgleiten lässt und an meiner Spitze saugt.

Mit der Hand massiert sie mich, lässt meinen gesamten Schaft immer wieder tief in ihren Mund gleiten, bevor sie über meine Eichel leckt und anschließend daran saugt.

»O Gott, Emma.« Ich halte mich an ihren Schultern fest.

Sie sieht immer noch zu mir auf, beobachtet jede Regung. Ihre Hand bewegt sich schnell und das Gefühl, von ihrem Mund verwöhnt zu werden, lässt meine Knie weich werden.

»Ich komme gleich«, sage ich, doch Emma saugt weiter.

Ich kann das Stöhnen nicht unterdrücken, als das Feuerwerk in meinem Körper gezündet wird und ich in ihrem Mund komme. Ihre Bewegungen werden langsamer, aber immer noch massiert sie mich mit ihren Lippen und ihrer Hand, lässt mich um Atem ringen und nach Halt suchen.

Ich senke den Blick und begegne ihren Augen, als sie mich freigibt und noch einmal über meine Spitze leckt. Ehrlich, ich habe schon öfter einen Blowjob bekommen, aber keiner hat sich so angefühlt wie dieser hier.

Zögerlich lege ich eine Hand an ihre Wange und Emma lehnt sich hinein. Ich frage mich, wie genau sie das entspannen soll, wenn sie mir einen Höhepunkt bereitet.

Emma hebt eine Augenbraue. »Für dich ist es doch auch erregend zu sehen, wie ich komme.«

Offensichtlich habe ich meine Worte laut ausgesprochen.

»Ich wollte schon längst vor dir auf die Knie gehen und dich verwöhnen. Und es ist unglaublich heiß, wie du um Fassung ringst und dich dann fallen lässt.«

Das Lächeln auf ihren Lippen ist echt, als sie aufsteht, sich Wein nachschenkt und an dem Glas nippt. Emma keucht, als ich sie von hinten umfasse und meine Hände in ihre Hose schiebe.

»Stell das Glas weg, wenn du keine Weinflecken willst«, knurre ich und reiße den Knopf ihrer Jeans auf, damit ich mehr Platz habe.

Sie stellt das Glas auf die Arbeitsfläche und schiebt es weg. Dann umklammert sie die Kante und öffnet ihre Beine für mich. Ich lasse einen Finger in sie gleiten und ihre Feuchtigkeit umgibt mich.

»Der Anblick muss dich sehr erregt haben«, raune ich in ihr Ohr.

»Sehr«, erwidert sie heiser und stöhnt, als ich einen zweiten Finger in sie schiebe.

Mit meiner freien Hand massiere ich ihre Brust und Emma lehnt sich an mich. Ihre Augen sind geschlossen, ihre Lippen geöffnet. Obwohl ich gerade gekommen bin, lodert ein Verlangen in mir auf, das ich nicht zurückdrängen kann.

Mein Blick fällt auf ihre Handtasche und ich bugsiere uns dorthin, zerre die Kondompackung heraus und streife mir eines über.

Emma kämpft sich inzwischen aus der Jeans und drängt ihr perfektes Gesäß an mich. Noch bin ich nicht ganz bereit, aber das hält mich nicht davon ab, ihre Pobacken zu spreizen und mit meiner Spitze über ihre Mitte zu streichen.

»Beug dich nach vorn«, fordere ich sie auf.

Sie hält sich wieder an der Kante der Arbeitsfläche fest und lässt den Oberkörper sinken. Dabei hebt sie ihr Becken an und nimmt mich in sich auf. Ich umfasse ihre Hüften und stoße fester zu.

Ihr Stöhnen und ihre Enge bringen mich beinahe um den Verstand, während ich meinen Rhythmus suche. Sie wölbt den Rücken, sodass ich noch tiefer in sie eindringen kann. Als sie sich auf die Zehenspitzen stellt, keucht sie und verkrampft die Finger.

Ich werde langsamer, aus Angst, ihr Schmerzen zuzufügen.

»Hör nicht auf«, wimmert sie. »Bitte.«

Ich knurre und stoße wieder fester zu. Emma atmet heiser aus und bohrt ihre Nägel in die Arbeitsfläche.

Sie drückt den Rücken durch und stöhnt meinen Namen, während sie zu beben beginnt. Das Pulsieren um mich treibt mich zu meinem eigenen Höhepunkt, der mich sämtliche Beherrschung verlieren lässt. Ich stoße fester zu, umfasse Emmas Hüften und presse meine Lippen an meine eigene Schulter, um das Stöhnen zu dämpfen.

Meine Beine fühlen sich an, als wäre ich einen Marathon gelaufen, während mein ganzer Körper prickelt. Einen Moment ringen wir nur um Atem. Emma klammert sich noch immer an die Arbeitsfläche und wirkt, als würde sie sonst ertrinken. Ich halte mich an ihr fest, weil ich meinen Beinen nicht traue.

Erst nach einigen tiefen Atemzügen ziehe ich mich aus ihr zurück. Mit wackeligen Schritten stelle ich mich neben sie, während Emma sich aufrichtet. Ihre Wangen glühen und ihre Haare sind zerzaust. Ich habe sie noch nie so begehrenswert gefunden wie in diesem Moment.

»Möchtest du noch ein Glas Wein?«, fragt sie, während sie ihre Hose hochzieht und schließt.

»Ich sollte gehen«, erwidere ich, obwohl ich lieber bleiben würde. Aber ich muss das durchziehen. Also schlüpfe ich in meine Kleidung und fahre mir durch die Haare.

»In Ordnung«, murmelt sie und ringt sich ein Lächeln ab, das ihre Augen nicht erreicht.

Sie bringt mich zur Tür und öffnet sie für mich. Bei jedem Schritt wird mir bewusst, wie falsch ich mich gerade verhalte. Wie wenig Emma so etwas verdient. Ein Mann sollte sie auf Händen tragen. Aber ich bin der Falsche für sie und das soll sie erkennen, selbst wenn ich mich ab jetzt nicht mehr im Spiegel ansehen kann.

»Bis morgen«, sage ich und kann mich gerade noch davon abhalten, mich zu ihr zu beugen und einen Kuss auf ihre Lippen zu hauchen.

»Gute Nacht«, erwidert sie und schließt die Tür, nachdem ich hinausgetreten bin.

Ich bleibe wie angewurzelt stehen und schiebe meine zu Fäusten geballten Hände in die Hosentaschen.

Das ist doch irrsinnig. Sie will mich, ich will sie. Der Kredit ist so gut wie bewilligt, weil ich wirklich denke, dass ihr Konzept aufgeht, und ich es belegen kann.

Was mache ich also gerade? Wieso gehe ich nicht wieder hinein und erkläre ihr, wie das mit uns laufen könnte, wenn wir uns darauf einlassen wollen? Ich quäle uns beide unnötig.

Vielleicht sprechen auch gerade die Endorphine aus dir, gibt eine Stimme in mir zu bedenken. *Schlaf darüber. Entscheide jetzt nichts, was ihr beide bereuen könntet.*

Es stimmt, vielleicht bin ich durch den Sex verwirrt. Jetzt ist nicht der Moment für diese Art von Gespräch. Also stoße ich den Atem aus, den ich gehalten habe, seit Emma die Tür geschlossen hat, drehe mich um und gehe durch die Dunkelheit zum Hotel zurück.

19
Emma

Es ist seltsam, Philipp gegenüberzusitzen. Er verschanzt sich hinter seinem Laptop und unterhält sich eigentlich nur mit Herrn Zeller über die Steuererklärungen und Abgaben.

Ich werde aus Philipp nicht schlau. Vorgestern hat er mich von sich gestoßen. Gestern Nachmittag wollte er mich trösten, als ich ihm von meinen Ängsten erzählt habe. Am Abend konnte er dann gar nicht schnell genug verschwinden. Wie es bei einem One-Night-Stand wohl üblich ist.

Ich habe nie vergessen, welche Vereinbarung wir getroffen haben. Und trotzdem habe ich den Fehler begangen, mich in ihn zu verlieben. Wie konnte ich mir nur einbilden, dass von seiner Seite aus mehr da sein könnte als das, was wir ausgemacht haben? Dennoch ist sein Verhalten nicht stimmig. Die Blicke, die er mir zuwirft, der Trost, den er mir spendet. Das passt alles nicht zu vorgestern Abend ...

»Frau Langhauser?«, reißt mich Herr Zeller aus den Gedanken.

»Entschuldigung, was haben Sie gesagt?«

»Ob Sie noch etwas von mir benötigen«, antwortet mein Steuerberater. »Ich wäre mit meinen Themen durch.«

Einen Moment wandert mein Blick zu Philipp, dessen Mundwinkel zucken, bevor er den Kopf unauffällig schüttelt.

Dann räuspere ich mich. »Nein, ich denke, im Moment brauche ich nichts.«

»Gut, dann verabschiede ich mich«, sagt Herr Zeller und ich bringe ihn zur Tür.

»Danke für Ihre Unterstützung.«

»Jederzeit«, entgegnet er, schüttelt meine Hand und geht.

Ich schließe die Tür hinter ihm und lehne meine Stirn an das kühle Holz.

»Wo warst du während des Gesprächs mit deinen Gedanken?«, will Philipp wissen, der mit einem Mal dicht hinter mir steht.

Jedes Haar an meinem Körper richtet sich auf, weil mir seine Nähe einen Schauer über den Rücken jagt. Wieso fühle ich mich ausgerechnet zu ihm hingezogen, obwohl ich weiß, dass er mir wehtun wird?

Langsam drehe ich mich zu ihm um und halte seinem forschenden Blick stand, obwohl meine Knie weich werden und ich lieber meine Hände in seinem Nacken verschränken würde, als damit über meine Bluse zu streichen. »Bei der Menüplanung für nächste Woche«, sage ich.

Er hebt eine Augenbraue. »Und jetzt die Wahrheit.«

»Wie kommst du darauf, dass das nicht die Wahrheit ist?«, frage ich unsicher.

»Weil deine Mimik dich verrät.«

»Das musst du mir erklären.«

Mein Magen zieht sich zusammen, während Philipp mich mustert. Hat er es so erfahren? Also, was ich für ihn empfinde? Weil er mich lesen kann? Verflucht, wieso habe ich kein Pokerface wie er?

Philipp atmet geräuschvoll aus. »Wenn du schwindelst, blinzelst du oft und deine Nasenflügel blähen sich, als hättest du Angst, dass man deine Lüge riechen kann.«

»Was?« Betreten lege ich eine Hand über die Nase. »So was fällt dir auf?«

»Sieht so aus«, meint er mit einem Schulterzucken. »Also, woran hast du gedacht?«

»Unwichtig«, entgegne ich und will zum Tisch zurück.

Aber Philipp stellt sich mir in den Weg. »Und du schwindelst schon wieder.«

»Was willst du denn hören?«, frage ich aufgebracht und senke dann meine Stimme. »Dass ich überlege, was geschehen ist, weil du bei deiner Abreise letzte Woche ganz anders warst als bei deiner Ankunft vorgestern? Oder dass ich nicht verstehe, warum du erklärst, unsere Beziehung sei nichts als Stressabbau miteinander. Gleichzeitig sorgst du dich um mich und erkennst sogar, wenn ich lüge, was mir verrät, dass du mich intensiver beobachtest, als ich bisher angenommen habe. Ich kann dir also nicht vollkommen gleichgültig sein und ...«

»Stopp.« Er fährt sich durch die Haare. »Du bist mir nicht gleichgültig, obwohl du es sein solltest.«

»Was meinst du damit?« Mein Herz schlägt mit einem Mal so laut, dass ich fürchte, seine Erklärung zu überhören.

Philipp presst die Lippen fest aufeinander und holt tief Luft. »Es hat keinen Sinn, das zu leugnen, weil ich nicht allein entscheiden kann, wie es nach nächster Woche weitergeht.«

Erst jetzt wird mir bewusst, dass die Frist der Bank nächsten Sonntag abläuft. Zwei Tage nach der Maier-Hochzeit entscheidet sich, ob ich das Hotel behalten kann oder nicht. Und danach ist Philipps Arbeit hier beendet.

Bei dem Gedanken wird meine Brust eng. Ich könnte beides verlieren. Philipp und das Hotel. Am selben Tag.

»Emma«, sagt Philipp leise und ich kehre aus meinen dunklen Visionen zu ihm zurück. »Ich fühle mich zu dir hingezogen. Nicht nur körperlich.«

Erst begreife ich seine Worte nicht, dann lächle ich, während jede Faser meines Körpers prickelt. Aus Philipps Mund ist das quasi ein Liebesgeständnis. Also habe ich mir doch nichts eingebildet.

Ich öffne den Mund, um ihm zu sagen, was ich empfinde, da lässt er die Schultern sinken.

»Das wäre unter normalen Umständen schon schwierig, aber so, wie die Dinge liegen, ist es unmöglich, dass mehr aus uns wird.«

»Und warum?«, bringe ich heraus, obwohl meine Zunge sich so schwer wie Blei anfühlt.

»Wir passen doch gar nicht zusammen«, sagt er schnell und mein Herz bleibt beinahe stehen. »Ich lebe in einer Großstadt, habe kaum eine freie Minute durch meinen Job. Und du ...«

»Ich bin eine Landpomeranze und drehe den ganzen Tag Däumchen«, schlage ich schnaubend vor und verschränke die Arme vor der Brust.

»Nein«, erwidert er hastig und schluckt. »Darauf wollte ich nicht hinaus. Aber du passt nicht in meine Welt und ich nicht in deine.«

»Oh«, mache ich und Wut steigt in mir auf. »Und was genau bringt dich zu dem Schluss, wenn ich fragen darf?«

»Zum einen meine Herkunft«, murmelt er. »Die Familie, aus der ich stamme, ist ziemlich elitär.«

»Aha.« Ich merke, wie bittere Galle meinen Hals hochkriecht. Will er mir sagen, dass ich nicht gut genug für ihn bin? Weil ich nicht aus einer elitären Familie stamme?

»Ich glaube, du missverstehst mich.« Philipp seufzt.

Er hebt seine Hände, als wollte er sie auf meine Schultern legen, aber ich weiche zurück. Also lässt er sie sinken, genau wie seinen Kopf.

»Damit will ich nicht ausdrücken, dass etwas mit dir nicht stimmt«, erklärt er geknickt. »Du bist wunderbar, Emma. Du versprühst Leidenschaft bei allem, was du tust. Du kämpfst und lächelst, ganz gleich wie schwierig dein Leben ist. Und dass du attraktiv bist, muss ich nicht extra erwähnen, oder?«

Philipp macht einen Schritt auf mich zu und diesmal bleibe ich stehen, sehe ihm in die goldenen Augen, die seltsam traurig wirken. Er legt seine Hände an mein Gesicht und streicht mit dem Daumen über meine Lippen.

»Ich habe mir das in den letzten Tagen so oft durch den Kopf gehen lassen«, raunt er. »Am klügsten wäre es, wir würden uns nicht mehr sehen.«

Bei seinen Worten bildet sich ein eisiger Klumpen in meinem Magen und Angst prasselt wie ein eiskalter Schauer auf meine Haut. Ich will nicht, dass er aus meinem Leben verschwindet. Er soll bei mir bleiben. Ganz gleich was zwischen uns steht, wenn wir zusammenhalten, können wir es überwinden.

»Ich wünschte, ich könnte nur einmal in meinem Leben etwas nur für mich machen, Emma. Nichts, was meine Familie erwartet, sondern etwas, das ich wirklich möchte«, flüstert er und klingt erschöpft. »Verstehst du das?«

Ich blicke ihm in die Augen, wünsche mir, ich könnte verstehen, was in ihm vorgeht. Ihm erklären, dass mich meine Gefühle auch überraschen, aber ich riskieren will, mich auf ihn einzulassen. Doch nichts davon kann ich ihm gestehen.

»Philipp«, ringe ich mir verzweifelt ab und lege meine Hände an seine Unterarme.

Er stößt den Atem aus und schließt die Augen. Dann beugt er sich nach vorn und seine Lippen berühren meine für einen Herzschlag. Die Geste ist schüchtern, zärtlich, voller Sehnsucht und genügt, um meinen ganzen Körper mit einer Gänsehaut zu überziehen..

Als er sich zurückzieht, fährt er mit der Zunge über seine Lippen und seufzt.

»Ich brauche kurz frische Luft«, verkündet er und lässt mich los.

Bevor ich ihn aufhalten kann, ist er aus dem Raum gestürmt. Ich schlinge die Arme um mich und stolpere auf meinen Platz zurück. Als ich in den Stuhl sinke, zittern meine Hände und ich presse sie auf den Tisch.

Meine Gedanken drehen sich heftig um eine einzige Frage. Kann es sein, dass Philipp genauso viel für mich empfindet wie ich für ihn? Es muss so sein. Dieser Kuss ...

Ich führe die Fingerspitzen an meine Lippen, die sich noch immer warm von seiner Berührung anfühlen. Erinnerungen bahnen sich ihren Weg. An den Moment, als er mich gebeten hat, bei ihm zu bleiben. An die Nachricht, die er mir nach unserer gemeinsamen Nacht hinterlassen hat. Das Lächeln auf seinem Gesicht, als ich ihm den Schokoladenkuchen serviert habe. Die Eifersucht gegenüber Jan ... Vielleicht will er es sich selbst nicht eingestehen, aber er ist kein abgebrühter Typ, der eine Frau einfach fallen lässt, wenn er bekommen hat, was er wollte.

Mit einem Mal wird mir klar, dass ich wirklich bereit bin, um diese Chance zu kämpfen. Weil hinter Philipps undurchdringlicher Fassade ein einfühlsamer Mann steckt, der gleichzeitig stark ist. Ein Partner, dem ich auf Augenhöhe begegnen kann und der mich nicht ausnutzt oder belächelt, sondern ernst nimmt.

Ich schlage mit der flachen Hand auf den Tisch und straffe die Schultern. Wenn er zurückkommt, werde ich ihm alles sagen.

Ihm erklären, dass er mir in den wenigen Tagen, die er fort war, gefehlt hat. Dass mein ganzer Körper kribbelt, wenn er lächelt. Und dass ich auf ihn warte, bis er die Prüfung des Hotels abgeschlossen hat. Weil wir sonst wirklich ein Unglück heraufbeschwören könnten.

Gerade lege ich mir meine Worte zurecht, als sein Handy aufleuchtet, das direkt vor mir liegt. Betreten will ich wegsehen, weil ich ein Bild erkenne, das mich an einen nackten Frauenkörper erinnert, aber ich frage mich, wer ihm so etwas schickt.

Mit zitternder Hand ziehe ich das Gerät näher an mich heran, auch wenn ich weiß, dass ich das lassen sollte.

Auf dem Foto sind nackte Brüste und der Ansatz des Schamhügels einer ziemlich schlanken Frau zu erkennen. Darüber steht:

<u>*M*</u>

Ruf mich an, wenn du zurück in der Stadt bist. Ich kann es nicht erwarten, bis du mich wieder berührst und mir erneut deine Liebe gestehst. M

Knirschend zerbricht etwas in mir. Wie in Trance schiebe ich das Handy weg und versuche zu atmen. Aber es gelingt mir nicht, weil meine Brust so sehr schmerzt.

Alles, was gerade zwischen Philipp und mir geschehen ist, ergibt keinen Sinn mehr. Warum diese Zärtlichkeit, diese Verzweiflung, wenn er doch eine andere ... liebt?

Ich kneife die Lider zu und versuche, die Vorstellung von ihm mit ihr zu verbannen. Übelkeit steigt in mir hoch und ich schlucke dagegen an. Wie konnte ich mich so in Philipp täuschen?

Niemals hätte ich gedacht, dass Philipp so etwas macht. In meinen Augen war er immer aufrichtig, hat sich nicht wie ein Aufreißer verhalten. Da war eine Wärme an ihm, die mir Hoffnung gemacht hat, als ich sie für verloren hielt. Habe ich mich wirklich so geirrt? Wollte ich mir einreden, dass er anders ist?

Wenn er doch in festen Händen ist, wozu das alles mit mir? Warum dieser Kuss und das Gespräch? Dieses Schauspiel, dass es für ihn schwierig sei? Es muss doch ganz einfach sein, da nächste Woche alles vorbei ist. Er steigt dann in sein Auto, fährt weg und ich sehe ihn nie wieder. Damit sind all seine Sorgen gelöst.

Als die Tür aufgeht, öffne ich die Augen, sehe aber nicht hin, sondern knete meine Finger, bis Philipp neben mir steht.

»Entschuldige«, sagt er ruhig. »Ich musste mir über etwas klar werden.«

Er zieht den Stuhl neben mir zurück und macht Anstalten, sich darauf zu setzen.

»Wer ist M?«, frage ich und Philipp hält in der Bewegung inne.

»M?«

»Die Frau, die dir Fotos von ihrem nackten Körper schickt und auf deine Rückkehr wartet.« Ich schlucke die Bitterkeit in meinem Mund hinunter. »Und die du offensichtlich liebst.«

»Was?«, fragt er und etwas schwingt in seiner Stimme mit, das ich nicht zuordnen kann. Zorn vielleicht oder Frust.

Ich nehme sein Handy und schiebe es ihm hin. Das Display leuchtet und Philipp gibt ein Stöhnen von sich. »Nicht schon wieder«, sagt er und dreht das Handy um. »Hör zu, es ist nicht das, wonach es aussieht.«

Langsam wende ich ihm den Kopf zu, sehe ihn aber nicht direkt an. »Sagst du vielen Frauen, dass du sie liebst?«

Ich höre Kiefer knacken und riskiere es, ihm ins Gesicht zu blicken. Seine Miene ist finster und seine Augen wirken mit einem Mal kalt.

»Du weiß nicht, was zwischen Mercedes und mir gelaufen ist«, knurrt er förmlich. »Und es geht dich in Wahrheit auch nichts an.«

»Wenn du in einer Beziehung bist, wieso dann unser Arrangement? Hätte ich gewusst, dass du vergeben bist, hätte ich nie …«

»Danach hättest du mich an unserem ersten Abend fragen müssen. Aber da wolltest du es nicht wissen.«

»Wir waren beide betrunken! Und ich bin nicht so geübt in solchen Dingen wie du.«

Er hebt die Mundwinkel, aber das Lächeln wirkt gefährlich. »Du hattest aber die Möglichkeit, das zu klären, bevor du dich mir an den Hals geworfen hast.«

Seine Worte treffen mich härter, als ich erwartet hätte. Denkt er wirklich so über mich?

»Ich dachte, wir wollten das beide«, entgegne ich und hoffe, es klingt nicht so schwach, wie es sich anfühlt.

»Aber du hättest fragen können, ob ich in einer Beziehung bin«, erwidert er frostig. »Nur was hätte das geändert? Hättest du mich dann nicht gewollt?«

»Ich ... also ...«

Er lehnt sich zurück, während ich irgendwelche Wörter aneinanderreihe.

»Was ich mich auch frage, ist, ob ich dich falsch eingeschätzt habe«, fährt er emotionslos fort. »Ich dachte nicht, dass du an ein fremdes Handy gehen würdest. Hattest du nach unserem ersten Treffen vielleicht einen bestimmten Grund, mir vorzuschlagen, dass wir uns weiterhin treffen?«

»Wovon sprichst du?«

Philipp hebt das Kinn und wirkt mit einem Mal unglaublich arrogant. »Kann es sein, dass du weißt, aus welcher Familie ich stamme?«

Ich balle die Hände zu Fäusten. »Ich habe keine Ahnung, was du jetzt hören willst.«

Er neigt sich nach vorn und seine Augen wirken noch frostiger als vorhin. »Das Bankhaus Kirschner ist eine Privatbank, wie du vielleicht weißt. Es befindet sich seit Generationen im Besitz einer einzigen Familie.«

Er macht eine Pause, in der er mich genau beobachtet. Langsam ahne ich, worauf er hinauswollen könnte. Mein Magen zieht sich zusammen und ich halte den Atem an.

»Nämlich meiner«, spricht er es schließlich aus. Wobei er mir die Worte eher entgegenschleudert.

Das Gewicht, das sich auf meine Brust legt, bringt mich dazu, um Luft zu ringen. Dann öffne ich den Mund und bin nicht sicher, ob wirklich ich es bin, die spricht. »Und du denkst, dass ich bereits an unserem ersten Abend, wusste wer du bist? Selbst wenn, was sollte das für mich ändern?«

Er knallt seine Hand auf den Tisch und ich zucke zusammen. »Was das ändert? Alles, würde ich sagen! Wenn du mich um den Finger wickeln wolltest, weil du von Anfang an wusstest, wer ich bin, dann ... dann ...«

»Ich habe nie versucht, dich um den Finger zu wickeln«, entgegne ich viel zu laut und merke erst, dass ich aufgestanden bin, als der Stuhl hinter mir auf den Boden knallt. »Wir haben die Vereinbarung getroffen, unser Privatleben strikt von dem Kredit und deinen Prüfberichten zu trennen. Und gerade dir schien es sehr wichtig zu sein, diese beiden Welten auseinanderzuhalten.«

»Verdammt richtig«, entgegnet er heftig. »Weil niemand denken soll, dass meine Objektivität durch ein paarmal mittelmäßigen Sex beeinflusst wird.«

»Mittelmäßig?« Ich presse die Zähne so fest aufeinander, dass es knackt. »Dann bist du ein verteufelt guter Schauspieler.«

»Vielleicht sind wir beide hervorragende Schauspieler!« Philipp steht so schwungvoll auf, dass auch sein Stuhl nach hinten kippt. »Ich habe dir nämlich abgenommen, dass dir etwas an mir liegt. Aber wenn du in meinem Handy herumschnüffelst, frage ich mich, ob du nicht von vorneherein alles geplant hast, um dein Hotel zu behalten.«

»Das ist vollkommen lächerlich. Und ich wollte nicht schnüffeln, aber das Bild konnte ich nicht ignorieren!«

»Natürlich. Und die Tatsache, dass ich einmal das Bankhaus übernehmen und ein Vermögen besitzen werde, konntest du auch nicht ignorieren.«

»Dein Geld interessiert mich nicht! Mir ist egal, ob du reich bist oder keinen Cent besitzt. Ich habe mich für dich interessiert.«

Er hebt eine Augenbraue. »Jetzt nicht mehr?«

»Du bist vergeben und denkst offensichtlich, dass ich dir nicht ebenbürtig bin«, antworte ich und schlucke gegen den Kloß in meinem Hals an, als die Erkenntnis in mein Bewusstsein dringt. Das hat er also vorhin gemeint. »Wenn du denkst, dass ich so sehr unter deinem Niveau bin, hat das mit uns vermutlich ohnehin keine Zukunft.«

Seine Züge verhärten sich noch mehr. »Vermutlich nicht.«

Er geht zu seinem Laptop, schließt ihn und packt alles zusammen. Da er geplant hatte, heute abzureisen, befindet sich seine Reisetasche ebenfalls hier und auschecken muss er nicht.

»Es wäre mir recht, wenn wir ab jetzt nur über Herrn Zeller miteinander kommunizieren«, sagt er und meidet meinen Blick.

»Einverstanden«, erwidere ich, obwohl ich das gar nicht bin.

Vorhin noch dachte ich, wir könnten mehr sein als eine reine Bettgeschichte. Aber die Schmetterlinge, die sonst in Philipps Nähe wild in meinem Magen flattern, scheinen alle durch seine Kälte erfroren zu sein. Wie kann er mir unterstellen, ich hätte nur Interesse an ihm, weil er reich ist? Ich denke, es ist besser, wenn ich ihm ab jetzt auch nicht mehr vertraue. Immerhin hat er mit mir die Frau betrogen, die er angeblich liebt.

»Dann wünsche ich Ihnen eine gute Heimreise, Herr Senoner«, bringe ich stocksteif heraus und es kommt mir vor, als würde er zusammenzucken.

Dann richtet er sich auf und betrachtet mich mit der Business-Miene, die er wohl perfektioniert hat in seinem Leben. »Viel Erfolg für die Zukunft, Frau Langhauser. Wir werden uns wohl nicht mehr persönlich begegnen.«

Er schultert seine Laptoptasche und hebt die Reisetasche auf. Einen Moment hält er inne und wir starren uns an.

Sag ihm, dass er bleiben soll!, fordert eine Stimme in meinem Kopf.

Ich wünschte, ich könnte ihr gehorchen. Aber an dem Blick, den Philipp mir zuwirft, erkenne ich, dass meine Worte an ihm abprallen würden.

Mit einem Schnauben setzt er sich in Bewegung und verlässt den Besprechungsraum. Und damit auch mein Leben.

20
Philipp

Ich habe gesagt, ich will die Unterlagen zum Rezina-Antrag, nicht zum Regina-Projekt!«, brülle ich ins Telefon und knalle den Hörer auf den Apparat.

Dann werfe ich den Ordner auf den Tisch und tippe so heftig auf meiner Tastatur herum, dass sie lautstark knackt. Es grenzt an ein Wunder, dass nichts herausbricht bei meinem Anfall.

Als es klopft, halte ich inne. »Was ist?«, blaffe ich viel zu aufgebracht und staune nicht schlecht, als mein Bruder das Büro betritt. Mit einem Brummen erhebe ich mich. »Du hast entweder den Verstand verloren oder es ist etwas Schlimmes geschehen, weil du hier erscheinst.«

Ich umarme Michael, dessen Blick meine innere Tobsucht noch mehr zum Kochen bringt.

»Kann es sein, dass du in letzter Zeit noch weniger schläfst als sonst?«, fragt er.

Ich muss nicht in den Spiegel schauen, um zu wissen, was er meint. Seit ich aus dem Hotel geflüchtet bin, habe ich Ringe unter den Augen, die einem Pandabären Konkurrenz machen könnten. Und so blass, wie meine Haut aussieht, würde ich vermutlich auch als Vampir durchgehen. Aber ich kann nicht schlafen. Immer, wenn ich es versuche, sehe ich Emma vor mir und neben Zorn darüber, was sie mir vorgeworfen hat, nagt Sehnsucht an mir. Warum wir uns so dermaßen in dieses Gespräch hineingesteigert haben und ich – statt die Sache aufzuklären – zum Gegenangriff übergegangen bin, verstehe ich nicht. Aber ich kann es nicht mehr ändern.

»Was führt dich also in die Höhle des Löwen?«, frage ich. »Wenn Mutter dich erwischt …«

»Ich weiß, dass sie heute außer Haus ist.«

»Und woher?«

»Von denselben Leuten, die mir erzählt haben, dass du dich schlimmer als unsere Mutter aufführst, seit du letzte Woche ins Büro zurückgekehrt bist.« Er mustert mich wieder mit diesem nervigen Blick. »Willst du darüber reden?«

»Ich habe keine Ahnung, was du meinst.« Ich deute auf eine Sitzgruppe und nehme mir gedanklich vor, sämtliche Leute, die sowohl mein Bruder als auch ich hier kennen, mit *lustigen* Arbeiten zu bestrafen.

»Nein?«, fragt er, als er Platz nimmt. »Soll ich dir ein wenig auf die Sprünge helfen?« Ich schüttle den Kopf, aber Michael fährt dennoch fort. »Vor bald zwei Wochen hast du mich angerufen und warst vollkommen aufgelöst.«

»Ich war ganz sicher nicht aufgelöst«, brumme ich, was mein Bruder ignoriert.

»Du hast mir von der Hoteleigentümerin erzählt und im Laufe des Gesprächs wurde klar, dass du in sie verknallt bist.« Da ich nicht davon ausgehe, dass Michael einen Einwand akzeptieren würde, schenke ich uns beiden Wasser ein und warte, bis er weiterspricht. »Sonntag beim Brunch hast du allerdings kein Wort darüber verloren. Aus verlässlicher Quelle weiß ich, dass du letzte Woche im Hotel warst, viel zu früh zurückgekehrt bist und dich seitdem wie ein Tyrann verhältst.«

Er mustert mich eingehend. Anstatt etwas zu sagen, hebe ich das Glas an meine Lippen und trinke langsam. Michael wartet, aber ich setze das Glas nicht ab. Von mir wird er kein Wort dazu hören.

»Manchmal frage ich mich, wer von uns der Ältere ist.« Er atmet geräuschvoll aus. »Was ist zwischen unserem Telefonat und heute vorgefallen?«

»Darüber rede ich nicht mit dir.«

»Oh, gut, ich dachte schon, du machst es mir einfach« Er sieht mich finster an. »Dann will ich dir von meiner Vermutung erzählen.«

»Verschon mich«, versuche ich, ihn abzuhalten, aber das wirkt in etwa so gut wie ein Schutzwall aus Wattebäuschen gegen ein Maschinengewehr.

»Du hast kalte Füße wegen dieser Emma, oder wie die Kleine heißt, bekommen und ihr habt euch gestritten. Vermutlich hast du angefangen. Wegen eines vollkommen irrationalen Grunds, damit du eine Ausrede hast, sie abzuservieren. Jetzt bereust du es, kannst es dir aber nicht eingestehen.« Er grinst überheblich. »Habe ich das in etwa richtig getroffen?«

»Nicht dass es wichtig wäre, aber es war anders«, antworte ich und erzähle ihm nun doch von dem Grund unseres Streits und wie er eskaliert ist.

»Wie kommt Mercedes darauf, dass du sie liebst?«, fragt Michael entsetzt.

»Es wäre möglich, dass ich betrunken war, dachte, sie wäre Emma, und ihr meine Gefühle gestanden habe«, erwidere ich mit einem Räuspern.

»Scheiße. Du bist ja ein noch größeres Rindvieh, als ich dachte.«

»Halt die Klappe«, knurre ich. Michael muss nicht wissen, wie sehr mich mein Verhalten gegenüber Emma quält. Ich fummle an meiner Krawatte herum, obwohl sie richtig sitzt. »Es stand immer zu viel zwischen Emma und mir. So ist es für uns beide besser.«

»Du meinst den Kredit? Oder Mutter? Oder die Bank? Das Hotel? Was genau ist es denn, das du für unüberwindbar hältst?«

»Alles davon. Aber das ist unwichtig.«

»Ist es nicht«, entgegnet Michael ruhig. »Weil du dir vielleicht einredest, dass alles genauso gelaufen ist, wie es laufen sollte. Aber ich kenne dich gut genug, um zu wissen, dass du ziemlich angeschlagen bist.«

»Es ist unerheblich, wie es mir geht«, sage ich. Ich verdiene den Kummer, der wie ein bleischweres Gewicht auf meinen Schultern liegt. »Emma wird ihr Hotel behalten. Das ist es, was sie wirklich will. Mutter kann sich nicht einmischen, weil zwischen Emma und mir nichts läuft. Damit sind alle glücklich.«

»Na, Mutter bestimmt nicht. Und du auch nicht.« Mein Bruder bedenkt mich mit einem mitleidigen Blick, den ich nicht leiden kann. »Wenn nichts von dem, was du für unüberwindbar hältst, zwischen euch stünde ... was würdest du wollen?«

»Es steht aber ...«

»Philipp. Sei ehrlich. Was willst du?«

»Emma«, sage ich so schnell, dass es mich selbst überrascht. »Ich würde sie wollen. Aber ...«

»Kein Aber«, fällt Michael mir erneut ins Wort. »Stell dir bitte nur einmal vor, du triffst sie irgendwann gemeinsam mit ihrem Ehemann, Lebensgefährten, was auch immer ...«

Er muss nicht weitersprechen, ich balle bereits die Hände zu Fäusten bei dem Gedanken.

»Siehst du?«, meint er selbstgefällig. »Du hast noch immer Gefühle für sie.«

»Das ändert nichts daran, dass es für uns keine Zukunft gibt«, erwidere ich heftig und stehe auf.

Wie ein Tier im Käfig laufe ich im Büro auf und ab. Ja, ich empfinde noch etwas für Emma und die Eifersucht tobt in mir, wenn ich nur daran denke, dass sie mit jemand anderem zusammen ist. Aber welches Recht habe ich, so zu fühlen? Keines.

»Hast du heute noch Termine?«, fragt mein Bruder und blickt auf seine Uhr.

»Keine festen. Wieso?«

»Weil Mutter heute nicht wiederkommt, es Freitag ist und du ohnehin schon viel zu viele Überstunden hast. Vielleicht solltest du ein Wochenende aufs Land fahren. Zum Erholen und um etwas zu klären.«

»Ich kann nicht.«

»Doch, Philipp. Du kannst. Und du willst. Was hält dich also davon ab?« Michael klappt den Laptop zu, löst ihn aus der Dockingstation, schiebt ihn in die Tasche und reicht sie mir. »Ich war so frei, mich mit dem Zweitschlüssel in deine Wohnung zu lassen und dir Kleidung zu holen. Die Reisetasche steht neben dem Empfang. Dein Handy nehme ich an mich.«

»Wieso?«, hake ich nach.

»Damit dir nicht wieder jemand Nachrichten schicken kann oder Mutter dich terrorisiert. Du brauchst das Wochenende.«

»Emma wird keine Zeit haben. Heute ist eine Hochzeit im Hotel und …«

»Dann wartest du eben geduldig, bis sie mit dir reden will«, unterbricht Michael mich. »Keine Ausreden mehr. Du hast gesagt, du willst sie. Dann kämpf um sie.«

»Nicht mal aus deinem Mund klingt das einfach«, murmle ich, während ich ihm mein Handy reiche.

»Das wird es auch nicht und daran bist du selbst schuld. Aber wenn sie es wert ist, musst du es riskieren.«

Ich weiß, dass er recht hat. Allerdings sind meine Sorgen und Ängste deswegen nicht weniger geworden. Den Antrag zur Verlängerung des Darlehens habe ich gestern bereits bewilligt und abgelegt. Damit ist die Prüfung abgeschlossen. Dennoch steht für Emma zu viel auf dem Spiel. Meine eigene Karriere ist mir momentan gleichgültig, aber nicht Emmas Traum.

»Denkst du, das ist eine gute Idee?«, frage ich verunsichert.

»Ja«, antwortet Michael sofort. »Geh jetzt, erobere sie zurück.«

Er hält mir den Autoschlüssel hin und ich nehme ihn an mich.

»Danke«, sage ich, als er mir die Tür öffnet.

»Ich will natürlich sofort einen Bericht«, meint Michael. »Meine Visitenkarte ist in der Tasche, für den Fall, dass du meine Nummer nicht auswendig kennst.«

»Wie umsichtig.« Mit einem Schmunzeln klopfe ich ihm auf die Schulter. »Bis bald.«

Ich stürme zum Aufzug, der mich in die Garage hinunterbringen wird. Eine innere Unruhe erfasst mich, aber ich kämpfe sie nieder.

Vielleicht habe ich letzte Woche alles zerstört, was zwischen uns war. Aber möglicherweise gibt Emma mir eine letzte Chance, auch wenn ich sie nicht verdiene. Wie es dann genau weitergeht, müssen wir gemeinsam entscheiden. Eines ist aber sicher: Die Zeit ohne sie ist so fade wie ungewürztes Essen.

21
Emma

Meine Hand zittert, als ich die letzten Verzierungen an der fünfstöckigen Torte anbringe. Die vergangenen zwei Tage habe ich kaum geschlafen, fast nur gearbeitet. Doch das war Erholung verglichen mit den Nächten zuvor, in denen ich Philipps kalte Augen vor mir gesehen habe und heulend aufgewacht bin. Dieser Blick, den er mir zugeworfen hat, wird mich für den Rest meines Lebens verfolgen.

Ich schiebe die Erinnerungen fort, weil ich mich auf diese elenden Marzipanblumen konzentrieren muss. Wieso habe ich zugestimmt, sie zu formen und die Torte auf der Treppe von oben bis unten damit zu dekorieren? Ich hätte echte Blumen nehmen sollen …

»Du bist noch immer nicht umgezogen?«, fragt Marie, als sie – gefolgt von Jan – in die Küche kommt.

»Ich muss das noch fertig machen.« Schnaubend entferne ich die Blume, die ich gerade auf den Fondant gesetzt habe. »So ein Mist.«

»Lass mich das übernehmen«, schlägt Jan vor.

»Aber ich …«

Schon steht er neben mir, schiebt mich behutsam zur Seite und nimmt mir damit die Möglichkeit, an der Torte zu arbeiten.

»Du bist übermüdet«, erklärt er. »Ruh dich eine halbe Stunde aus und zieh dich um, bevor die Gesellschaft kommt. Für den Hauptgang brauche ich deine Hilfe, sonst habe ich alles im Griff.«

»Ich will mich nicht ausruhen«, verkünde ich, fühle mich wie ein bockiges Kind, das keinen Mittagsschlaf halten möchte.

Tränen brennen in meinen Augen. Alles, was mich davon abgehalten hat, zusammenzubrechen, ist meine Arbeit. Und die soll ich jetzt nicht mehr machen dürfen?

»Komm mit ins Büro«, schlägt Marie vor. »Da ist ohnehin ein Brief gekommen, den du dir ansehen solltest.«

»Brauchen wir Kuchen oder ...«

»Schnaps?«, meint Marie und ringt sich ein Lächeln ab. »Ich habe ihn nicht geöffnet.«

»Okay«, murmle ich und folge ihr aus der Küche.

Das Restaurant ist heute für die Hochzeit gesperrt. Die Hotelgäste können ihr Abendessen in dem Raum einnehmen, in dem wir den Brunch am Sonntag abhalten. Da Jan, Stefan und ich mehr als sonst zu tun haben, habe ich zusätzliches Personal für heute eingestellt. Einen Hilfskoch und einige Kellner. Sonst wären wir hoffnungslos überfordert.

Dennoch bereitet es mir Kopfzerbrechen, ob ich den normalen Betrieb aufrechterhalten kann, während die Hochzeit läuft. Die Kopfschmerzen nehmen noch zu, als Marie mir den Brief hinhält. Der Absender ist die Kirschner Bank.

Philipp, schwirrt durch meine Gedanken, während ich den Umschlag mit zitternden Fingern aufreiße.

»Ist es gut, wenn es nur ein Zettel ist oder nicht?«, frage ich mehr mich selbst als Marie.

»Keine Ahnung«, erwidert sie. »Soll ich ihn für dich lesen?«

»Nein«, hauche ich und ziehe das Papier heraus.

Erst erkenne ich kaum etwas von den Buchstaben, die darauf geschrieben stehen. Ich blinzle und kämpfe darum, nicht zu schwanken, während ich die Zeilen überfliege.

»O mein Gott.« Ich keuche und muss mich am Tisch abstützen.

»Was?«, fragt Marie und ist sofort bei mir, um mir Halt zu geben.

»Er hat den Kredit abgesegnet«, sage ich so leise, dass ich mich selbst kaum verstehe. »Er hat ihn nicht gekündigt.«

Marie nimmt mir den Brief ab, betrachtet ihn und stößt dann einen Jubelschrei aus. Sie hüpft und quietscht, umarmt mich und zieht mich mit sich.

»Warum freust du dich nicht?«, fragt sie nach einer Weile.

»Ich bin ... Ich war so sicher, dass er nach dem, was letzte Woche vorgefallen ist, ablehnt.«

Langsam sinke ich auf den Stuhl hinter mir, weil meine Beine sich weich wie Butter anfühlen, die in der Sonne gelegen hat. Meine Hände zittern, während ich versuche zu begreifen, was gerade geschehen ist. Ich kann das Hotel behalten. Philipp nimmt es mir nicht weg.

Wieso fühle ich mich trotzdem nicht erleichtert?

»Ich hole jetzt Sekt«, verkündet Marie. »Du bist wegen der Hochzeit so angespannt und dann war da noch die Sache mit diesem Arschloch von einem Mann ...«

»Er ist kein Arschloch«, murmle ich und presse meine bebenden Lippen zusammen.

Ich habe es so lange geschafft, ihn aus meinen Gedanken zu verbannen, zumindest, wenn ich wach war. Aber mit einem Mal ist alles wieder da. Dieses Foto, der Streit, die Sehnsucht, die Reue ... Wir hätten uns nicht so trennen sollen.

»Ich bin so eine Idiotin.« Schluchzend vergrabe ich mein Gesicht in den Händen.

»Nein, das bist du nicht«, widerspricht eine Stimme, von der ich dachte, sie nie wieder zu hören.

Mein Atem beschleunigt sich, obwohl ich das Gefühl habe, nicht genug Luft zu bekommen. Wie in Zeitlupe hebe ich den Kopf und entdecke Philipp in seinem Anzug an der Tür. Er wirkt abgehetzt und seine Haare sind zerzaust. Die Ringe unter seinen Augen könnten meinen Konkurrenz machen. Aber er ist es.

Marie macht ein Gesicht, als wäre sie ein Wasserspeier, während sie ihn anfunkelt.

»Der einzige Idiot bin ich«, sagt er und will zu mir kommen, aber Marie stellt sich ihm in den Weg.

»Da haben Sie verdammt noch mal recht«, fährt sie ihn an. »Was wollen Sie noch hier, wenn wir dieses Schreiben bekommen haben?«

Sie wedelt mit dem Brief vor seiner Nase herum, doch Philipps Augen sind auf mich gerichtet. Und obwohl ich mir in den letzten Tagen so gewünscht habe, dass er vor mir steht, erfasst mich Panik. Was will er hier? Mir mitteilen, dass er den Kredit doch kündigt?

»Kann ich mit dir reden? Allein?«

Ich setze zu einer Antwort an, aber Marie kommt mir zuvor. »In dreißig Minuten schlägt die Hochzeitsgesellschaft hier auf. Emma hat seit Tagen kaum geschlafen und soll neben der Küchenchefin auch noch die Gastgeberin spielen. Außerdem sind uns zwei Hilfskellner kurzfristig abgesprungen und ich weiß nicht ...«

»Was?«, entfährt es mir und ich springe auf. »Zwei Kellner kommen nicht?«

Marie räuspert sich und ringt sich ein Lächeln ab. »Das wollte ich dir noch sagen. Wir haben wohl ein klitzekleines Problem.«

»Klitzeklein?«, quietsche ich. »Wir haben zu wenig Leute, um den Abend zu stemmen. Selbst wenn ich umplane und der Hilfskoch ebenfalls serviert ... aber das geht nicht, ich brauche ihn in der Küche und ...«

»Muss der Kellner etwas anderes können, als Speisen und Getränke abzustellen und leeres Geschirr wegzuräumen?«, unterbricht Philipp mich.

Mein Blick wandert zu Marie, die Philipp fassungslos ansieht.

»Er muss sich Tischnummern merken«, murmle ich.

»Das bekomme ich hin.« Philipp hebt die Mundwinkel. »Ob ich mehr als zwei Teller tragen kann, weiß ich nicht. Aber wenn du meine Hilfe möchtest ...«

»Wir kommen ohne Sie klar«, faucht Marie ihn an.

»Kommen wir nicht«, sage ich und schlucke, als mein Blick auf Philipps trifft. »Willst du das wirklich machen?«

»Du brauchst Hilfe, ich bin hier«, erwidert er und lässt die Schultern sinken. »Außerdem habe ich Abbitte zu leisten und hoffe, dass du mir später zuhörst, damit ich dir erklären kann, was für ein gewaltiger Schwachkopf ich bin.«

»Könnte dann wohl länger dauern«, gibt Marie von sich, aber weder Philipp noch ich gehen darauf ein.

»Würdest du Philipp einen Vertrag und eine Schürze geben?«, frage ich Marie stattdessen.

»Vertrag?«, geben beide wie aus einem Mund von sich.

»Alle Hilfskräfte bekommen einen. Niemand soll mir vorwerfen, dass ich jemanden unter der Hand bezahlt habe. Das fehlt mir noch zu meinem Glück.«

»Ich will kein Geld von dir ...« Philipp schweigt, als ich die Hand hebe.

»Du arbeitest heute für mich. Also wirst du auch bezahlt. Ich möchte nicht auch noch eine Steuerprüfung am Hals haben.«

»Okay«, gibt er sich geschlagen und schmunzelt unsicher.

Dass er jetzt vor mir steht, bringt mich völlig aus dem Konzept. Ich sollte zornig auf ihn sein, weil er mich belogen hat. Dankbar, weil er den Kredit nicht gekündigt hat und mir jetzt aushelfen will. Aber alles, was ich gerade empfinde, ist diese unbändige Sehnsucht, zu ihm zu gehen und mein Gesicht an seiner Schulter zu vergraben. Ich bin ein hoffnungsloser Fall.

»Kommen Sie mit mir«, erhebt jetzt Marie das Wort. »Emma muss sich umziehen und ich sollte Ihnen eine Einführung geben.«

»Einverstanden.« Philipp wirft mir einen letzten Blick zu, der meine Beine weich werden lässt, und folgt Marie dann wie ein Hündchen hinaus.

Ich sinke wieder auf den Stuhl zurück. Ist das gerade wirklich passiert? Hilft mir der Mann, der über die Zukunft des Hotels entschieden hat, tatsächlich als Kellner aus? Nachdem er mir erklärt hat, ich wäre unter seiner Würde?

Was macht er nur hier? Wieso habe ich ihn das nicht gefragt?

Es gibt schließlich keinen Grund für ihn, hier zu sein.

»Emma«, sagt Marie und ich fahre ertappt herum. »Wieso sitzt du da? Du musst dich umziehen und die Gäste empfangen.«

»Ich bin Küchenchefin«, murmle ich und knöpfe trotzdem meine Jacke auf.

»Und die Eigentümerin des Hotels«, ruft Marie mir ins Gedächtnis. »Du musst sie willkommen heißen, ihnen gratulieren, etwas Small Talk machen.«

»Papa hat das nie gemacht.«

»Wir reden jetzt besser nicht darüber, was er nie getan hat und hätte tun sollen, oder?«, fragt Marie, während sie die Schuhe mit Absätzen putzt, die ich anziehen will.

»Besser nicht.« Ich schlüpfe in das Dirndl, das ich schon ewig nicht mehr getragen habe. Aber für diese Hochzeit passt der Aufzug. Hoffe ich zumindest. Marie trägt fast immer Tracht, wie die meisten Kellnerinnen. Vielleicht sollten wir das für alle einführen ...

Als ich die Schürze binde, schnalzt Marie mit der Zunge. »Links, wirklich?«

»Wieso? Ich bin doch allein stehend«, hake ich verwirrt nach.

Die Sprache der Schürzenknoten ist in dieser Gegend bei Festen wichtig. Links bedeutet nicht vergeben, rechts schon. Und ein Knoten in der Mitte ist wohl eine Einladung, angegraben zu werden.

»Bist du sicher?« Marie reicht mir die Schuhe. »Da draußen steht nämlich ein Kerl, der seinen teuren Anzug gegen eine Jeans und eine etwas zu enge Trachtenjacke getauscht hat, um für dich zu kellnern.«

»Darf ich dich daran erinnern, wie du letzte Woche versucht hast, die Trümmer, die er hinterlassen hat, mit Whiskey und Schokolade zu kitten?«, gebe ich zu bedenken und fluche, als ich mich in die Strümpfe quäle.

Sie sind halterlos und rutschig. Ich frage mich, wie jemand das freiwillig tragen kann. Aber ich gebe zu, mit der breiten Spitze am Oberschenkel sehen sie sexy aus.

Unwillkürlich frage ich mich, ob Philipp so etwas gefallen könnte, und verpasse mir gedanklich einen Schlag gegen die Stirn. Er hat mir doch erklärt, dass wir keine Zukunft haben.

»Ja, aber ... ich denke, du solltest ihm trotzdem zuhören. Nach der Hochzeit, natürlich. Bis dahin halte ich ihn dir vom Hals, weil du schon genug um die Ohren hast.«

Ich zupfe an dem Dirndl herum, das mir trotz der Rüschenbluse ein ziemlich beeindruckendes Dekolleté zaubert. »Du hast doch gesagt, dass ich dem Kerl an eine bestimmte Stelle treten soll, wenn er es wagt, noch einmal hier aufzutauchen. Soll ich wirklich mit ihm reden?«

»Kann er dir noch mehr wehtun, als er es schon getan hat?«

Da bin ich unsicher, schüttle aber dennoch den Kopf.

»Dann ja. Was hast du schon zu verlieren?«

»Meinen Stolz?«, schlage ich vor und seufze. »Aber ich würde schon gerne wissen, was er hier macht.«

»Na dann.« Marie richtet den Kragen meiner Bluse. »Jetzt gehst du erst mal hinaus, genießt es, wie dem Kerl die Augen herausfallen, wenn er dich so sieht, und erklärst den Kellnern ihre Aufgaben. Du bringst die Hochzeitsfeier über die Bühne. Danach kannst du alles mit ihm klären.«

Sie legt eine Hand an meinen Rücken und bugsiert mich aus dem Büro. Draußen stehen schon alle Kellner und warten auf mich, genauso wie die drei Köche. Ich straffe die Schultern und stelle mich vor meine Mannschaft.

Alle Blicke richten sich auf mich, auch Philipps. Meine Wangen werden heiß, als seine Augen sich weiten und seine Lippen einen Laut formen, der ein »Wow« sein könnte. Ein Kribbeln zieht über meinen Körper und ich wende mich rasch von Philipp ab, bevor jeder hier erahnen kann, was in mir vorgeht. Mit einem Räuspern beginne ich meine Rede und teile die Kellner ein.

»Beim Empfang werdet ihr alle hier gebraucht«, erkläre ich schließlich. »Serviert den Gästen Sekt oder Saft und die kleinen Kanapees. Das Essen beginnt um sechs Uhr, also zeitgleich mit dem Abendservice, den Team eins übernimmt. Team zwei serviert bei der Hochzeit und räumt dort ab. Gibt es noch Fragen?«

Niemand meldet sich und ich atme erleichtert durch.

»Dann bereiten wir den Empfang vor«, sagt Marie und holt die Kellner zu sich.

Im Vorbeigehen streift Philipps Hand meine und er sieht mich einen Wimpernschlag lang an, bevor er hinter Marie in den Barbereich geht.

»Jan, könnt ihr in der Küche die Vorspeisen vorbereiten, solange ich die Gäste empfange?«, frage ich meinen Souschef.

»Du kannst dich auf uns verlassen«, erwidert er und führt die Köche in die Küche zurück.

Ich knete die Hände und starre zur Tür, durch die jeden Moment die ersten Gäste der Hochzeitsgesellschaft treten. Als ich eine Hand an meiner Schulter spüre, bin ich sicher, es ist Marie. Mein Atem stockt, da ich Philipp ins Gesicht sehe.

Er hält ein Tablett mit Sektgläsern und stellt sich neben mir auf.

»Du musst nicht nervös sein«, murmelt er leise. »Das klappt heute alles.«

»Was macht dich da so sicher?« Ich verkrampfe, als die Tür sich öffnet und das Brautpaar eintritt.

»Weil ich volles Vertrauen in deine Fähigkeiten und deine Leidenschaft für das alles hier habe«, erwidert er, bevor er ein Lächeln aufsetzt, das er vermutlich für gut zahlende Bankkunden einstudiert hat. Es wirkt nicht so warm wie das, was er mir immer wieder geschenkt hat. Ob das damals wirklich nur gespielt war?

Philipps Räuspern lässt mich aus meinem tranceähnlichen Zustand erwachen. Höflich begrüße ich das Brautpaar und gratuliere ihm, biete Sekt an und schaffe es tatsächlich, über die Trauung, das Wetter und die Blumen des Brautautos zu sprechen.

Philipp verschwindet zwar immer wieder, bleibt aber in meiner Nähe. Ob Marie ihm das aufgetragen hat oder handelt er eigenmächtig? Obwohl so viel zwischen uns vorgefallen ist, bin ich über seine Nähe froh. Sie beruhigt mich.

Trotzdem bin ich erleichtert, als die Gäste sich in den Essbereich zurückziehen und ich damit von der Gastgeberrolle erlöst bin. Ich habe die Küche noch nicht erreicht, da ruft Philipp meinen Namen.

Ich bleibe stehen und wende mich ihm zu. Marie hat recht, die Trachtenjacke ist ihm ein wenig zu eng, steht ihm aber dennoch hervorragend. Mein Herz flattert, als er dicht vor mir stehen bleibt. Ich müsste meine Hand nur ausstrecken, um ihn zu berühren und seine Wärme zu spüren. Wieso sehne ich mich so sehr nach dem Kerl, der auf meine Gefühle eingedroschen hat wie auf eine Piñata?

»Was gibt es denn?«, frage ich, um das Schweigen zu beenden.

»Ich wollte dir nur sagen, dass du dich gut geschlagen hast.« Er holt tief Luft und stößt sie wieder aus. »Und dass du atemberaubend schön bist.«

»Wieso sagst du das?«, hauche ich und spüre, wie meine Wangen glühen.

Unter diesem sehnsüchtigen Blick, mit dem Philipp mich bedenkt, werden meine Beine wieder weich. Ich darf ihm nicht so viel Macht über mich geben. Immerhin hat er mich belogen und mir klar gezeigt, wofür er mich hält. Oder nicht?

»Weil es die Wahrheit ist.« Er macht einen Schritt auf mich zu.

Meine Finger kribbeln und ich umklammere den Stoff des Dirndls, um die Hände nicht an Philipps Taille zu legen. Langsam hebe ich das Gesicht, als er noch näher vor mir steht. Sein Atem streicht über meine Wange, ich müsste mich nur auf die Zehenspitzen stellen, um ihn zu küssen. Also verlagere ich mein Gewicht ein wenig und strecke mich ihm entgegen. Ich kann schon die Wärme seiner Lippen auf meinen spüren, als wieder jemand meinen Namen ruft.

Ertappt fahren wir beide auseinander und ich blicke zur Küchentür, in der Jan erscheint.

»Da bist du ja«, sagt er. »Ich brauche dich in der Küche.«

»Bin gleich bei dir, ich muss mich nur umziehen.«

Jan nickt, bleibt aber stehen und liefert sich ein Blickduell mit Philipp. Ob Marie meinem Souschef erzählt hat, was geschehen ist?

»Ich benötige noch Kanapees«, verkündet Philipp, geht zur Essensausgabe und nimmt ein Tablett auf.

Er betrachtet mich wie eine Süßigkeit, die er will, aber nicht haben kann, und kehrt zur Hochzeitsgesellschaft zurück.

»Ich traue dem Kerl nicht«, brummt Jan. »Was will der hier?«

»Das finde ich heraus«, verspreche ich. »Aber erst kümmern wir uns um das Essen.«

22
Philipp

Der Abend hat gerade einmal begonnen und ich habe jetzt schon Hochachtung vor allen, die ihr Geld durchs Kellnern verdienen. Emma hat mich der Hochzeitsgesellschaft zugeteilt und obwohl die Vorspeise am Büfett bereitsteht, muss ich ständig mit Getränken herumrennen und Teller abräumen oder das Besteck auffüllen.

Von Emma sehe ich kaum etwas. Sie hat in der Küche alle Hände voll damit zu tun, die regulären Gäste zu verköstigen und die Hauptgänge für die Hochzeit vorzubereiten. Ich bewundere, dass sie den Überblick behält. Immerhin hat sie rund einhundert Hotelgäste, die in Schichten zum Essen kommen, und noch einmal so viele Hochzeitsgäste.

»Etwas mehr Tempo«, treibt Marie mich an. »Das Geschirr räumt sich nicht von selbst ab.«

»Sie genießen es, mich herumzukommandieren, oder?«, frage ich mit einem Grinsen.

»Wenn ich eine Peitsche hätte, würde ich sie jetzt schwingen. Oder stehen Sie darauf? Würde ich Ihnen zutrauen.«

»Ich weiß nicht, was Sie von mir zu wissen glauben ...«

»Ist das wichtig? Sie haben Emma das Herz gebrochen. Allein dafür würde ich Sie gerne vom Balkon werfen.«

Bei ihren Worten schnürt sich meine Kehle zu und ich senke den Blick. »Das heißt aber, sie hatte mal etwas für mich übrig, oder?«

Marie schnaubt und drückt mir ein Tablett mit schmutzigen Tellern in die Hand. »Müssen Sie das tatsächlich fragen? Emma ist doch ein offenes Buch. Selbst jemand wie Sie sollte erkennen, dass sie viel zu viel für Sie übrighat.«

»Immer noch?«, hake ich vorsichtig nach.

»Warum? Wollen Sie ihr das Herz diesmal rausreißen und darauf tanzen? In dem Fall werden Sie nicht lebend hier wegkommen.«

»Wenn Sie das glauben würden, wäre ich dann überhaupt noch hier?«

Marie atmet scharf ein, dann zucken ihre Mundwinkel. »Vermutlich hätte ich Sie dann bereits vom Balkon geworfen.« Das Schmunzeln verschwindet aus ihrem Gesicht. »Also, warum sind Sie hier?«

Eigentlich will ich nicht mit Marie darüber sprechen. Aber sie ist Emmas Freundin und kennt sie besser als irgendjemand sonst.

Also mache ich ein paar Schritte in Richtung Küche und bedeute ihr, mir zu folgen.

»Es hat nichts mit dem Kredit zu tun, oder?« Marie wirkt besorgt.

»Nein, der ist bewilligt. Ich ... weiß nur mittlerweile, dass ich letzte Woche einen Fehler begangen habe, was Emma betrifft.«

Sie verschränkt die Arme vor der Brust und sieht mich finster an. Irgendwie wirkt sie trotz ihrer Größe von vielleicht einem Meter sechzig gefährlich, wenn sie sich so hinstellt.

»Den Fehler, Emma Ihre Freundin oder Verlobte, oder was sie ist, zu verschweigen?«

»Sie ist nichts dergleichen. Ich bin Single.«

»Und wieso schickt Sie Ihnen dann anzügliche Fotos?«

»Das ist kompliziert. Ich würde das lieber Emma als Ihnen erklären. Was ich sagen kann, ist, dass ich ernsthafte Gefühle für Emma hege, mich entschuldigen und um eine zweite Chance bitten will.«

»Wofür?«, hakt Marie brummend nach. »Eine lockere Affäre?«

»Das war sie nie für mich«, gestehe ich mit gesenktem Blick. »Ich habe mir zwar das Gegenteil eingeredet, aber ... mit Emma war immer alles anders. Sie ist etwas Besonderes und deswegen will ich versuchen, das mit ihr geradezubiegen.«

Ich riskiere einen Blick in Maries Gesicht, das sich langsam aufhellt. »Wissen Sie was? Ich glaube Ihnen das sogar«, meint sie und ich bin sicher, dass sie den Stein, der von meinem Herzen fällt, laut auf dem Boden aufschlagen hört. »Sie müssen mir trotzdem noch beweisen, dass Sie kein Mistkerl sind. Aber weil ich weiß, dass Emma leidet wie ein Hund … helfe ich Ihnen.«

»Wirklich?«

»Allein bekommen Sie das doch nie hin«, brummt Marie. »Nachdem die Torte angeschnitten ist, gebe ich Ihnen etwas. Ich habe keine Ahnung, ob Sie einen Sinn für Romantik haben, aber den werden Sie zumindest ein wenig brauchen. Was Sie Emma dann sagen, liegt bei Ihnen.« Sie klatscht in die Hände. »So, und jetzt dalli. Das war übrigens Ihre Pause für die nächsten zwei Stunden.«

Ich lache gelöst und schleppe das Geschirr zur Küche. An Marie ist definitiv ein kleiner Feldwebel verloren gegangen. Sie hat den Service fest im Griff und ich bin sicher, dass sie das Management des Hotels übernehmen könnte, falls Emma es abgeben wollen würde.

In der Küche ist es hektisch, Anweisungen werden lautstark gerufen. Einmal mehr bewundere ich, wie koordiniert die Abläufe sind. Es wirkt fast so, als hätten die Köche eine Choreografie einstudiert. Dabei fällt mir auf, wie harmonisch Emma mit diesem Jan arbeitet. Ihre Bewegungen gehen ineinander über und in mir brodelt ein Vulkan.

Fast stoße ich deswegen mit dem Hilfskoch zusammen, den ich noch nie gesehen habe. Das Geschirr klirrt und wir stammeln beide eine Entschuldigung. Als er sich abwendet, bemerke ich, dass Emma mich ansieht.

Ihr Gesicht ist gerötet von der Hitze hier drinnen und ihr Blick bohrt sich direkt in mein Herz. Beinahe gleitet mir das Tablett aus den Händen, daher bringe ich es schnell zur Spüle. Emma konzentriert sich inzwischen auf die Hauptspeisen, die ich gleich servieren soll.

Also verlasse ich die Küche und stelle mich hinter Marie und einem weiteren Kellner an, um die Teller mitzunehmen.

»Tisch drei und Vorsicht, die Teller sind heiß«, sagt Emma.

Einen Moment sieht sie auf und ein Lächeln erscheint auf ihren Lippen. Dann reicht Jan ihr etwas und sie konzentriert sich wieder auf die Arbeit. Aber dieses kleine Lächeln hat genügt, um mir Hoffnung zu schenken.

Ohne Marie würde ich weder den richtigen Tisch, geschweige denn die Leute, die diese Teller bekommen, finden. Zum Glück unterstützt sie mich und wir schaffen es, den Hauptgang ohne Zwischenfälle zu servieren.

Je später der Abend wird, umso schwerer werden meine Arme. Die letzten Dessertteller sind abgeräumt und die Gesellschaft wartet auf den Hochzeitstanz, bevor die Torte angeschnitten werden soll.

Ich lehne an einer Wand und atme durch, bis das Quietschen von Rädern erklingt. Als ich mich umdrehe, steht Emma in dem Dirndl von vorhin neben mir. Auf einem Servierwagen befindet sich die Torte. Obwohl es eigentlich fünf Torten auf einer Stufenetagere sind, die mit unzähligen Blüten verziert wurden.

»Hast du die gemacht?«, frage ich leise.

Emma nickt und überprüft die Blumen.

Inzwischen beginnt der Hochzeitstanz und die Melodie eines Liedes erklingt, das vor ein paar Jahren auf jeder Hochzeit gespielt wurde, zu der ich geladen war.

Emma stößt den Atem aus. »Ein kitschigeres Lied kann man wohl nicht wählen«, murmelt sie.

Ich versuche, dem Text zu folgen, und schmunzle. »Passt doch zu einer Hochzeit.«

»Hm.« Emma tritt neben mich. »Irgendwie ist es schön.«

»Das Lied oder eine Hochzeit?«

»Der Text«, meint sie und betrachtet das tanzende Brautpaar. »Ich liebe deine Kurven und Kanten, all deine perfekten Unperfektheiten«, zitiert sie grinsend. »Ist das überhaupt ein Wort?«

»Nein.« Ich schmunzle ebenfalls. »Aber der Text ist schön, da hast du recht. Ist mir nie aufgefallen, dass er so tiefgründig ist.«

Sie schweigt, aber ihre Hand berührt sanft meine. Ich krümme die Finger und verschränke sie mit ihren. Die Anspannung, die ich nicht ganz abschütteln konnte, fällt in dem Moment ab, als Emma ihr Gesicht zu mir dreht und mir ein Lächeln schenkt.

Beifall erklingt aus dem Speiseraum und Emma lässt meine Hand los. Sie will den Wagen schieben, aber ich komme ihr zuvor und bringe die Torte hinein. Emma nimmt die Komplimente dafür entgegen und hilft dem Brautpaar, sie anzuschneiden und für die Gäste vorzubereiten. Geduldig erklärt sie die Sorten immer und immer wieder. Dann sind endlich alle Stücke verteilt und die Gäste zufrieden.

Mittlerweile ist es schon fast zehn Uhr. Die Hotelgäste haben sich bereits zurückgezogen, die Küchencrew reinigt gerade alles. Emma unterhält sich mit dem Brautpaar an der Bar, wo sie mit einem Glas Sekt anstößt. Soweit ich es verstanden habe, bleiben die beiden heute Nacht im Hotel, im Gegensatz zu den meisten Gästen. Immerhin wohnen sie alle in der Nähe.

Während ich die letzten Kuchenteller abräume, kommt Marie mit einem großen Korb zu mir.

»Ihr Dienst endet laut Vertrag in fünf Minuten«, sagt sie mit offiziellem Tonfall. »Hier. Das werden Sie brauchen.«

Sie drückt mir den Korb in die Hand und zieht eine Schlüsselkarte aus ihrer Jackentasche.

»Sagen Sie Emma, dass sie mit Ihnen kommen soll. Halten Sie die Karte vor den Leser im Lift und drücken Sie den Knopf fürs oberste Stockwerk. Dort gibt es einen langen Gang, der zu einer Tür führt. Mit der Karte können Sie auch diese öffnen und die Terrasse betreten. Ich habe da etwas vorbereitet. Den Rest finden Sie im Korb.«

»Warum helfen Sie mir noch mal?«, frage ich, als Marie sich abwenden will.

»Fällt es Ihnen leicht zu kellnern?«, stellt sie eine Gegenfrage.

»Sieht es so aus?«

»Nein. Aber Sie haben sich tapfer geschlagen, obwohl ich davon ausgehe, dass Sie noch nie so harte körperliche Arbeit verrichten mussten. Und ich weiß es zu schätzen, dass Sie es für Emma getan haben.«

»Danke«, sage ich leise.

»Bringen Sie mich nicht dazu, es zu bereuen«, brummt Marie. »Ich werde jetzt Emma dazu bewegen, Feierabend zu machen, und schicke sie zum Aufzug. Warten Sie dort auf sie. Viel Glück.«

Bevor ich noch etwas sagen kann, schlendert Marie auf die Bar zu und verwickelt die Braut in ein Gespräch. Also umfasse ich den Griff des Korbs fester und gehe los.

Der Flur ist dunkel, nur eine schwache Notbeleuchtung weist mir den Weg. Ich hoffe, dass ich Emma nicht erschrecke, wenn sie hier erscheint.

Es können unmöglich mehr als drei Minuten vergangen sein, seit Marie mich hergeschickt hat. Aber das Warten fühlt sich wie Stunden an.

Als ich Emma sehe, schwitzen meine Hände und mein Puls rast. So nervös war ich vermutlich in meinem ganzen Leben noch nicht.

Damit sie mich bemerkt, räuspere ich mich, aber Emma scheint mich längst entdeckt zu haben, kommt mit hastigen Schritten auf mich zu.

»Marie meinte, ich solle sofort herkommen, weil es dir nicht gut geht«, sagt sie besorgt.

Behutsam legt sie ihre Hände an meine Wangen und meine Brust wird zu eng um zu atmen. Sorgt sie sich tatsächlich um mich?

»Was ist los?«, wispert sie.

Statt zu antworten, drücke ich den Knopf und die Aufzugtür öffnet sich mit einem Klingeln. Ich greife nach einer ihrer Hände und ziehe Emma mit mir in die Kabine. Dort folge ich Maries Anweisungen.

Emma hebt eine Augenbraue. »Was hast du vor?«

»Ich will mit dir auf das Dach.«

Das Ping des Aufzugs erspart mir eine weitere Erklärung. Ich bedeute Emma vorauszugehen und folge ihr. Sie öffnet die Tür zur Terrasse mit ihrer eigenen Karte und keucht.

Unzählige Lichterketten schimmern an dem etwas baufälligen Pavillon, der auf dem Flachdach steht. Rosenblätter bedecken den Boden. Unter dem Dach des Pavillons liegen Decken und Kissen bereit.

»Wie hast du ...«

»Ich hatte ein wenig Hilfe«, unterbreche ich Emma und halte ihr meine Hand hin. »Können wir reden?«

Sie schluckt und blickt auf meine Hand, bevor sie mir wieder ins Gesicht sieht. »Kommt darauf an, worüber.«

»Uns?«

»Gibt es denn ein Uns?« Ihre Stimme zittert und ihre Augen glänzen verräterisch.

»Wenn du mir verzeihen kannst, vielleicht ja«, erwidere ich und deute auf den Pavillon.

Sie nickt und geht neben mir über die Blütenblätter zu dem Lager aus Decken und Kissen. Auf den Holzstufen zum Inneren des Pavillons zieht sie die Schuhe aus und seufzt, als sie sich hinsetzt und die Beine anwinkelt.

Die Lichterketten malen Schatten auf ihr Gesicht und während ich mich neben ihr niederlasse, kann ich nicht anders, als sie anzustarren. In dem Dirndl sieht sie noch verführerischer aus als sonst.

Trotzdem halte ich Abstand. Das hier ist zu wichtig, um es wegen meines Verlangens nach ihr zu ruinieren.

»Dann wollen wir doch mal sehen, was Marie uns eingepackt hat«, murmle ich, weil ich nicht weiß, wie ich dieses Gespräch beginnen soll.

Ich befördere eine Flasche Sekt, zwei Gläser und ein paar Häppchen heraus. Emma seufzt.

»Ich bin so hungrig«, gesteht sie. »Seit dem Frühstück bin ich nicht dazu gekommen zu essen.«

Auffordernd halte ich ihr einen Teller mit Resten des Abendessens hin, nachdem ich die Folie abgewickelt habe. Emma nimmt ein halbes Schnitzel und beißt davon ab. Dann seufzt sie noch einmal und betrachtet mich.

Zwar habe ich auch Hunger, aber irgendwie ist mein Magen gerade wie zugeknotet. Also öffne ich die Sektflasche und schenke uns beiden ein. Zögerlich nimmt Emma mir ein Glas ab und stößt mit mir an.

»Auf dein Hotel und den gelungenen Abend«, sage ich.

Wir beide trinken einen Schluck. Erneut senkt sich Stille über uns. Ich bin wirklich schlecht in so was.

»Emma.«

»Philipp«, spricht sie meinen Namen im selben Moment aus wie ich ihren.

Wir beide schmunzeln und ich bedeute ihr weiterzureden.

»Warum bist du hier? Wegen des Kredits? Wolltest du die Hochzeit überprüfen? Und wieso hast du mir geholfen?«

»Ich bin wegen dir hier. Weil mir jemand klargemacht hat, was für ein Fehler es wäre, wenn ich dich einfach aufgeben würde.«

Sie presst die Lippen zu einem schmalen Strich zusammen. »Wenn du in festen Händen bist, können wir nicht so weitermachen wie bisher. Ich kann das nicht.«

Ich schüttle heftig den Kopf. »Mercedes, die Frau, die mir dieses Foto geschickt hat, ist nicht meine Freundin. Sie ist die Tochter eines wichtigen Bankkunden, die ich ein einziges Mal getroffen habe.«

»Wie kommt sie dann darauf, dass du sie ... liebst?«, fragt Emma so leise, dass ich es kaum höre.

»Das ist eine ziemlich peinliche Geschichte«, erwidere ich mit einem Räuspern. »Bevor ich sie dir erzähle muss ich etwas wissen.«

Emma hält sich an ihrem Sektglas fest, als würde sie sonst umkippen. »Und was?«

Sie richtet die Augen auf mich und mein Mut verlässt mich. Was, wenn alle sich irren – mich eingeschlossen – und Emma gar nichts für mich empfindet? Wie soll ich damit umgehen?

»Willst du denn mehr als das, was wir bisher hatten?«, bringe ich irgendwie hervor. Ich war nie gut darin, meine Gefühle auszudrücken, und Emma mustert mich so verwirrt, wie ich es befürchtet habe. »Also, möchtest du mich öfter sehen? Ich meine ... also ...«

Am liebsten würde ich die Hände ringen. Oder auf einen Zettel schreiben: *Willst du mit mir gehen?* Das ist in meinem Alter nur alles andere als angebracht.

Der Kragen des Hemds wird mir zu eng und ich öffne den obersten Knopf. Hoffentlich versteht Emma die Geste nicht falsch. Sie betrachtet mich so intensiv, als würde sie in meine Seele blicken. Ich bin nicht sicher, was sie dort findet, aber ich hoffe, es verstört sie nicht.

»Emma, ich möchte mehr«, spreche ich es schließlich aus.

Jetzt wandern ihre Augenbrauen hoch und sie öffnet die Lippen. In dem Moment ist sie anbetungswürdig, ich sollte mich auf den Boden vor sie werfen. Doch auch das ist gerade nicht angebracht.

»Ich möchte neben dir einschlafen und aufwachen«, fahre ich atemlos fort. »Mich nicht mehr verstecken. Ich will überall deine Hand halten und mir einen Kuss stehlen können. Jede freie Minute mit dir verbringen ... Ich will ...«

Die Worte wollen mir nicht einfallen, weil ich in Emmas Augen versinke.

Jetzt räuspert sie sich und ihre Finger berühren meine flüchtig. »Eine richtige Beziehung mit mir?«, hilft sie mir aus.

»Ja«, erwidere ich und halte den Atem an, als sie sich nähert. »Willst du das auch?«

Sie nickt und atmet stoßweise ein. »Aber diese andere Frau ...«

»Ich sagte schon, Mercedes ist nicht meine Freundin und wird es nie sein. Sie glaubt, dass ich sie liebe, weil ... ich mich betrunken habe und dachte, ich würde mit dir reden.«

»Was?«, wispert Emma.

»Ich habe eigentlich dir gestanden, dass ich mich in dich verliebt habe«, erkläre ich und beobachte jede ihrer Regungen.

Aber ausgerechnet heute hat Emma ihr Gesicht vollkommen unter Kontrolle. Nichts verrät mir, ob sie mir glaubt oder was diese Worte bei ihr bewirken.

»Weißt du, ich bin kein Beziehungsmensch«, gestehe ich, weil ich alles vor ihr offenbaren will. »Ich würde es gerne auf meine Kindheit schieben, aber mein Therapeut meint, dass ich nicht alles damit entschuldigen kann. Bisher hatte ich jedenfalls kein Interesse, mehr Zeit mit den Frauen zu verbringen, mit denen ich schlafe. Aber bei dir ... war es von Anfang an anders. Ich habe mich in dich verliebt, Emma.«

Immer noch schweigt sie, betrachtet mich nur mit diesem ungläubigen Ausdruck in den Augen. Ich weiß nicht mehr, was ich noch sagen soll. Mein Herz liegt vor ihren Füßen und ich kann nur warten, ob sie es annimmt oder zertritt.

»Du bist wirklich nicht mit dieser Frau zusammen und auch mit keiner anderen?«, hakt sie schließlich nach.

»Nein. Ich würde dir mein Handy geben und dich alles durchsehen lassen. Leider hat mein Bruder es an sich genommen. Lange Geschichte. Aber was auch immer du als Beweis willst, ich bringe ihn dir. Es gibt nur eine Frau, die ich will, und das ... bist du.«

Ihr Brustkorb hebt und senkt sich heftig, als würde sie versuchen, Tränen zurückzuhalten.

»Sag doch etwas. Bitte.«

Doch Emma sagt nichts. Sie schließt die Entfernung zwischen uns, verschränkt ihre Hände in meinem Nacken und schmiegt ihre Wange an meine. Ihre Schultern zittern und ihre Tränen benetzen meine Haut.

Ich lege die Arme um sie und ziehe sie enger an mich. Sie fühlt sich kühl an. Also hebe ich eine Decke und wickle sie darin ein.

»Ich habe mich schon am ersten Abend in dich verliebt«, raunt sie in mein Ohr. »Es ist mir erst später bewusst geworden, aber mein Herz hat schon nach unserer ersten Nacht dir gehört. Und bis vor wenigen Stunden habe ich mich deswegen wie ein naives, schwaches Kind gefühlt.«

»Das, was du für Schwäche hältst, ist deine größte Stärke. Alles, was du machst, kommt von Herzen. Deswegen ist dein Essen so hervorragend. Deswegen würde deine Freundin mich aus dem Fenster werfen, wenn ich dir noch einmal wehtue. Und deswegen habe ich mich in dich verliebt, Emma.«

Sie schluchzt leise und hebt dann ihr Gesicht. Behutsam wische ich die Tränen fort.

»Verzeih mir, dass ich so lange gebraucht habe, um es zu begreifen. Und vergib mir, dass ich dich verletzt habe. Ich dachte, ich würde dich so schützen. Damit du das Hotel behalten kannst. Aber das war vollkommen unnötig.«

»Du hättest auf mich verzichtet, damit ich das Hotel behalten kann?«, fragt sie mit großen Augen.

»Es ist dein Traum. Wie hätte ich deinen Traum zerstören können?«

Sie schluckt und neue Tränen fließen über ihre Wangen. Dann beugt sie sich nach vorn und ihre Lippen streifen meine für einen flüchtigen Kuss, der mich schaudern lässt.

»Geh nie wieder fort«, flüstert sie an meinem Ohr. »Was auch geschieht, bleib bei mir.«

Als Antwort ziehe ich sie an mich und lehne mich mit ihr zurück. Worte sind nicht länger notwendig, jetzt, da ich sie in den Armen halte.

Emma schmiegt sich an meine Brust und hebt mir auffordernd das Gesicht entgegen.

Ich beuge mich zu ihr hinab und unsere Lippen treffen sich zu einem erlösenden Kuss. Das Einzige, das ich brauche, ist Emma.

Jetzt und für die Zukunft.

23
EMMA

Ein grauer Streifen zeichnet sich vom Dunkelblau des Himmels ab, als ich die Augen öffne. Die Lichterketten tauchen den halb verfallenen Pavillon immer noch in romantisches Licht. Aber was mein Herz höherschlagen lässt, ist der Mann, in dessen Armen ich aufgewacht bin.

Philipp atmet ruhig, sein Gesicht wirkt friedlich und obwohl es ziemlich kühl geworden ist, ist mir warm. Weil er bei mir ist.

Mit einem Seufzen schmiege ich mich an ihn, will nur noch diesen einen perfekten Moment stehlen, bevor der Tag beginnt. Philipps Lippen berühren meine Stirn.

»Habe ich dich geweckt?«, frage ich leise.

»Nein«, erwidert er mit kratziger Stimme und zieht mich enger an sich. »Es ist noch früh und du hattest eine lange Woche. Wieso schläfst du nicht noch ein wenig?«

»Weil der Frühstücksservice bald beginnt und ...«

»Bist du dafür eingeteilt?«

»Eigentlich nicht, aber ...«

»Dann überlass das doch einmal den Leuten, die du dafür eingestellt hast«, unterbricht Philipp mich sanft. »Gönn dir eine Pause. Die Nacht war kurz.«

»Ja, das war sie.« Ich streiche über sein verknittertes Hemd.

Wir haben Küsse voller Sehnsucht ausgetauscht, miteinander geredet und uns dann wieder geküsst. Irgendwann bin ich eingeschlafen, umgeben von Philipps Wärme und der Geborgenheit, die er mir schenkt. Seitdem können keine drei Stunden vergangen sein.

Philipp zieht die Decke, die er über uns ausgebreitet haben muss, zurecht. Ich schließe die Augen und atme seinen Duft ein.

»Das nächste Mal brauchen wir Matratzen«, murmle ich. »Ich glaube, ich werde langsam zu alt fürs Schlafen unter freiem Himmel.«

Philipp lacht leise und seine Lippen streifen über meine Schläfen, als er spricht. »Vielleicht kann ich dich ja heute Abend massieren.«

Ich rücke ein Stück von ihm ab und sehe ihm ins Gesicht. »Das heißt, du bleibst?«

»Nur, wenn es dir recht ist«, erwidert er unsicher.

»Ja«, sage ich schnell. »Bleib. Solange du möchtest.«

»Vorsicht«, meint er, dreht mich auf den Rücken und ist mit einem Mal über mir. »Vielleicht gehe ich dir schneller auf die Nerven, als du denkst.«

»Das bezweifle ich«, verkünde ich und hebe den Kopf.

Meine Lippen finden seine und ich verschränke die Finger in seinem Nacken, um ihn zu mir zu ziehen. Philipp gibt nach und sein Gewicht ruht auf mir. Etwas Hartes drückt gegen meinen Oberschenkel und das Verlangen in mir ist geweckt.

Doch als ich meine Hände nach unten führen will, ergreift Philipp sie und schiebt sie über meinem Kopf zusammen.

»Später«, raunt er, nachdem er meine Lippen freigegeben hat.

»Aber ...«

»Ich will nicht wieder schuld daran sein, dass Gäste sich über Ruhestörung beschweren«, sagt er mit einem Zwinkern. »Und ich möchte nicht, dass du dich zurückhalten musst. Ich mag es, wenn du stöhnst.«

Bei diesen Worten bewegt er sich, streift mit dem Bein durch den Stoff des Kleides über meine empfindsamste Stelle, was mir einen heiseren Laut entlockt.

»Und wenn du dich vollkommen fallen lässt.«

Seine Stimme sendet Schauer durch meinen Körper. Philipp beugt sich nach vorn und küsst meinen Hals. Ich lege den Kopf weiter in den Nacken und öffne meine Lippen für ein leises Stöhnen.

»Ich will keine schnelle Nummer. Ich will das mit dir genießen.«

Er lässt meine Hände los, rollt sich von mir herunter und setzt sich auf. Das Lächeln, das er mir schenkt, während er über meine Wange streicht, lässt meine Brust eng werden.

»Ich habe heute Spätdienst«, werfe ich ein.

»Dann werde ich auf dich warten und zu dir nach Hause begleiten«, erwidert er gelassen.

Aber in seinen Augen erkenne ich, dass er sich mindestens so sehr nach mir sehnt wie ich mich nach ihm. Ein hungriger Ausdruck lodert darin.

»Denkst du, du könntest das Dirndl dann noch einmal anziehen?«, fragt er beiläufig.

»Wenn du das möchtest.« Ich hoffe, meine Stimme klingt so verführerisch, wie ich mich gerade unter seinem Blick fühle.

»Und wie.«

Jetzt setze ich mich ebenfalls auf und betrachte den leeren Korb, der neben uns steht.

»Vielleicht gehen wir doch hinein und holen uns etwas zu essen. Ich verhungere nämlich bald.«

»Du wirst dann aber nicht arbeiten, sondern dich ausruhen, oder?«, hakt er nach.

Philipp steht auf, hält mir seine Hand hin und zieht mich hoch.

»Ich sollte mit dem Brautpaar reden, wenn es beim Frühstück erscheint. Aber danach habe ich ein paar Stunden frei.«

»In Ordnung«, meint er, während wir zum Aufzug gehen. »Ich helfe Marie inzwischen, hier aufzuräumen. Danach bringe ich dich nach Hause, damit du schlafen kannst.«

»Schlafen?« Ich schmunzle und schmiege mich im Aufzug an ihn.

»Ich versuche gerade, rücksichtsvoll zu sein. Also stell mich nicht so auf die Probe, Emma«, raunt er in mein Ohr.

Lächelnd hauche ich einen Kuss auf seine Wange und ziehe ihn mit mir aus dem Fahrstuhl, als wir im Erdgeschoss ankommen. Noch scheint niemand im Hotel zu sein, also gehe ich direkt zur Küche, die dunkel vor uns liegt.

Ich steuere den Kühlraum an und hole Eier, Schinken und ein wenig Gemüse heraus. Dann kehre ich zu Philipp an die Arbeitsfläche zurück.

»Schnell mal ein Brötchen ist bei dir nicht, oder?«, fragt er beim Anblick meiner Ausbeute.

»Frische Brötchen werden erst geliefert. Es gibt nur alte, die werden wir aber verwenden. Außerdem geht es schnell.«

Er krempelt die Ärmel hoch. »Ich kann deinen Ansprüchen in der Küche vermutlich nie gerecht werden, aber ... darf ich dir helfen?«

»Ja, kannst du die Butter hier in der Mikro schmelzen und dann die alten Brötchen toasten?«

Philipp nickt und ich stelle einen Topf Wasser auf, kümmere mich dann um die Eier, die ich pochieren werde. Dazu schlage ich sie über Frischhaltefolie auf und wickle sie darin ein, sodass sie wie kleine Wasserbomben aussehen. Das ist zwar etwas aufwendig, aber dafür werden sie nachher perfekt. Anschließend mache ich mich an die Hollandaise, bis das Wasser kocht und ich die Eier hineinwerfen kann.

Philipp bringt mir inzwischen die Butter, die ich auf dem Herd in meine aufgeschlagenen Dotter rinnen lasse, bis ich eine hellgelbe, cremige Soße habe.

»Kannst du den Schnittlauch schneiden?«, frage ich Philipp, während ich die Brötchen auf zwei Teller verteile und Schinken darauf lege.

Dann hole ich die pochierten Eier aus dem Wasser, lege je eines auf eine Brötchenhälfte und träufle die Hollandaise darüber.

»So?« Er reicht mir das Schneidebrett, mit den ziemlich großen Schnittlauchröllchen darauf.

»Für das erste Mal wirklich gut.«

»Lügnerin.« Er lächelt und stiehlt sich einen Kuss. »Du darfst mir gerne einmal zeigen, wie es richtig geht.«

»Einverstanden.« Ich streue den Schnittlauch über die Eier.

Nachdem ich zufrieden bin, hole ich Besteck und schiebe Philipp einen Teller hin.

»Eggs Benedict«, murmelt er und betrachtet das Essen. »Das ging wirklich schnell.«

»Sage ich doch.« Ich zwinkere. »Lass uns jetzt essen.«

Kaum habe ich ausgesprochen, schiebt er sich schon eine Gabel in den Mund. Diesmal hält er sich nicht zurück, schließt die Augen und gibt einen göttlichen Laut des Genusses von sich. Fast vergesse ich bei seinem Anblick, selbst zu essen. Allerdings erinnert mein Magen mich lautstark daran, dass ich Hunger habe. Also esse ich meine Portion in Rekordzeit und bin vor Philipp fertig.

»Wirklich köstlich«, meint er, nachdem auch er den letzten Bissen gegessen hat.

»Weil du geholfen hast«, sage ich und schließe die Entfernung zwischen uns.

Ich lege meine Hände an seine Hüften und er streicht mir eine Haarsträhne aus dem Gesicht.

»Du meinst eher, es ist köstlich, obwohl ich geholfen habe.«

»Nein, ich meine es so, wie ich es gesagt habe«, entgegne ich und stelle mich auf die Zehenspitzen.

Philipp schmunzelt, beugt sich herab und ich kann bereits die Wärme seiner Lippen auf meinen spüren. Da räuspert sich jemand und wir fahren auseinander.

»Was macht ihr hier?«, fragt Jan finster. Er mustert uns und seine Miene wird noch düsterer. »Wart ihr die ganze Nacht hier?«

»Auf dem Dach«, erwidere ich und meine Wangen beginnen zu glühen. »Ich räume gleich zusammen, damit du mit dem Frühstück beginnen kannst.«

»Schon gut«, brummt Jan. »Er soll mir nur nicht im Weg stehen.«

Philipp richtet sich zu voller Größe auf und ich bin sicher, dass er gleich kontern wird. Stattdessen atmet er durch und nickt.

»Ich habe hier nichts zu suchen. Entschuldigung«, ringt er sich ab. Dann wirft er mir einen warmen Blick zu und verlässt die Küche.

»Bist du sicher, dass du dich auf den einlassen willst?«, fragt Jan, als wir allein sind.

»Ja.« Ich war mir noch nie so sicher.

Jan atmet geräuschvoll aus. »Gut, dann ... viel Glück. Oder so.«

»Ist alles in Ordnung?«

»Nein, aber wird schon. Lass mich jetzt bitte arbeiten.«

»Falls du darüber reden möchtest ...«

»Ist nicht nötig«, antwortet er. »Aber danke für das Angebot.«

Einen Moment überlege ich, was ich zu Jan sagen könnte. Da geht mir ein Licht auf. Könnte es sein, dass Jan sich zu mir hingezogen fühlt?

Ich öffne den Mund, um das zu klären, als von draußen laute Stimmen zu hören sind. Sowohl Jan als auch ich blicken zur Tür, die offen steht. Die Worte kann ich nicht verstehen, aber eine Frau redet in ziemlich gebieterischem Tonfall mit jemandem.

»Entschuldige mich«, sage ich zu Jan und eile zur Rezeption.

Dort entdecke ich Marie und Philipp sowie zwei Frauen, die ich nicht kenne. Eine von ihnen ist etwas älter und trägt ein dunkelblaues Kostüm, das ziemlich hochwertig aussieht. Die andere ist jünger und wirkt, als wäre sie aus einem Modemagazin für Luxuskleidung gestiegen.

Ein mulmiges Gefühl überkommt mich. Besonders, als der Blick der älteren Dame sich auf mich richtet. Alles in mir verkrampft sich, weil ich damit rechne, dass Eiszapfen aus ihren Augen schießen und versuchen, mich niederzustrecken.

Trotzdem gehe ich weiter. Vielleicht sind das Hotelgäste, die ich noch nicht gesehen habe. Wenn sie eine Beschwerde haben, muss ich mich darum kümmern.

»Kann ich Ihnen helfen?«, frage ich.

Unwillkürlich ziehe ich den Bauch ein und hebe die Brust, als die Ältere der beiden mich von Kopf bis Fuß mustert und dann missbilligend schnaubt.

»Ja, das können Sie«, antwortet sie so frostig, dass ich beinahe zittere. »Erklären Sie Ihren Hotelgästen, dass sie heute alle abreisen müssen, weil Sie schließen. Für immer.«

»Wie bitte?« Meine Stimme überschlägt sich. »Warum sollte ich das machen?«

Das Lächeln auf den Lippen dieser Frau wirkt so boshaft, dass mir übel wird. »Weil ich Ihren Kredit kündige.«

Es dauert einen Moment, bis die Worte ankommen. Dann schüttle ich den Kopf. » In dem Schreiben der Bank steht, dass ...«

»Es ist mir gleichgültig, was mein Sohn Ihnen zugestanden hat. Was auch immer Sie dafür tun mussten, es war umsonst.«

»Das kannst du nicht machen«, meldet sich Philipp zu Wort. »Der Prüfbericht ist eindeutig und die Einschätzung des Gutachters, den ich engagiert habe ...«

»Sei still. Was dich betrifft, reden wir später. Jetzt muss ich den Schaden, den du angerichtet hast, wieder in Ordnung bringen. Zum Glück wird Mercedes mir helfen, einen guten Deal mit ihrem Vater auszuhandeln.«

Ich blinzle und betrachte die jüngere Frau. Ihre Haare sind hellblond gefärbt und perfekt gestylt. Genau wie der Rest von ihr. Dann fällt der Groschen. Das ist die Frau, die Philipp ein Foto ihres nackten Körpers geschickt hat ...

»Dazu hast du kein Recht«, sagt Philipp. »Die Akte ist geschlossen und damit ...«

»Ich kann jede Akte wieder öffnen«, kontert die ältere Frau und langsam dämmert mir, dass sie seine Mutter sein muss. »Das Gutachten, das ich erstellen lassen habe, und meine Erfahrung weisen darauf hin, dass deine Beurteilung nicht ganz objektiv sein kann. Sollte Frau Langhauser«, sie speit meinen Namen förmlich aus und ich kann ein Zittern gerade noch unterdrücken, »also nicht zufällig neunhunderttausend Euro auf der Seite haben, um mir die Summe zu erstatten, kann sie ihr Hotel heute schließen.«

Mein Mund klappt auf und wieder zu, als wäre ich ein Fisch an Land. Dazu fühle ich mich, als hätte ich meinen Körper gerade abgelegt und würde wie ein Geist in der Lobby schweben.

Das passiert nicht wirklich, oder? Ich habe doch ein Schreiben der Bank, dass ich das Hotel behalten kann. Diese Frau darf das nicht einfach rückgängig machen. Oder doch?

»Haben Sie so viel Geld, Frau Langhauser?«, will Mercedes herablassend wissen.

Vermutlich ist die Summe für sie absolut lächerlich. Aber für mich nicht. Selbst mit meinen kühnsten Businessplänen würde ich mehrere Jahre brauchen, um einen Gewinn dieser Höhe zu erzielen.

Ich wage es nicht, Philipp anzusehen. Natürlich weiß ich, dass er nichts dafür kann. Er würde mir so etwas niemals antun. Doch er kann jetzt auch nichts mehr unternehmen. Ich habe verloren.

»Haben Sie Ihre Zunge verschluckt?«, fragt Philipps Mutter. »Können Sie den Kredit begleichen oder nicht?«

Ich räuspere mich und öffne den Mund, aber Philipp kommt mir zuvor.

»Ja, das kann sie.«

Jetzt sehe ich ihn doch an. Die Hände hat er zu Fäusten geballt, die Kiefer beißt er so fest zusammen, dass es knackt. Er starrt seine Mutter finster an, die sich ihm zuwendet.

»Ach, hat der ehemalige Eigentümer das Geld doch nicht veruntreut, um seine Spielschulden zu bezahlen?« Sie bedenkt mich mit einem herablassenden Blick.

»Woher wissen Sie, was aus dem Geld geworden ist?«, frage ich alarmiert.

»Ich weiß alles«, entgegnet sie schnaubend. »Auch, wie Sie meinen Sohn für sich eingenommen haben, weil ich Sie beobachten lassen habe.« Wieder wandert ihr Blick über mich. »Ich frage mich nur, was er an Ihnen findet, so gewöhnlich, wie Sie sind.«

»Rede nicht so mit Emma«, knurrt Philipp und stellt sich näher an mich. »Und das Geld ist zwar weg, aber sie wird den Kredit dennoch bezahlen können.«

»Und wie? Gibt es in ihrem Garten Erdölvorkommen?« Frau Senoner betrachtet mich, als wäre sie eine Eule und ich die Maus, auf die sie sich jeden Moment stürzt. »Ich warte.«

»Sie bekommt ein privates Darlehen«, antwortet Philipp. »Von mir.«

»Was?«, entfährt es Frau Senoner und mir gleichzeitig.

Philipp wendet sich mir zu. »Wir setzen einen Vertrag auf. Entweder nimmst du das Geld als Darlehen bei mir auf oder ich werde dein stiller Teilhaber mit der Investition. Das kannst du später entscheiden. Aber ich gebe dir die Summe, die du benötigst, um den Kredit zurückzuzahlen.«

»Woher hast du das Geld?«, faucht seine Mutter und Philipp begegnet ihrem Blick finster.

»Ich habe noch das Erbe von Papa und verdiene recht gut. Im Gegensatz zu anderen verpulvere ich mein Geld nicht für unnötige Luxusdinge.«

Mercedes gibt einen verächtlichen Laut von sich. »Du wirfst das mit uns weg für ... die da?« Sie deutet auf mich und sieht aus, als würde sie sich am liebsten übergeben.

»Es gibt kein Uns«, entgegnet Philipp gereizt. »Hat es nie und wird es nie. Ich habe mich mit dir getroffen, weil ich mich dazu verpflichtet gefühlt habe.«

»Warst du auch dazu verpflichtet, mit mir zu schlafen?«, fährt sie ihn an.

Mein Magen fühlt sich an, als hätte jemand mit voller Wucht hineingeschlagen. Sagt sie die Wahrheit?

»Wir haben nicht miteinander geschlafen«, erklärt Philipp ruhig. »Und was auch immer passiert ist, bevor ich wieder zur Besinnung gekommen bin, war eine Verwechslung.«

Er sieht mich an. Nichts an ihm wirkt, als würde er lügen, und ich glaube ihm, dass er nicht an Mercedes interessiert ist.

»Das liegt nur daran, dass du keinen hochbekommst«, tobt Mercedes.

Die Vorstellung ist so absurd, dass meine Mundwinkel zucken. Ich weiß schließlich, wie hart Philipp werden kann.

»Nimmst du das Geld an?«, fragt er mich, als wäre Mercedes gar nicht da.

»Wir schließen einen Vertrag«, antworte ich. »Und reden in Ruhe über die Zahlungskonditionen oder deine Beteiligung.«

»Einverstanden.« Philipp hält mir die Hand hin und ich schlage ein.

»Du kannst dich von der Karriere als Geschäftsführer verabschieden«, zischt seine Mutter. »Jemand, der solche Geschäfte macht, hat nicht den Biss, um das Bankhaus zu leiten.«

»Wenn das deine Entscheidung ist, werde ich sie akzeptieren. Vielleicht ist es ohnehin Zeit für Veränderungen. Seit ich alt genug dazu war, habe ich in der Bank gearbeitet, sogar während des Studiums. Ich sollte einmal etwas Neues versuchen.«

Philipp sieht wieder mich an und zwinkert.

»Das wirst du bereuen«, spricht seine Mutter aus, was ich befürchte.

Aber Philipp betrachtet mich immer noch, schenkt mir dieses Lächeln, das ich so an ihm liebe. »Das glaube ich nicht«, sagt er mehr zu mir als zu Frau Senoner. Dann wendet er sich seiner Mutter zu. »Und jetzt lass uns die Formalitäten klären, damit ihr wieder in die Stadt zurückfahren könnt.«

Er greift nach meiner Hand und führt mich zum Büro. Seine Mutter folgt uns.

»Bist du sicher, dass du das tun willst?«, flüstere ich ihm ins Ohr und halte dann den Atem an.

Philipp betrachtet mich einen unendlich erscheinenden Augenblick. »Ich war noch nie so sicher wie in diesem Moment.«

Ich lasse den Atem entweichen und würde ihn am liebsten umarmen. Stattdessen drücke ich seine Hand.

»Ich kann dir nie genug dafür danken«, sage ich leise und keuche, als er mit den Lippen mein Ohr berührt.

»O doch, das kannst du«, haucht er. »Soll ich dir heute Abend zeigen, wie?«

Gänsehaut überzieht meinen Körper und ich nicke. Philipp schmunzelt verwegen, bevor er sich mit ernster Miene seiner Mutter zuwendet und die ganzen Formalitäten für mich durchgeht. Ich stehe neben ihm und kann dem Gespräch kaum folgen. Meine Füße scheinen die Haftung zum Boden verloren zu haben und es schwirren so viele Schmetterlinge in meinem Inneren herum, dass es ein Leben dauern würde, sie zu zählen.

Gerade noch habe ich es für unmöglich gehalten. Aber jetzt weiß ich, dass die Zukunft rosig wird. Dank Philipp.

24
Philipp

Immer noch hier?«, fragt Marie, als sie aus dem Büro kommt. Es ist schon nach zweiundzwanzig Uhr und ich sitze in der Lobby, um auf Emma zu warten.

»Sie nimmt es mit dem Putzen heute wohl genau«, meine ich mit einem Schulterzucken.

»In der Küche ist sie penibel, da haben Sie recht.«

»Sollen wir uns nicht langsam duzen?« Ich stehe auf. »Nach allem, was in den letzten Stunden geschehen ist, könnten wir das Kriegsbeil doch begraben, oder?«

Marie hebt einen Mundwinkel. »Ich habe trotzdem ein Auge auf dich, Philipp«, sagt sie und hält mir die Hand hin.

»Einverstanden, Marie.«

Wir grinsen uns an.

»Wirst du als Teilhaber hierbleiben oder wie stellst du dir die Zukunft vor?«, fragt sie beiläufig.

»Emma hat sich noch nicht entschieden, ob sie das Geld als Darlehen oder als Investment möchte. Klüger wäre es als Investment, damit sie noch einen Kredit für die Renovierung aufnehmen kann. Aber ich rede ihr da nicht hinein.«

»Und du würdest hierbleiben wollen? Als Manager?«

Ich zucke mit den Schultern. »Wenn sie das möchte,

übernehme ich den Job. Aber lieber wäre es mir, wenn ich in einer anderen Bank anfangen würde. Es sollte mit meinem Lebenslauf nicht schwer sein, etwas zu finden.«

»Aber du bleibst bei ihr, oder?« Marie wirkt noch ernster als zuvor.

»Wie auch immer meine berufliche Zukunft aussieht, ich werde bei Emma bleiben. Sofern sie meine Anwesenheit wünscht.«

»Oh, das tut sie.« Marie grinst wieder. »Ich bin dann weg. Die Tür zur Küche kann man zwar nicht verschließen, aber ich bezweifle, dass euch jemand stören wird.«

»Was denkst du von uns?«, frage ich.

»Am besten nichts, wenn ich keine knallroten Ohren will.« Sie winkt über ihre Schulter. »Viel Spaß bei was auch immer.«

Lachend verlässt sie das Hotel. Die Glastüren hinter ihr sind noch nicht geschlossen, da gehe ich bereits zur Küche.

Den Nachmittag über haben Emma und ich Schlaf nachgeholt. Was nicht einfach war, nachdem meine Mutter und Mercedes endlich gegangen sind. Ich hätte nie gedacht, dass Liane so weit geht, meine Entscheidung aufzuheben, um ihren Willen zu bekommen. Und dann hat sie auch noch Mercedes hergebracht. Ich bin nur froh, dass Emma mir geglaubt hat. Hätte ich Emma wegen dieser Person verloren … nein, daran will ich nicht denken, weil es zum Glück anders gekommen ist.

Als ich die Küche betrete, steht Emma mit dem Rücken zu mir. Sie trägt zwar nicht das Dirndl, aber bewegt ihren Hintern verführerisch beim Putzen, sodass meine Hose eng wird.

Ich räuspere mich und Emma fährt herum. Ein Lächeln erscheint auf ihren Lippen.

»Ich bin gleich so weit«, verkündet sie. »Dann können wir zu mir und ich schlüpfe in das Dirndl für dich.«

Ich gehe zu ihr und lege ihr zwei Schriftstücke auf die glänzende Arbeitsfläche. Sie betrachtet sie, bevor ihr Blick zu mir zurückkehrt.

»Da steht eine andere Summe, als wir vereinbart haben«, stellt sie fest.

»Ich weiß, ich habe mir gedacht, ich stocke ein wenig auf, damit du gleich mit einigen Renovierungsarbeiten beginnen kannst.«

»Aber das geht doch nicht. Du kannst mir nicht so viel Geld geben. Dann bist du nicht mehr Teilhaber, sondern Eigentümer.«

»Der Wert des Hotels ist viel höher, als es in euren Büchern steht. Ich habe es schätzen lassen für meinen Bericht. Die Immobilienpreise sind in den letzten Jahren in dieser Gegend explodiert. Also ist meine Investition gut aufgehoben.« Ich deute auf die beiden Schriftstücke. »Du musst nur entscheiden, ob du es als Darlehen möchtest oder ob ich dein Teilhaber werde.«

Sie betrachtet die beiden Verträge und zieht einen Stift aus der kleinen Tasche am Ärmel ihrer Kochjacke.

»Lass dir Zeit damit, du musst das nicht heute ...«, versuche ich zu erklären, aber da unterschreibt sie bereits den Vertrag mit der Teilhaberschaft.

»Dir ist klar, dass du jetzt an mich gebunden bist?«, fragt sie mit einem unsicheren Lächeln.

Ich nehme ihr den Stift ab, lege meine Hände an ihre Hüften und ziehe sie an mich. »Oder du an mich?«, murmle ich und senke meine Lippen auf die verführerische Stelle an ihrem Hals.

»Ich packe nur zusammen, dann können wir gehen«, sagt sie heiser und will sich von mir lösen.

Aber ich halte sie fest. »Das Hotel ist ruhig, wir sind allein«, raune ich in ihr Ohr. »Und ich habe dir angekündigt, dass ich dich in dieser Küche will.«

»Da warst du noch eifersüchtig auf Jan.« Sie keucht, als ich mich an sie presse.

»Mag sein, dass es für Eifersucht keinen Grund gibt, aber ich muss dennoch ein Bild aus meinen Gedanken verdrängen«, erkläre ich und öffne die Knöpfe ihrer Kochjacke.

Der Stoff gleitet über ihre Arme zu Boden und ich hebe Emma auf die Arbeitsfläche. Einen Moment warte ich, ob sie mich aufhält. Das ist ihr Reich und ich möchte sie zu nichts zwingen.

Aber Emma fummelt an meinem Shirt herum und schiebt den Saum ungeschickt hoch. Also helfe ich ihr und ziehe mein Oberteil aus.

Ihre Finger streichen über meine Schultern. Sie schlingt die Beine um meine Hüften und bringt mich näher an sich heran. Emma atmet tief aus, als meine Erektion gegen ihre Mitte drückt.

Ich öffne ihren BH und ziehe ihn ihr aus. Mit den Lippen umschließe ich ihre Brustwarze. Emma stöhnt leise und legt den Kopf in den Nacken.

»Du sollst dich doch nicht zurückhalten«, sage ich neckend, bevor ich mich um ihre zweite Brustwarze kümmere. »Oder gefällt dir nicht, was ich mache?«

»Doch«, keucht sie und streicht mit den Fingern über meinen Rücken. »Aber ich will mehr von dir. Ich will alles von dir.«

»Alles?«, frage ich mit einem Schmunzeln.

»Alles.« Sie richtet sich auf. »Dein Licht und deinen Schatten. Dein Herz und deine Seele genauso wie deinen Körper.« Sie zeichnet mit den Fingerspitzen ein Muster auf meinen Rücken und ich schaudere. »Deine Stärke und deine Schwäche.«

Ihre Hände kommen an meinem Hosenbund an und sie öffnet den Knopf. Ich beiße auf meine Unterlippe, als sie mich durch den Stoff der Boxershorts massiert. Mein Verlangen nach ihr ist so schmerzhaft und fordernd, dass ich vermutlich gleich komme, wenn sie so weitermacht.

»Das kannst du haben«, raune ich, als ich nach ihren Händen fasse und von mir löse. »Wenn ich im Gegenzug alles von dir bekomme.«

Sie nickt und öffnet mit einem verführerischen Lächeln ihre Hose. Dann hebt sie ihr Becken an, damit ich sie ausziehen kann.

Ich bin froh, dass ich vorhin zur Sicherheit ein Kondom eingesteckt habe. Ich fische es aus der Tasche, streife es über und ziehe Emmas Gesäß näher an mich.

Sie öffnet ihre Beine für mich und schließt die Augen, als sie mich in sich aufnimmt. Ihr Stöhnen jagt eine Gänsehaut über meinen Rücken und nur, damit ich es noch einmal höre, ziehe ich mich zurück und stoße erneut zu.

Emma bewegt ihr Becken und diesmal stöhne ich, als ich noch tiefer in sie dringe. Ich nehme ihre Lippen in Besitz, genieße ihren heißen Atem auf meiner Haut und ihr Stöhnen, das durch meinen Körper vibriert.

Das hier ist anders als die Male zuvor. Vor allem anders als unser letztes Mal, als ich noch dachte, ich könnte sie einfach nur nehmen, ohne etwas zu empfinden. Es ist viel intensiver.

Jede Bewegung von Emma, jedes Stöhnen, jede Unterbrechung, bevor unsere Lippen sich erneut finden, versprüht Funken in meinem Inneren. Ich werde langsamer und genieße einfach, sie zu spüren.

Emma lehnt sich ein Stück zurück. Ihre Augen glänzen fiebrig und ihre Wangen sind so gerötet wie ihre Lippen, die leicht geöffnet sind. Ihr Körper bebt und sie atmet schneller, bevor sie meinen Namen keucht und ihr Becken anhebt. Ihr Anblick lässt den letzten Funken Feuer schlagen. Ich umfasse ihre Hüften und stoße noch einmal kräftig zu, bevor ich den Höhepunkt zulasse.

Ich lehne mich gegen Emma, die ihre Hüften leicht bewegt und die letzten Wellen meines Orgasmus hinauszögert. Sie fährt mit ihren Fingern durch mein Haar und zieht meine Stirn an ihre.

»Hast du das Bild jetzt vertrieben?«, fragt sie heiser.

»Für den Moment«, erwidere ich und hauche einen Kuss auf ihre Lippen. »Das wird in Zukunft vielleicht schwierig für dich.«

»Was?« Sie sieht mich verwirrt an.

»Na ja, es könnte sein, dass ich öfter in der Küche über dich herfallen werde.«

Sie streicht über meinen Nacken. »Du weißt, dass es keinen Grund zur Eifersucht gibt?«

»Ich rede nicht von Eifersucht. Aber du wackelst so verführerisch mit deinem Hintern beim Putzen, dass ich vermutlich nicht an mich halten kann.«

Ihre Wangen färben sich noch dunkler. »Ist das so?«

»Ja.« Ich hauche noch einen Kuss auf ihre Lippen. »Ändere das bitte nie. Ich will dich genauso, wie du bist.«

»Ich bin nicht zu ... gewöhnlich?«

»Im Gegenteil.« Ich betrachte ihr zauberhaftes Gesicht und lächle. »Du bist die Würze in allem, Emma. Zumindest für mich.«

»Wie meinst du das?«

»Kennst du das, wenn du eine Speise vor dir hast, die köstlich sein sollte, aber nach nichts schmeckt?«, frage ich und sie nickt zögerlich. »So ging es mir, bevor ich dich getroffen habe. Aber du ... hast den Geschmack in mein Leben zurückgebracht.«

Einen Moment sieht sie mich nur an, dann lächelt sie und mein Herz schlägt noch schneller. Sie hebt mir das Gesicht entgegen und ich küsse sie zärtlich. Wärme breitet sich in meinem Inneren aus, während ich meine Arme um sie schlinge und sie näher an mich ziehe.

Bisher habe ich nie an Schicksal geglaubt, aber es muss wohl etwas wie Fügung geben. Denn Emma gehört zu mir. Und ich werde jeden Tag dazu nutzen, eine neue Nuance an ihr kennenzulernen. Ich kann es kaum erwarten.

Nachwort

Die Romanze von Philipp und Emma hat sich in einer Zeit in meine Gedanken geschlichen, als mein Leben ein wenig chaotisch war. Genauer gesagt im Sommer 2020. Ich glaube, keiner von uns wird dieses Jahr je vergessen. Als Mutter von zwei schulpflichtigen Kindern habe ich während der Pandemie Homeoffice mit Homeschooling stemmen müssen. Schreiben und Haushalt wollten auch irgendwie erledigt werden. Nach sieben Wochen war ich einfach nur erschöpft. Und habe mir eine Auszeit genommen. In einem Genusshotel. Auf dem Land.

Eine Emma stand dort nicht in der Küche und einen Philipp gab es auch nicht, aber ... dort, auf dem Balkon mit Blick auf die wunderschöne Riegersburg (eine alte Festung in Österreich) kam mir die Idee zur Geschichte von Philipp und Emma. Die sinnlichen Szenen sind (verglichen mit denen, die ich jetzt schreibe) noch sehr artig. Ich wollte sie dennoch genauso lassen, weil sie für die beiden passen.

Meine Liebe zum Essen habe ich übrigens auch bewusst in diese Geschichte fließen lassen. Essen – und vor allem auch die Zubereitung – ist etwas unglaublich Sinnliches. Deswegen wollte ich Emmas Begeisterung für das, was sie macht, und wie diese Leidenschaft bei Philipp ankommt, hervorheben.

Mittlerweile habe ich für mich festgelegt, dass meine Romance-Projekte alle entweder mit kulinarischen Details oder gekrönten Häuptern versehen werden. Ersteres, weil es ebenso sinnlich ist, wenn man über Essen spricht (und ja, ich weiß, dass ich fies bin, weil ich zum Naschen verführe), Letzteres, weil es etwas Märchenhaftes hat. Tief in mir bin ich eine kleine Prinzessin, die zu gerne nascht. Aber ... wer ist das nicht?

Ich hoffe, die Geschichte von Philipp und Emma hat euch gefallen, euer Herz höherschlagen und euer Verlangen nach köstlichem Essen steigen lassen.

An dieser Stelle bedanke ich mich bei meinen wunderbaren Testlesern: Denise Schwettmann, Hanna Porepp und Alexandra Götz sowie meinen außerordentlichen Druckfahnenlesern Diana Knoll, Anne Karlson, Laura Lang und last but not least Hanna Porepp für ihre Unterstützung bei diesem Projekt.

Demnächst verführe ich übrigens einen Prinzen. Auch in einem Hotel. »How to tame a Rebel Prince« erscheint bereits am 18. Juni 2023.

Wir lesen uns also schon sehr bald wieder.

Bis dahin alles Liebe
Lilly

Noch nicht genug von Emma und Philipp?

Möchtest Du wissen, wie es ihnen ein Jahr nach den Ereignissen geht?

Melde Dich zum Newsletter an und finde es heraus. Die exklusive Kurzgeschichte ist nur einen Klick entfernt.

Weihnachtliche Romance von meinem anderen Pseudonym!

Manchmal muss man einen Neuanfang wagen. Das denkt auch Fine, als sie kurz vor Weihnachten ihre Heimat und ihren sicheren Job als Anwältin hinter sich lässt. Der Plan: in London ihren Traum von einer eigenen Konditorei leben und sich nur darauf konzentrieren. Doch schon am ersten Abend begegnet sie einem Mann, der ihr nicht mehr aus dem Kopf geht. Fine ist verwirrt über die Anziehung, die er auf sie ausübt, und schon bald scheint sie mit ihm ein echtes Weihnachtswunder zu erleben. Allerdings ist Henry nicht irgendein Mann. Er ist der zukünftige Duke von Westminster und bekannter Herzensbrecher …

Verträumt und romantisch - so könnte man Lilly Autumn in zwei Worten beschreiben. Die Mutter zweier Kinder und dreier Katzen lebt mit ihrem Mann in einem beschaulichen Haus inmitten der Weinberge in einem kleinen Ort von Österreich. Herzklopfen, knisternde Gefühle und manchmal auch sinnliche Szenen gehören für sie zu einem gelungenen Liebesroman, in dem entweder royale Häupter oder kulinarische Einflüsse nicht fehlen dürfen.